Irrésistible Mirabel

Du même auteur
aux Éditions J'ai lu

Lady Scandale
N° 9213
Ne me tente pas
N° 9312
Sur la soie de ta peau
N° 9967
Scandale en satin
N°10246

LES CARSINGTON

1– Irrésistible Mirabel
N° 8922
2 – Un insupportable gentleman
N° 8985
3 – Un lord si parfait
N° 9054
4 – Apprends-moi à aimer
N° 9123
5 – Lady Carsington
N° 9612

LES DEBAUCHES

1 – La fille du Lion
N° 9621
2 – Le comte d'Esmond
N° 9304
3 – Le prince des débauchés
N° 8826
4 – Le dernier des débauchés
N° 9831

LORETTA

CHASE

LES CARSINGTON – 1

Irrésistible Mirabel

Traduit de l'anglais (États-Unis)
par Viviane Ascain

J'AI LU

AVENTURES
& PASSIONS

Vous souhaitez être informé en avant-première
de nos programmes, nos coups de cœur ou encore
de l'actualité de notre site *J'ai lu pour elle* ?

Abonnez-vous à notre *Newsletter* en vous connectant
sur **www.jailu.com**

Retrouvez-nous également sur Facebook
pour avoir des informations exclusives :
www.facebook/jailu.pourelle

Titre original
MISS WONDERFUL

Éditeur original
A Berkley Sensation Book, published by arrangement
with the author

Prologue

Londres, fin de l'automne 1817

L'Honorable Édouard Jules Carsington, comte de Hargate, avait cinq fils, autrement dit trois de plus qu'il n'était nécessaire. Puisque la providence, avec l'aide de sa femme, l'avait gratifié d'un héritier en bonne santé et d'un mâle de secours tout aussi sain et vigoureux, il aurait préféré que ses trois autres rejetons appartiennent au beau sexe.

Contrairement à la plupart de ses pairs, Sa Seigneurie était dotée d'un grand sens de l'économie et répugnait profondément à faire des dettes. Or, comme nul ne l'ignore, les jeunes gens, et particulièrement ceux de l'aristocratie, coûtaient des fortunes.

L'éducation des filles de la bonne société pouvait parfaitement être assurée à la maison, tandis que les garçons devaient étudier dans des collèges de renom, puis dans de prestigieuses universités.

Quand elles grandissaient, les jeunes personnes bien élevées n'allaient pas faire les quatre cents coups, et leur père n'était pas obligé de dépenser des sommes astronomiques pour les sortir de situations fâcheuses. Les jeunes gens n'étaient bons qu'à cela, et il n'y avait aucun moyen de les en empêcher, à moins de les mettre en cage, ce qui était peu pratique.

Ce précepte s'appliquait en tout cas parfaitement aux cinq fils du comte, qui avait hérité de leurs parents un physique avantageux, une vitalité prodigieuse et un caractère bien trempé, et qui tenaient d'on ne savait qui le don de s'attirer des ennuis inextricables avec une régularité d'horloge.

Les filles présentaient en outre l'avantage inestimable de pouvoir être mariées jeunes pour un coût modique, et de vivre ensuite, et ce jusqu'à la fin de leurs jours, sous la responsabilité de leur époux.

Tandis que les garçons ! Leur noble père n'avait que deux solutions : leur acheter des charges administratives, ecclésiastiques ou militaires fort dispendieuses, ou les marier à de riches héritières.

Au cours des cinq dernières années, les deux aînés de lord Hargate avaient fait leur devoir sur le plan matrimonial, ce qui laissait au comte la liberté de se consacrer à l'énergumène de vingt-neuf ans qui s'ingéniait à éprouver la patience de ses parents, à savoir son troisième fils, l'Honorable Alistair Carsington.

L'intéressé se rappelait d'ailleurs quotidiennement au bon souvenir de ses géniteurs sous la forme de factures diverses et variées.

— Avec ce qu'il dépense chez le tailleur, le bottier, le chapelier et le gantier, sans parler de la blanchisserie, des vins, des alcools, des pâtisseries, des confiseries et des restaurants, je pourrais entretenir la moitié de la flotte anglaise ! gémit Sa Seigneurie en grimpant dans le lit conjugal.

Sans être une beauté, et en dépit d'un nez un peu fort, la comtesse, une femme élancée aux yeux noirs pétillants d'intelligence, avait grande allure. Deux de ses fils avaient d'ailleurs hérité de son abondante chevelure brune, de son air volontaire et de son port de reine.

Celui qui préoccupait tant ses parents tenait plutôt de son père. Il possédait sa haute taille, sa silhouette mince, son profil aquilin, les mêmes yeux pailletés d'or et la même voix profonde qui se muait en grondement lorsqu'une émotion les agitait, ce qui était actuellement le cas de lord Hargate.

— Il faut mettre un terme à toutes ses frasques, Ned, supplia lady Hargate en posant le livre qu'elle lisait. Je te l'ai déjà dit, si Alistair attache tellement d'importance à sa toilette, c'est pour faire oublier qu'il boite. Je t'avais demandé d'être patient quand il est revenu de France, mais cela remonte maintenant à plus de deux ans, et loin de s'amender, il ne s'intéresse à rien, hormis ses toilettes et ses sorties.

— Il ne se passe pas un jour sans qu'il s'attire de nouveaux ennuis, en général avec une femme, grommela son mari.

— Il faut absolument faire quelque chose !

— Je suis bien de ton avis, mais je ne vois vraiment pas quoi !

— Allons donc ! Tu es venu à bout des enfants royaux et des députés de la Chambre des communes, il n'y a pas de raison que tu n'y parviennes pas avec ton fils ! Mais je t'en supplie, fais vite !

Une semaine plus tard, sous l'œil attentif de l'auteur de ses jours, Alistair Carsington avait entre les mains un volumineux registre intitulé *Méfaits et frasques divers*, qui dressait l'inventaire des susdits, ainsi que leur coût détaillé.

La liste n'en était pas si longue, après tout, mais le jeune homme avait conscience que leur degré d'excentricité, la qualité des personnes mises en cause et les frais entraînés dépassaient de beaucoup les normes en vigueur, même pour des parents beaucoup plus libéraux que les siens.

Il n'avait qu'un seul argument pour sa défense : il tombait amoureux rapidement, éperdument, et toujours pour le pire.

Tout avait commencé avec Clara, la blonde fille du portier d'Eton. Il avait à peine quatorze ans à l'époque, et il la suivait comme un petit chien, dépensant tout son argent de poche pour lui offrir bonbons et friandises, jusqu'à ce qu'un triste jour, un rival jaloux ne lui cherche noise.

Les quolibets avaient cédé la place aux insultes, et les deux prétendants en étaient venus aux mains. La bagarre avait attiré des spectateurs, lesquels n'avaient pas tardé à prendre parti pour l'un ou pour l'autre, et à défendre vigoureusement leur champion. Il en était résulté deux nez cassés, six dents en moins, une fracture légère ainsi que des dégâts matériels.

Clara avait fondu en larmes devant l'état pitoyable du rival d'Alistair, un garçon du village. Elle avait traité le collégien de brute. Il était sur le point d'être renvoyé d'Eton et poursuivi pour coups et blessures, bagarre sur la voie publique et destruction de biens communaux, mais il s'en moquait : il avait le cœur brisé. L'intervention de lord Hargate s'était révélée aussi délicate que nécessaire, et particulièrement onéreuse.

À seize ans, pendant les vacances d'été, il avait rencontré Verena, qui lisait en cachette des romans torrides pour oublier la piété rigoureuse de ses parents. Ils échangeaient en secret des déclarations aussi passionnées que furtives. Une nuit, comme convenu, il s'était glissé dans son jardin et avait lancé des cailloux contre la fenêtre de sa chambre. Mais au lieu de se cantonner comme prévu au rôle de Juliette dans la scène du balcon, la belle était descendue le rejoindre en s'aidant de ses draps noués.

Elle ne pouvait demeurer plus longtemps claquemurée chez ses parents telle une prisonnière au fond d'un cachot, lui avait-elle expliqué, et avait décidé de s'enfuir avec lui. Alistair n'était pas homme à hésiter. Quand il s'agissait de secourir une demoiselle en détresse, il ne s'embarrassait pas de questions triviales du genre comment trouver un moyen de transport, de quoi se nourrir ou se loger !

Ils n'avaient pas dépassé la commune voisine lorsqu'on les rattrapa. Les parents de la demoiselle étaient déterminés à porter plainte contre Alistair pour enlèvement et à le faire déporter aux colonies. Quand il les eut calmés, lord Hargate expliqua à son fils l'utilité des dames de petite vertu et le pria de ne plus jamais s'approcher des jeunes filles de bonne famille.

Il venait de fêter ses dix-sept ans lorsque Kitty entra dans sa vie. Elle était apprentie dans un atelier de couture et possédait d'immenses yeux d'azur. Ce fut elle qui l'initia aux subtilités de la toilette féminine, et lorsqu'une cliente de haute extraction fit renvoyer pour insolence sa cousette bien-aimée, le sang du jeune homme ne fit qu'un tour. Il publia un pamphlet pour dénoncer cette injustice, après quoi la dame porta plainte pour diffamation. Une fois de plus, lord Hargate dut faire le nécessaire.

Alistair avait à peine dix-neuf ans quand il s'amouracha de Gemma, une modiste très en vue. Ils faisaient route vers une romantique retraite campagnarde pour abriter leur idylle lorsque des policiers arrêtèrent leur voiture. Ils fouillèrent les bagages de la jeune femme, y dénichèrent les colifichets qu'ils recherchaient et qui avaient été volés chez des dames de la haute société.

L'intéressée protesta, affirmant que des rivales jalouses les avaient placés dans ses affaires pour l'incriminer. Alistair ne mit pas un instant sa parole en doute. Ses discours enflammés sur l'incompétence de la police et la corruption des autorités attirèrent la foule, qui devint vite houleuse. Lesdites autorités invoquèrent un trouble manifeste à l'ordre public pour l'incarcérer avec sa dulcinée aux doigts agiles. Cette fois encore, lord Hargate accourut pour extraire son fils d'une geôle malodorante remplie d'ivrognes et de tire-laine.

À vingt et un ans révolus, il fit la connaissance d'Aimée, une danseuse de ballet française qui transforma son modeste logement de célibataire en un lieu de rencontre à la mode, très prisé dans le demi-monde londonien. Comme les goûts de la jeune femme rivalisaient en somptuosité avec ceux de la défunte

Marie-Antoinette et qu'Alistair ne pouvait rien lui refuser, il se retrouva vite assiégé par les créanciers.

Le comte lui évita la prison pour dettes en s'acquittant d'une somme astronomique, puis il se hâta de trouver pour Aimée un engagement dans une troupe qui partait en tournée au fin fond de la Russie. Il expliqua ensuite fermement à son fils qu'il était temps de cesser de se donner en spectacle et de fréquenter des femmes respectables.

Alistair jeta donc son dévolu sur lady Thurlow. C'était la première fois qu'il s'intéressait à une femme mariée et il ne lui vint pas à l'esprit que, dans la bonne société, entretenir ce genre de liaison demande de la discrétion afin de préserver la réputation de la dame et d'épargner au mari les désagréments d'un duel. Étant incapable de dissimuler ses sentiments, l'objet de sa flamme dut mettre fin à leur histoire avant même qu'elle ait commencé.

Malheureusement, un domestique indélicat avait volé des lettres passionnées d'Alistair à sa bien-aimée et menaçait de les publier. Le jeune homme, qui était dans l'incapacité de payer l'énorme somme exigée par le maître chanteur pour sauver lady Thurlow du scandale et des foudres de son époux, fut comme d'habitude contraint de faire appel à l'auteur de ses jours.

Sa famille reprit espoir quand Alistair atteignit ses vingt-sept ans. Lors d'un bal de nouvel an, on lui présenta la ravissante Judith Gilford, fille unique d'un riche négociant fraîchement ennobli. Il élimina sans peine les soupirants qui se pressaient autour d'elle, et fin février, on annonçait leurs fiançailles.

L'enfer commença dès le mois de mars.

Si Judith était charmante en public, en privé, elle manifestait une propension à la bouderie et avait la fâcheuse manie de jeter à la tête de son prochain tout ce qui lui tombait sous la main dès qu'on ne faisait pas ses quatre volontés. Elle devait constamment se trouver au centre de l'attention, manifestait une susceptibilité ombrageuse, se montrait vindicative envers sa famille et ses amis, méprisante envers les domestiques, et devenait hystérique si l'on essayait de la raisonner.

À la fin mars, Alistair, conscient qu'un gentleman ne pouvait décemment pas rompre ses fiançailles, touchait le fond du désespoir. Et comme Judith n'avait aucune raison de renoncer au mariage, il en conclut qu'il ne lui restait plus que deux solutions : se noyer dans la Tamise ou se faire assassiner par des malandrins. Une nuit qu'il parcourait un quartier mal famé dans l'espoir d'y trouver une mort violente et salvatrice, il fit la connaissance d'une fille de joie aux formes voluptueuses nommée Hélène.

Il en tomba aussitôt follement amoureux, et, comme il était toujours aussi peu discret, la nouvelle de leurs amours parvint aux oreilles de Judith qui lui fit en public une scène épouvantable en le menaçant d'un procès. Les amateurs de scandales adorèrent. Pas lord Hargate.

Avant d'avoir eu le temps de comprendre ce qui lui arrivait, le jeune homme se retrouva à bord d'un bateau en partance pour le continent, où il débarqua juste à temps pour prendre part à la bataille de Waterloo.

La liste des *Méfaits et frasques divers* s'arrêtait là.

Reposant le document sur le bureau derrière lequel son père était assis, Alistair observa avec une désinvolture qu'il était loin d'éprouver :

— Je ne t'ai causé aucun ennui depuis le printemps 1815, j'espère que tu l'as remarqué !

— Tu t'es tenu tranquille parce que nous t'avons gardé à l'œil, ta mère et moi ! rétorqua sèchement lord Hargate. Mais pendant ce temps, nous recevons des factures par charretées entières. Je me demande ce qui est pire. Avec l'argent que tu dépenses pour tes gilets, tu pourrais entretenir un harem de courtisanes.

Alistair ne lui donnait pas tort. Il avait toujours attaché beaucoup d'importance à sa toilette, et maintenant plus que jamais. Peut-être pour s'occuper l'esprit, ne pas penser à certaines choses désagréables. Au 15 juin 1815, par exemple…

De Waterloo, il n'avait gardé aucun souvenir, comme s'il avait été frappé d'amnésie pendant toute la durée de la bataille. Bien entendu, il n'en avait jamais parlé à personne et dissimulait soigneusement sa détresse, tout comme il feignait de ne pas remarquer le respect et la pitié qu'on lui témoignait depuis son retour.

S'empressant de chasser ces sombres pensées, il fronça les sourcils en remarquant un fil sur sa manche. Il faillit l'enlever, se retint. Son père aurait pris son geste pour un signe de nervosité. Il commençait d'ailleurs à transpirer, mais cela ne se voyait pas encore.

— Je déteste parler d'argent, c'est extrêmement vulgaire, reprit lord Hargate. Malheureusement, il n'est plus possible d'éviter le sujet. Continue ainsi, et tes jeunes frères seront dépouillés.

— Mes frères ? répéta Alistair. Qu'est-ce que…

Il s'interrompit. Le comte affichait un demi-sourire qui ne présageait rien de bon.

— Laisse-moi t'expliquer, dit-il.

— Il m'a donné jusqu'au 1er mai, tu te rends compte ? dit Alistair à lord Douglas Gordmor.

Un seul regard avait suffi à son compagnon d'armes, qui était en train de s'habiller, pour comprendre que les préoccupations de son visiteur réclamaient un peu d'intimité. Il avait donc renvoyé son valet de chambre et, une fois seuls, son ami avait entrepris de lui narrer sa conversation avec le comte.

— Ton père est un mystère pour moi, avoua lord Gordmor en nouant sa cravate avec une maestria peu commune chez un homme de sa condition.

— Il m'a positivement ordonné d'épouser une riche héritière, tu imagines ? Après le désastre avec Judith ?

— Il doit bien exister en Angleterre une jeune fille à marier dotée d'une fortune conséquente et d'un heureux caractère, remarqua placidement Douglas qui, en son temps, avait mis en garde son ami contre les caprices et l'égoïsme d'une fille unique.

— Cela n'y changera rien, rétorqua sombrement Alistair. Je n'ai aucune envie de me marier avant quarante-cinq, ou même cinquante-cinq ans. Je risque de faire de nouveau un choix catastrophique qu'il me faudra ensuite supporter jusqu'à la fin de mes jours.

— Tu n'as pas eu de chance avec les femmes, voilà tout.

— Non, c'est dans ma nature. Je m'enflamme comme de l'amadou, et toujours pour la mauvaise personne. D'où des catastrophes en série. Mon père aurait tout intérêt à me dénicher lui-même cette riche héritière. Il a certainement meilleur jugement que moi.

Il n'empêche, cela lui restait sur le cœur. Il n'avait rien à apporter au ménage. Dépendre financièrement de ses parents lui avait toujours été pénible, alors dépendre d'une épouse... Nombre de jeunes aristocrates de ses relations avaient épousé la fortune de celle qui portait désormais leur nom, et on jugeait cela normal, mais quant à lui, cette seule idée le révulsait.

— Si seulement il m'avait laissé poursuivre une carrière dans l'armée, soupira-t-il.

— Il s'est peut-être dit, comme plusieurs d'entre nous, que tu avais épuisé ta part de chance à Waterloo. Franchement, je suis heureux qu'il t'ait empêché de te réengager.

Alistair n'avait gardé aucun souvenir de cette journée et de cette nuit d'horreur, mais s'il était revenu vivant de la campagne de France, c'était apparemment un miracle. On lui avait expliqué qu'il avait tué trois chevaux sous lui, qu'un détachement anglais lui était passé sur le corps, que deux de ses camarades étaient tombés morts sur son corps lardé de coups de sabre et que des pillards l'avaient détroussé. Quand Gordmor l'avait exhumé d'un amas de cadavres, il ne valait guère mieux qu'eux.

Il avait reconstitué les événements grâce aux anecdotes de ses compagnons, mais il se demandait si ces récits n'étaient pas exagérés. Son vieux camarade Douglas se doutait certainement que quelque chose ne tournait pas rond dans son pauvre cerveau, mais il était trop bien élevé pour y faire la moindre allusion.

— Si mon père m'avait autorisé à servir mon roi et mon pays, insista-t-il, il n'en serait pas à me reprocher de ne rien faire de ma vie.

— Un homme du monde se doit de rester oisif, objecta Douglas.

— Pas moi ! Plus maintenant, en tout cas. Il faut que je trouve le moyen de gagner ma vie avant le 1er mai prochain.

— Cela te laisse six mois, calcula son ami. Cela me paraît suffisant.

— Je n'ai pas le choix. Si je n'ai pas une solution d'ici là, il ne me restera plus qu'à épouser une héritière. Sinon, ce sont mes deux petits frères qui trinqueront.

Cette menace avait été le coup de grâce que lui réservait lord Hargate.

À la mort de leur père, le titre de comte, le château, les privilèges, les honneurs et pratiquement toute la fortune familiale reviendraient à Benedict, le frère aîné d'Alistair, comme il était de règle dans l'aristocratie. Cette loi ancestrale avait permis à la noblesse anglaise de garder intactes ses grandes fortunes de génération en génération, mais elle laissait les cadets à la merci du bon vouloir de leur père, puis de leur frère aîné.

Pour épargner ce souci à Benedict, lord Hargate avait pris soin d'acquérir des domaines dont il comptait doter ses autres enfants quand ils s'établiraient. Mais avant de conclure leur conversation, il avait menacé Alistair de vendre ce qu'il destinait aux deux plus jeunes afin d'éponger ses dettes et de lui constituer un revenu.

— Il n'y a que ton père pour avoir une idée pareille ! observa Gordmor. C'est d'une perversité quasi orientale.

— Tu veux dire que c'est parfaitement machiavélique !

— J'admets qu'être le fils d'un tel homme ne doit pas être de tout repos, mais je ne peux m'empêcher de l'admirer. C'est un politicien brillant, unanimement respecté, et craint au Parlement. Et il faut bien reconnaître que sa stratégie est imparable. Il a touché ton point faible : ces deux grands dadais que tu continues d'appeler tes « petits frères ».

— Ce n'est pas une question de point faible. Mes frères m'ennuient profondément, mais ce n'est pas une raison pour les dépouiller.

— Tout de même, ton père a réussi à te faire perdre ton calme, ce qui est un véritable exploit. Je me souviens que lorsque le chirurgien a parlé de t'amputer d'une jambe, tu lui as répondu : « Ce serait dommage, nous sommes très attachés l'un à l'autre. » J'étais dans tous mes états et toi, qui étais presque mourant, tu étais aussi calme que le duc de Fer lui-même !

La comparaison parut absurde à Alistair. Le duc de Wellington avait conduit ses troupes de victoire en victoire tandis que lui n'avait fait que serrer les dents jusqu'à ce qu'on vienne le secourir.

Et s'il avait montré tant de sang-froid, pourquoi la bataille s'était-elle effacée de sa mémoire ? Pourquoi ses souvenirs le fuyaient-ils obstinément ?

— Tu n'as pas bénéficié du même entraînement que moi, mon vieux, expliqua-t-il à son ami qui, non content de lui sauver la vie, avait également veillé à ce qu'il reste entier. Tu n'as qu'une sœur, tandis que moi, j'ai dû me défendre contre deux aînés qui m'ont martyrisé dès que j'ai commencé à marcher.

— Ma sœur a d'autres moyens de torture, tout aussi efficaces, assura Douglas en inspectant son reflet dans le miroir.

Il était un peu moins grand qu'Alistair, et légèrement plus trapu, mais il avait de beaux cheveux blonds et des traits réguliers. Pourtant, à son grand désespoir, il se trouvait toujours un peu falot comparé à son ami.

— Mon tailleur a beau se surpasser, je n'aurai jamais ton élégance, soupira-t-il avec résignation.

— Les blessures de guerre sont à la mode, que veux-tu, et boiter me rend intéressant.

— Cela n'a rien à voir ! Tu as de l'allure même en boitant.

— Quitte à boiter, autant le faire avec panache ! En tout cas, sans toi, je serais aussi raide qu'un gisant, à l'heure qu'il est.

— Tu serais mangé par les vers. En voilà qui ne sont pas oisifs ! sourit Gordmor en ouvrant un coffret à liqueurs.

— Je croyais que nous sortions, s'étonna Alistair.

— Dans un instant. Il faut d'abord que je te parle d'un canal.

1

Derbyshire, lundi 16 février 1818

Mirabel Oldridge quitta les écuries et s'engagea dans l'allée gravillonnée qui menait au château. Elle pénétrait dans le jardin lorsqu'elle vit Joseph sortir en courant du potager.

La jeune femme avait fêté récemment son trente et unième anniversaire, mais personne ne l'aurait deviné, surtout en cet instant. Avec sa chevelure blond vénitien étincelant au soleil, son teint de pêche rosi par le vent et ses yeux d'azur brillant d'excitation, elle en paraissait vingt à peine.

Cela ne l'empêchait pas d'exercer le rôle de chef de famille, et c'était vers elle, et non vers son père, que se tournait toute la domesticité lorsque surgissait un problème. Sans doute parce que la cause de ces problèmes était la plupart du temps M. Oldridge père.

L'agitation du valet de pied suffisait du reste à annoncer un ennui.

— Mademoiselle ! Il y a un gentleman qui demande votre père ! Il dit qu'il a rendez-vous, expliqua Joseph hors d'haleine. Et M. Benton dit que c'est vrai ! L'agenda de M. Oldridge était ouvert sur son bureau, et il a vu le rendez-vous inscrit de sa main !

Si le majordome le disait, cela devait être vrai, si incroyable que cela paraisse. En effet, M. Oldridge n'avait jamais rendez-vous avec qui que ce soit. Quand les voisins voulaient lui rendre visite, ils s'adressaient à sa fille. Et pour tout ce qui était affaires au régisseur, Higgins, ou à Mirabel elle-même, qui prenait les décisions en dernier ressort.

— Ce gentleman ne peut pas s'adresser à Higgins à la place ?

— M. Benton dit que c'est impossible, mademoiselle, que le visiteur est une personne trop importante pour Higgins. Il s'agit d'un M. Carsington. Son père est comte de… un nom en « gate »…

— Carsington ? C'est le nom de famille du comte de Hargate, il me semble, mais nous ne les connaissons pas personnellement.

— C'est cela, mademoiselle ! C'est le nom qu'a dit M. Benton, et que ce monsieur était un héros de Waterloo, et c'est pour ça qu'il fallait le faire entrer dans le grand salon et qu'on ne pouvait pas le laisser moisir là, sauf votre respect !

Mirabel jeta un regard consterné à sa tenue. La matinée ayant été entrecoupée d'averses, ses bottines et le bas de sa robe étaient tout crottés, son chignon à demi défait, et elle n'osait songer à l'état de son chapeau.

La courtoisie lui interdisait d'accueillir un hôte de marque ainsi vêtue, mais le héros de la campagne de France attendait depuis trop longtemps déjà, et elle n'avait pas le temps d'aller se changer.

Elle releva donc le bas de sa jupe pour éviter de la salir davantage et se dirigea d'un pas vif vers le manoir.

Alistair n'éprouvait aucune attirance pour la campagne en général et pour le Derbyshire en particulier. Il aimait la civilisation, c'est-à-dire Londres, or, Oldridge Hall était situé dans un coin du comté particulièrement reculé, dont Gordmor lui avait brossé un portrait absolument rebutant.

— Personne n'y va jamais, à part une poignée d'originaux en quête de pittoresque et quelques hypocondriaques qui viennent s'asperger d'eaux sulfureuses. Les routes sont épouvantables, et il n'y a rien d'autre à faire que de s'extasier devant le paysage, les vaches, les moutons et les torrents avec deux ou trois vieillards cacochymes.

Et en plein mois de février, alors qu'une bise glaciale ravageait un paysage désolé, on n'avait même pas cette ressource.

Mais le projet de Douglas, et donc la visite d'Alistair, ne pouvait attendre le retour des beaux jours.

Oldridge Hall était un joli manoir Renaissance, considérablement remanié et agrandi au cours des siècles, qui n'avait qu'un seul défaut, celui d'être situé tout au bout de ce que les autochtones appelaient « une charmante petite route », autrement dit une espèce de piste sinueuse truffée de nids-de-poule.

Alistair pensait que la description de l'état des routes que lui avait faite Gordmor était exagérée. En fait, son ami était très en dessous de la vérité. Les voies de communication étaient effectivement déplorables, et un canal s'avérait indispensable.

Après avoir admiré tous les tableaux et bibelots du salon et s'être plongé dans un examen approfondi des motifs du tapis, Alistair s'approcha d'une des grandes portes-fenêtres. Elle donnait sur une terrasse et des jardins sans doute luxuriants en été et, au-delà, un moutonnement de collines et de vallons boisés. Mais il n'accorda pas un regard au paysage.

Il ne vit que la jeune fille.

Les jupes relevées, le chapeau de travers, sa chevelure cuivrée en désordre, elle grimpait quatre à quatre les marches de la terrasse. Elle la traversa en courant, et il eut tout juste le temps d'apercevoir une cheville ravissante avant qu'elle ne laisse retomber ses jupes.

Il ouvrit la porte-fenêtre, et elle s'engouffra comme une tornade dans le salon.

Elle lui sourit, et il eut l'impression de perdre pied.

Ses yeux avaient la profondeur d'un lac et, l'espace d'un instant, il lui sembla que ce visage était au commencement et à la fin de toute chose. Il en oublia jusqu'à son nom.

Elle le connaissait déjà, fort heureusement.

— Monsieur Carsington ? fit-elle d'une voix légèrement essoufflée. Je suis Mirabel Oldridge.

Mirabel ! La merveilleuse, en latin ! Comme ce prénom lui allait bien !

Il se reprit juste à temps, Dieu merci. Ce n'était pas le moment de se perdre dans des considérations poétiques. Il était ici pour affaires, pas pour conter fleurette, il ne devait pas l'oublier. Il ne pouvait se permettre, ne serait-ce que quelques secondes, d'admirer le teint le plus lumineux, le sourire le plus chaleureux du monde...

Il fallait qu'il arrête immédiatement !

S'il provoquait une nouvelle catastrophe, il ne serait plus seul à en pâtir cette fois. Ses frères en paieraient les conséquences, leur avenir serait compromis et Douglas, sans être complètement ruiné, connaîtrait de grandes difficultés financières. Il devait non seulement aider l'ami qui lui avait sauvé la vie, mais aussi se montrer digne de la confiance qu'il lui témoignait en menant à bien cette affaire.

Et il devait avant tout prouver à lord Hargate que son troisième fils n'était pas un bon à rien.

S'efforçant d'afficher un visage impassible, il s'inclina en murmurant la formule de politesse appropriée.

— Je sais que vous souhaitiez voir mon père et qu'il vous avait donné rendez-vous, commença la jeune fille.

— J'imagine qu'il a été retenu ailleurs.

— En effet. J'envisage parfois de faire graver sur sa tombe l'épitaphe suivante : *À mon père bien-aimé, Sylvestre Oldridge, retenu ailleurs.* Pour une fois, ce serait réellement le cas.

— J'en conclus donc que son absence est temporaire et non définitive.

— Comme à son habitude, rétorqua-t-elle, et elle entreprit de dénouer les rubans de son chapeau. Si vous étiez un insecte, ou une nouvelle variété de lichen, il voudrait connaître le moindre détail vous concernant, tandis que vous pourriez être le prince de Galles en personne qu'il se trouverait « retenu ailleurs » au moment de votre entrevue.

Les sentiments contradictoires qui agitaient Alistair l'empêchèrent de comprendre ce qu'impliquaient les paroles de son interlocutrice, mais les détails de sa toilette le ramenèrent sur terre.

Son costume d'amazone était de bonne qualité, mais la coupe en était outrageusement démodée et la couleur ne convenait pas du tout à son teint. Quant à son chapeau, il venait visiblement du meilleur faiseur, mais sa grand-mère avait dû porter le même.

Comment une femme de son rang pouvait-elle faire montre d'aussi peu de goût et dédaigner ainsi la mode ? Alistair en restait confondu.

— Je vous prie donc de bien vouloir excuser l'absence de mon père et de ne pas vous en offenser, reprit-elle en s'acharnant sur les rubans de son chapeau, qui semblaient vouloir lui résister

— Permettez-moi de vous aider, mademoiselle Oldridge, suggéra-t-il.

— C'est inutile, je vous remercie.

— Vous ne pouvez pas voir ce que vous faites, insista-t-il en avançant la main. Voulez-vous lever un peu la tête ?

Elle s'exécuta avec raideur, tout en prenant soin de baisser les yeux pour éviter de croiser les siens. Ses cils étaient longs, remarqua-t-il, et beaucoup plus foncés que sa chevelure. Tandis qu'il se penchait, un parfum délicat, pratiquement imperceptible, lui chatouilla les narines. Le parfum inimitable de la Femme !

Il s'évertua héroïquement à ignorer les battements de son cœur et à maîtriser sa respiration. Mais les rubans humides étaient très serrés et, malgré ses efforts, le nœud se montrait récalcitrant. Son pouls s'accéléra quand il sentit sur son visage le souffle léger de son hôtesse.

— La situation me semble désespérée, et le recours à la chirurgie m'apparaît nécessaire, déclara-t-il finalement.

Il aurait pu lui conseiller d'envoyer chercher sa femme de chambre, mais il était trop distrait par sa bouche, qu'encadraient deux ravissantes fossettes.

— Fort bien ! Arrachez-les ou coupez-les, ce qui est le plus rapide, décréta-t-elle. Ce chapeau ne mérite pas tant d'embarras.

Sans se faire prier, Alistair sortit son couteau de poche et trancha les rubans. Il aurait volontiers piétiné le chapeau avant de le jeter au feu, et cloué la modiste au pilori pour lui apprendre à fabriquer des couvre-chefs aussi ridicules, mais il jugea préférable de le poser délicatement sur une commode, ce qui lui permit de mettre entre Mirabel et lui une distance plus convenable.

— Voilà qui est parfait ! s'écria la jeune fille en lui adressant un sourire radieux. Je commençais à craindre de devoir porter ce chapeau jusqu'à la fin de mes jours.

— Je ne l'aurais pas permis, mademoiselle.

— Je vous présente mes excuses, poursuivit Mirabel. Vous avez eu suffisamment de tracas en faisant tout ce chemin pour rien. D'où venez-vous, à propos ?

— De Matlock Bath. Ce n'est pas si loin, ne vous inquiétez pas. Je reviendrai un autre jour, à la convenance de votre père.

Avec un peu de chance, peut-être serait-elle « retenue ailleurs » ce jour-là. Ce serait préférable pour lui, en tout cas.

— Vous risqueriez de faire de nouveau le voyage pour rien. Même si mon père était à la maison pour vous recevoir, il ne serait pas vraiment avec vous, si vous voyez ce que je veux dire.

Non. Il ne voyait pas du tout, malgré des efforts méritoires, mais l'entrée de deux valets chargés de plateaux débordant de nourriture en quantité suffisante pour un régiment l'empêcha de demander des précisions.

— Voulez-vous vous restaurer un peu pendant que je me rends présentable ? proposa Mirabel. Puisque vous avez pris la peine de venir jusqu'ici, autant m'expliquer le but de votre visite. Peut-être pourrai-je vous aider.

Alistair était, quant à lui, persuadé qu'elle ne pouvait l'aider, mais qu'elle était en revanche tout à fait capable de provoquer sa perte. Un seul de ses sourires représentait un danger mortel. Plus jamais il ne devait se retrouver seul avec elle, pas un instant !

— Il n'y a rien d'urgent, je vous assure ! Je peux parfaitement revenir un autre jour. Je compte rester dans la région quelque temps.

Aussi longtemps que nécessaire. Il s'était engagé à régler cette affaire, et il n'était pas question de rentrer à Londres bredouille.

— Cela ne changera rien. Même si vous ligotiez mon père sur une chaise, il n'écouterait pas un mot de ce que vous lui raconteriez, à moins, bien sûr, que vous ne lui parliez de plantes, de mousses ou de lichens.

— Je vous demande pardon ?

— Vous vous intéressez peut-être à la botanique ? Je sais que vous avez été militaire, mais cela ne vous empêche pas d'avoir une autre occupation dans le civil. Êtes-vous botaniste ?

— Pas le moins du monde.

— Alors, il ne vous écoutera pas, conclut-elle en se dirigeant vers la porte.

— Mademoiselle Oldridge, j'ai ici une lettre de votre père dans laquelle il exprime clairement son intérêt pour mon projet et ses implications économiques, s'entêta Alistair, qui commençait à regretter de ne pas l'avoir laissée s'étrangler avec les rubans de son chapeau. J'ai du mal à croire que l'auteur de ces lignes refuse de m'écouter.

— Mon père vous a écrit ?

— Il m'a répondu par retour du courrier.

— Vous avez mentionné un projet, reprit-elle après un instant de réflexion. Mais il ne s'agit pas de botanique.

— Non, il s'agit de travaux publics. Du percement d'une voie d'eau.

— Le canal de lord Gordmor, j'imagine, murmura-t-elle en pâlissant un peu.

— Vous en avez entendu parler ?

— Comme tout le monde.

— En fait, il semble y avoir un regrettable malentendu sur les intentions de lord Gordmor.

— Un malentendu ? répéta-t-elle.

— C'est justement pour dissiper toute ambiguïté que je suis ici, expliqua Alistair, conscient d'une baisse considérable de la température ambiante. Lord Gordmor est actuellement souffrant, mais en tant qu'associé, je connais le projet dans ses moindres détails et suis parfaitement à même de dissiper les appréhensions de monsieur votre père.

— Si vous croyez qu'il s'agit de simples appréhensions, vous vous trompez. Nous sommes – et quand je dis « nous », je veux dire tous les propriétaires terriens de la région –, nous sommes tous farouchement opposés au percement de ce canal.

— Sans vouloir vous manquer de respect, mademoiselle, je pense que vous avez été mal informée sur ce projet. Je suis certain que ces messieurs de Longledge Hill, dans un souci d'objectivité, me permettront de corriger et de clarifier ces questions. Et puisque monsieur votre père est, et de loin, le plus important propriétaire des environs, c'est à lui que j'ai voulu m'adresser en premier. Je sais que son soutien sera un atout précieux auprès de ses voisins.

— Eh bien, si vous y tenez tant, nous allons partir à sa recherche, concéda la jeune fille avec un petit sourire en coin qui rappela désagréablement à Alistair son propre père. Mais peut-être aurez-vous la bonté de m'accorder d'abord quelques minutes pour passer des vêtements propres et secs.

Alistair rougit jusqu'à la racine des cheveux. Le sourire radieux, le teint éclatant et le parfum troublant de son hôtesse lui avaient fait une telle impression qu'il en avait oublié la galanterie la plus élémentaire et l'avait laissée se morfondre dans ses habits trempés. La malheureuse devait le maudire !

Son esprit s'égara à imaginer tous les boutons, toutes les agrafes, tous les lacets qu'il lui faudrait défaire, et son sang commença à bouillonner dans ses veines.

Se ressaisissant en hâte, il s'efforça de penser à autre chose, à des canaux, à des mines de charbon ou à des machines à vapeur, et s'excusa de son manque de considération.

Elle lui assura froidement qu'elle ne lui en voulait pas, lui proposa de se servir à sa guise et s'éclipsa, avec aux lèvres ce demi-sourire qui ne lui disait rien qui vaille.

Les serres où Mlle Oldridge, maintenant vêtue d'une robe propre, mais tout aussi peu seyante que la précédente, le conduisit auraient pu rivaliser avec celles du prince régent. Mais à Carlton House, on cultivait des plantes d'ornement destinées aux jardins princiers, tandis que M. Oldridge entretenait un véritable musée végétal.

Chaque spécimen était soigneusement étiqueté, avec une profusion de notes et de références aux autres plantes. Ici ou là, un cahier contenant des annotations en latin, où Alistair reconnut l'écriture du maître des lieux, gisait ouvert dans la terre humide.

L'auteur de ces lignes demeurait cependant invisible. Il en fut de même dans les jardins d'agrément et dans les potagers. Un jardinier leur apprit qu'il était parti étudier des lichens, et qu'ils le trouveraient vraisemblablement à Abraham Heights, tout en haut du parc.

Alistair savait qu'Abraham Heights dominait Matlock Bath. Si jamais il n'avait pas remarqué la colline au relief déchiqueté couverte de bois touffus qui s'élançait juste derrière l'auberge où il était descendu, un nombre incalculable de flèches, de panneaux et de pancartes l'y aurait contraint.

Découvrir qu'il avait parcouru tant de kilomètres sur cette route exécrable pour voir un homme qui était à deux pas du village qu'il venait de quitter lui fut un choc.

Il se tourna vers Mlle Oldridge, dont le regard se perdait au loin, en se demandant ce qu'elle pouvait bien en penser.

— Le hobby de monsieur votre père doit être une véritable passion, commenta-t-il. Peu de gens iraient gravir une éminence aussi escarpée en cette saison. Les lichens n'entrent donc pas en hibernation comme les autres plantes ?

— Je n'en ai pas la moindre idée.

— Vous ne partagez pas son goût des plantes ? questionna-t-il en clopinant derrière elle, car l'humidité qui montait du sol détrempé se faisait cruellement sentir dans sa jambe.

— Sa passion dépasse mon entendement, et je suis totalement ignare en botanique. Je m'imaginais naïvement qu'il avait suffisamment de plantes et de lichens à sa disposition sur ses terres pour qu'il n'ait pas besoin d'aller escalader cette colline. Cela dit, il rentre toujours à temps pour le dîner, et l'exercice lui fait du bien. Ah, tenez, le voici !

Un homme mince, de taille moyenne, bien protégé des intempéries par un épais manteau et un chapeau à large bord, venait de sortir des fourrés et se dirigeait droit sur eux.

L'âge avait éteint le regard et blanchi les cheveux de M. Oldridge, mais la ressemblance avec sa fille n'en était pas moins réelle, même si celle-ci devait tenir la plupart de ses traits, dont son sourire ironique, de sa mère.

Mirabel le présenta à son père, mais le nom d'Alistair ne parut pas éveiller le moindre écho chez le vieux botaniste.

— M. Carsington t'a écrit, papa, à propos du projet de canal de lord Gordmor, lui rappela-t-elle. Tu lui avais donné rendez-vous aujourd'hui.

— Tu es sûre ? Le canal… Ah, oui ! C'est comme cela que Smith a fait sa plus grande découverte. C'est fascinant, proprement fascinant. Il a également trouvé des fossiles très intéressants, tu sais. Eh bien, cher monsieur, j'espère que vous resterez dîner avec nous.

Sur ce, il les planta là et poursuivit son chemin, visiblement pressé d'aller vaquer à ses mystérieuses occupations.

— Il va inspecter ses dernières découvertes, expliqua à mi-voix sa fille, puis il rentrera se changer pour se mettre à table. En hiver, nous dînons tôt. En tout cas, le seul endroit où vous pouvez être certain de trouver mon père, c'est dans la salle à manger, à l'heure du repas. Aussi loin qu'il aille herboriser, il sera toujours là à temps pour manger. Je vous conseille d'accepter son invitation, vous disposerez ainsi de deux grandes heures pour plaider votre cause.

— J'en serais enchanté, mais je ne suis pas en tenue pour dîner à votre table, regretta Alistair.

— Vous êtes plus élégamment vêtu que tous nos invités de ces dix dernières années, assura Mirabel. De toute façon, ce n'est pas mon père qui prêtera attention à votre tenue. Quant à moi, je n'y attache aucune importance.

Dire que Mirabel Oldridge attachait peu d'importance à la toilette était rigoureusement exact. Elle remarquait rarement celle des autres et préférait qu'ils fassent de même avec la sienne. Elle s'habillait sans recherche pour que les messieurs avec qui elle traitait la prennent au sérieux et l'écoutent au lieu de la regarder.

Pourtant, contrairement à son habitude, elle n'avait pu s'empêcher de remarquer l'élégance d'Alistair Carsington, depuis sa cravate de fin linon nouée avec une négligence parfaitement étudiée jusqu'à ses bottines rutilantes.

Cela l'avait amenée à constater qu'il était également très beau garçon, dans le genre ténébreux, avec sa masse de cheveux bruns ondulés, ses traits anguleux, son profil patricien et ses larges épaules.

Même ses mains étaient élégantes. Elle avait eu tout le temps de les observer pendant qu'il s'acharnait sur les rubans de son chapeau, et elle avait eu beaucoup de mal à maîtriser le trouble qui l'avait saisie.

Bien entendu, elle avait mis ces sensations étranges sur le compte d'une nervosité bien compréhensible, puisqu'il l'avait surprise alors qu'elle n'était pas préparée à sa visite, ce qu'elle détestait par-dessus tout.

D'avoir, par le passé, frôlé la catastrophe l'avait convaincue de se tenir au courant de tout ce qui concernait son père. De cette façon, elle n'était jamais prise au dépourvu et personne ne pouvait profiter des bonnes dispositions ou de la distraction de ce dernier, ni essayer de la manipuler ou de la tromper.

Elle lisait donc tout le courrier paternel et rédigeait les réponses, qu'il n'avait plus qu'à lire et à signer. Et comme elle n'avait ouvert aucune lettre de ce M. Carsington, elle n'avait aucune idée de ce qu'il avait écrit ni de ce que son père lui avait répondu.

Il lui fallait absolument combler cette lacune si elle ne voulait pas se trouver en défaut au cours du dîner.

Elle confia donc sans perdre une minute leur visiteur à un valet de chambre pour qu'il fasse sécher et brosser ses vêtements, et lui fournisse tout ce dont il pouvait avoir besoin pour faire un brin de toilette.

Mirabel le regarda cependant s'éloigner en boitillant, et le regretta immédiatement comme son cœur se serrait.

Elle avait déjà vu des soldats blessés beaucoup plus gravement ; elle en avait même soigné. Elle en connaissait d'autres qui s'étaient conduits héroïquement sans recevoir le dixième de l'estime et des éloges qu'on prodiguait à M. Carsington. Pourquoi alors s'apitoyer sur son sort ?

De toute façon, conclut-elle avant de se diriger vers le bureau paternel, il était bien trop élégant et sûr de lui pour avoir besoin de sa sympathie.

Le valet de pied avait dit vrai, l'agenda de son père était ouvert sur son bureau, et le rendez-vous y était bien noté. Mais elle eut beau fouiller partout, elle ne trouva pas trace de la fameuse lettre de M. Carsington. Son père l'avait probablement enfouie dans sa poche pour y gribouiller des notes. S'il ne l'avait pas perdue...

Elle finit pourtant par exhumer la réponse, dont il avait griffonné le brouillon sur un carnet.

M. Carsington n'avait pas menti. Une dizaine de jours plus tôt, son père lui avait exprimé tout l'intérêt qu'il portait à ce projet de canal, dont il avait saisi toutes les implications, et il ne demandait qu'à en parler plus en détail.

Une boule douloureuse se forma dans sa gorge.

Cette lettre lui rappelait le père qu'elle avait connu autrefois, celui qui s'intéressait à une multitude de choses et de gens. Celui qui aimait tant parler et écouter, même le babil d'une petite fille...

Ses parents la laissaient assister à leurs conversations, et elle avait également l'habitude d'épier, assise en haut de l'escalier, les discussions des invités pendant les dîners ou les parties de whist.

Mais après la mort de sa femme, une quinzaine d'années auparavant, M. Oldridge s'était replié sur lui, au point de ne s'intéresser à rien d'autre que ses plantes. Et pour une fois qu'il délaissait la botanique, il n'avait pas daigné en informer sa fille. Ce Carsington était décidément fort agaçant !

Au cours des deux Saisons qu'elle avait passées à Londres, dans une autre vie, lui semblait-il, elle avait rencontré quantité d'hommes de son espèce, élégants, raffinés, d'une politesse exquise, sachant toujours quoi dire ou faire.

Elle connaissait cet accent policé, ces tournures recherchées, et elle avait certainement entendu des voix aussi douces et graves que la sienne, qui faisaient résonner la plus plate des remarques comme un secret d'État et le moindre cliché comme une confidence.

— Je connais les individus de cet acabit, marmonna-t-elle. Il n'a rien d'extraordinaire, ce n'est qu'un gandin de Londres qui nous considère comme des provinciaux attardés, trop ignorants pour comprendre ce qui est bon pour nous.

Eh bien, l'Honorable Alistair Carsington ne tarderait pas à mesurer son erreur, car elle était bien résolue à lui ouvrir les yeux !

Nul doute que la conversation qu'il aurait avec son père durant le dîner se révélerait des plus divertissantes…

2

Même si Alistair ne posait pas à l'intellectuel, il était capable d'additionner deux et deux. Et plutôt rapidement

Et ce jour-là, assurément, le sort s'acharnait contre lui. Mlle Oldridge le jugeait peut-être assez élégant pour un dîner informel à la campagne – à l'évidence, elle n'était pas d'une grande exigence en la matière –, lui, en revanche, était d'un avis radicalement différent.

Grâce à un bon feu et à la diligence d'un personnel consciencieux, ses vêtements avaient été séchés et vigoureusement brossés. Mais il ne s'agissait pas moins de vêtements d'après-midi que même le plus accompli des valets de chambre ne pouvait transformer en habit de dîner.

Sa cravate n'était plus qu'une masse informe, striée de faux plis, ce qui le rendait fou. Hélas, malgré leur efficacité, les domestiques n'avaient pas le temps de laver et d'amidonner son linge.

Pour couronner le tout, sa jambe, qui n'aimait pas l'humidité et qui aurait dû vivre au Sahara, se vengeait de cette randonnée dans la brume qu'il lui avait infligée en se rappelant à lui douloureusement.

Ces multiples désagréments l'empêchèrent de deviner ce que n'importe quel idiot aurait compris depuis des heures.

Mlle Oldridge lui avait pourtant demandé s'il s'intéressait à la botanique. Elle avait à plusieurs reprises évoqué mousses et lichens, et lui-même avait vu les serres, les plantations, les livres et les carnets bourrés de notes… Mais quand il n'avait pas à se préoccuper de ses vêtements et que sa jambe ne le torturait pas, il se laissait complètement distraire par son hôtesse elle-même.

En conséquence, ce ne fut que lorsqu'il rejoignit les Oldridge dans le salon avant le dîner, et que le vieux monsieur l'entreprit sur les « extraordinaires » particularités des mousses et lichens qu'il se rendit enfin à l'évidence. Le maître de céans était un monomaniaque.

Alistair connaissait bien cette maladie. L'une de ses belles-sœurs passait ses journées en prières, et l'un de ses cousins s'était mis en tête de déchiffrer la pierre de Rosette. Les individus atteints de cette affection ne se laissaient jamais distraire de leur obsession si on ne les y obligeait pas.

Donc, lorsque son hôte cessa de discourir pour se concentrer sur le volatile qu'il découpait, Alistair en profita pour s'engouffrer dans la brèche.

— J'admire votre expérience et votre connaissance de la région, cher monsieur. J'aurais aimé que vous puissiez nous conseiller avant que nous présentions notre projet de canal. Mais j'espère que vous serez prêt à le faire dès à présent.

M. Oldridge se contenta de froncer les sourcils sans quitter des yeux le chapon.

— Nous serions prêts à en modifier le tracé, si c'est là votre principal souci, continua le jeune homme.

— Pourriez-vous le déplacer dans un autre comté ? intervint Mlle Oldridge. Dans le Somerset, par exemple, où ils ont déjà dévasté le paysage avec leurs crassiers.

Alistair fut contraint de tourner le regard vers elle, ce qu'il avait soigneusement évité jusqu'ici.

Elle avait revêtu une robe mauve pâle – elle qui aurait dû privilégier les couleurs chaudes – avec un col montant et un ruché de dentelle qui auraient convenu à une douairière. Sa magnifique chevelure cuivrée était attachée sur la nuque en un chignon pathétique.

Pour tout bijou, elle arborait une chaîne en argent assortie d'un médaillon.

Lui arrivait-il parfois de se regarder dans un miroir ? se demanda Alistair. Elle était si mal fagotée qu'il en venait à se demander si le Créateur ne lui avait pas refusé le don qu'il avait accordé à toutes les autres femmes... Peut-être avait-elle la vue basse. Quoi qu'il en soit, ses fautes de goût lui inspiraient la même irritation que celle que doit éprouver un mélomane en entendant un instrument mal accordé ou la voix stridente d'une cantatrice.

Il devait se tenir à quatre pour ne pas l'envoyer se changer dans sa chambre, ce qui ne faisait qu'accroître son agacement.

— Vous me permettrez de corriger une légère erreur, mademoiselle, rétorqua-t-il sur le ton qu'il employait quand ses jeunes frères se montraient particulièrement exaspérants. Ce sont les mines de charbon qui produisent des crassiers, pas les canaux. Or, jusqu'à présent, la seule mine de la région est celle de lord Gordmor, à plus de trente lieues d'ici. S'il gâte le paysage, cela ne gêne que lui. Il s'agit de ses terres, n'est-ce pas, et elles ne sont bonnes qu'à cela.

— Il pourrait élever des moutons, comme tout le monde. Ce serait moins bruyant et moins salissant.

— Libre à vous d'imaginer ce qui vous plaît et de remodeler tout le comté à votre guise.

Un éclair traversa le regard azuré de Mirabel, mais Alistair n'y prêta pas attention et enchaîna à l'adresse de M. Oldridge :

— Nous ne nions pas être partie prenante dans cette affaire. Le but initial de ce canal est de transporter le charbon plus vite et à un moindre coût.

Le maître de maison, très occupé à répartir les meilleurs morceaux de volaille entre son invité et sa fille, eut un vague signe de tête qui pouvait passer pour approbateur.

— En vendant son charbon à un tarif plus avantageux, lord Gordmor aura ainsi de nouveaux débouchés en termes de clientèle. Mais ses clients et lui ne seront pas les seuls bénéficiaires. Le canal vous offrira, à vous et à tout le voisinage, un accès plus facile à toutes sortes de marchandises. Les objets fragiles ne seront plus acheminés sur les routes cahoteuses de la région, et vous pourrez exporter à moindre coût votre production agricole. En résumé, tous les habitants du comté, du gros propriétaire terrien au plus modeste des ouvriers agricoles, profiteront de ce chenal.

— Lord Hargate ne vient pas souvent à la campagne, même quand le Parlement ne siège pas, remarqua M. Oldridge. La politique est parfois très éprouvante pour le corps comme pour l'esprit. J'espère qu'il se porte bien.

— Mon père se porte à merveille, je vous remercie. Mais il n'a rien à voir avec le projet de lord Gordmor, je tiens à le préciser.

— Les canaux ont été très en vogue au siècle dernier, je m'en souviens. C'est à cette époque qu'on a creusé celui de Cromford et commencé celui de Peak Forest. Goûtez donc cette sauce grand veneur, mon cher.

Alistair, qui était prêt à expliquer tous les avantages qu'apporterait à la région un cours d'eau artificiel, moderne et navigable, n'oubliait cependant pas qu'il avait été convié à dîner, et non à une conférence. Il avait abordé le sujet qui lui tenait à cœur parce que Mlle Oldridge lui avait laissé entendre qu'il n'aurait pas de meilleure occasion, mais il ne voyait aucun inconvénient à parler d'autre chose.

Il fut ravi de pouvoir savourer tranquillement le délicieux repas qu'on lui avait servi. Il devait l'avouer, il ne s'attendait pas à goûter à des mets aussi raffinés au fin fond de la province.

Le cuisinier était un véritable artiste et, manifestement, le majordome et les valets auraient été tout à fait à leur place dans les grandes maisons londoniennes, y compris Hargate House d'ailleurs.

Pourquoi diable une maîtresse de maison aussi accomplie que Mlle Oldridge échouait-elle à trouver une camériste capable de la conseiller dans le choix de ses toilettes ? C'était un véritable mystère.

— Comment en êtes-vous venu à vous intéresser aux canaux ? l'interrogea M. Oldridge. Les techniques de construction sont certes passionnantes, mais... vous ne me paraissez pas sortir de Cambridge.

— Je suis effectivement diplômé d'Oxford.

Des deux plus célèbres universités du royaume, Cambridge avait la réputation d'être la plus versée dans les mathématiques et les sciences.

— Smith était un autodidacte, il me semble, marmonna pensivement M. Oldridge. Que savez-vous des fossiles, jeune homme ?

— Vous parlez des professeurs d'Oxford ?

Il crut entendre un rire étouffé de l'autre côté de la table, mais quand il leva les yeux, le visage de Mlle Oldridge était impassible.

— Mon père fait allusion à l'ouvrage de M. William Smith, *Les Couches géologiques identifiées par leurs fossiles*, précisa-t-elle. Vous connaissez ?

— Je n'ai rien d'un érudit, et l'objet de ce livre est, à l'évidence, beaucoup trop complexe pour moi.

— Il explique les formations géologiques, et j'aurais cru que... reprit-elle en fronçant les sourcils beaucoup plus gracieusement que son père. Vous avez dû utiliser les cartes de M. Smith pour l'élaboration de votre projet.

— Pour déterminer le tracé du canal ?

— Pour déterminer si ouvrir une mine de charbon dans un endroit aussi peu accessible était rentable. Il y a du charbon à peu près partout en Angleterre, mais souvent les coûts d'extraction ou de transport en rendent l'exploitation trop onéreuse. Vous avez certainement d'excellentes raisons de penser que la mine de lord Gordmor mérite de tels investissements. Vous n'avez quand même pas commencé à creuser sans réfléchir à la rentabilité ?

— Ces collines sont réputées pour leurs ressources minérales, rappela Alistair. Lord Gordmor était convaincu de tomber sur un filon : plomb, cuivre, marbre, charbon... que sais-je encore ?

— Je vous croyais associé avec lord Gordmor. Il me semblait que vous connaissiez le projet « dans ses moindres détails », selon vos propres termes.

— Nous sommes associés depuis novembre dernier. Il s'est lancé dans les mines bien plus tôt, peu de temps après son retour du continent.

En fait, quand Douglas était revenu de la guerre, il avait trouvé ses affaires dans un état lamentable. Il n'avait plus les moyens d'entretenir son domaine du Northumberland. Son régisseur lui avait conseillé de tenter d'exploiter sa propriété du Derbyshire. Aux abois, Douglas y avait cherché du charbon.

Mais Alistair n'avait aucune intention de raconter par le menu la vie de son ami à une demoiselle trop curieuse, ni d'ailleurs à qui que ce soit.

— Je vois. Vous avez donc tous les deux servi sous les ordres de Wellington. C'est pourtant vous seul qui êtes célèbre. Même ici, au fin fond du Derbyshire, tout le monde a entendu parler de vous.

Alistair se sentit rougir. Il se demandait si elle faisait allusion à la bataille de Waterloo ou à ses innombrables frasques, qui étaient également de notoriété publique. Néanmoins, il espérait vivement que le récit de ses exploits n'était pas arrivé jusqu'ici.

— Vous ressemblez beaucoup à votre père, remarqua M. Oldridge. Il a plusieurs fils, n'est-ce pas ?

Soulagé de changer de sujet, Alistair répondit qu'en effet, il avait quatre frères.

— Certains diraient que c'est bien peu. Notre malheureux roi n'a pas eu moins de quinze rejetons, observa son hôte.

Le roi George III était devenu fou quelques années plus tôt et son fils aîné, qui n'était pas lui-même un modèle d'équilibre, exerçait la régence et se confrontait à la réalité du pouvoir.

— Il aurait mieux valu que notre pauvre monarque engendre moins d'enfants, et qu'ils soient plus réussis, intervint Mlle Oldridge. Lord et lady Hargate n'ont eu que cinq garçons, mais deux occupent déjà des positions enviables et le troisième s'est illustré à la bataille de Waterloo. Je suis persuadée que les deux benjamins se montreront à la hauteur de leurs aînés.

— Vous semblez très au fait de ce qui concerne ma famille, mademoiselle, s'étonna Alistair.

— Comme tout le monde dans le Derbyshire. Vous êtes une des plus anciennes familles du comté, votre père est influent à la Chambre des lords, et vos frères sont connus pour avoir défendu des causes célèbres. Quant à vous, la presse nationale et locale a relaté vos exploits sur le champ de bataille. J'ajoute que, pendant des mois, nos amis ou parents de la capitale ne tarissaient pas d'éloges sur vos faits d'armes dans leurs lettres.

Alistair n'avait jamais compris pourquoi les journaux l'avaient élevé au rang de héros. Il n'avait participé qu'à deux jours de combats, et il était si peu expérimenté qu'il s'émerveillait encore de ne pas s'être tiré une balle dans le pied. Cette célébrité, qui lui paraissait usurpée, l'irritait profondément.

— C'est de l'histoire ancienne, dit-il froidement, tandis que sa jambe s'empressait de manifester son désaccord par des élancements douloureux.

— Pas ici, rétorqua Mlle Oldridge. Attendez-vous à subir les louanges de toute la population.

Le ton léger de son hôtesse ne lui inspirait aucune confiance. Il avait constaté depuis longtemps que les paroles d'une femme avaient souvent un double sens. Il n'en saisissait pas toujours la signification cachée, mais il savait que cela annonçait invariablement des ennuis, et il ne voyait aucune raison pour que Mirabel Oldridge fasse exception à la règle.

Ce qui ne lui échappait pas, en revanche, c'était que le chignon de la jeune fille s'écroulait lamentablement et qu'elle ne paraissait pas y attacher la moindre importance !

Il la regarda avec effarement repousser distraitement derrière l'oreille une longue mèche qui lui barrait l'œil. Un geste qu'une femme pouvait se permettre dans l'intimité de sa chambre à coucher, au saut du lit, à sa toilette ou... à d'autres moments encore plus intimes. Mais pas à table !

Une dame était censée arriver au salon ou à la salle à manger convenablement coiffée et habillée, et ne pas se déliter à vue d'œil, telle une pâtisserie fondant au soleil.

Alistair essaya de reporter son attention sur son assiette, mais son appétit s'était envolé. La présence de Mirabel le troublait trop.

M. Oldridge, pour sa part, n'éprouvait visiblement aucune difficulté à profiter pleinement de son dîner. Peut-être fallait-il mettre son appétit sur le compte de ses longues randonnées dans la nature, quoi qu'il en soit, il mangeait comme quatre tout en discourant sur ses dernières expériences sur les tulipes.

Il continua imperturbablement lorsque sa fille abandonna les messieurs pour leur permettre de siroter un porto en fumant un cigare. Alistair eut beaucoup de mal à réorienter la conversation vers le sujet qui le préoccupait, le fameux canal. Tandis qu'il plaidait sa cause, son hôte lui parut profondément absorbé par la contemplation d'un candélabre.

— Je vois, je vois mais, savez-vous, c'est une affaire compliquée, déclara-t-il enfin, prouvant que, contrairement aux apparences, il avait écouté.

— Un canal n'est jamais une mince affaire, acquiesça Alistair. Quand il faut passer sur les terres des particuliers, il est normal d'indemniser ces derniers, et leurs exigences sont parfois divergentes.

— Certes, certes, c'est un peu comme les tulipes. Si vous n'utilisez pas la *Farina Fecudens*, elles ne peuvent pas se reproduire, comme l'ont démontré Bradley et Miller, mais *L'Encyclopédie du jardinier* ne mentionne leurs expériences que dans certaines éditions. Je vous en prêterai une, vous lirez l'article.

Sur ces nébuleuses paroles, le vieil homme se leva et proposa à son invité de rejoindre Mirabel au salon. Découragé, Alistair préféra prendre congé. Il se faisait tard, et il avait un long trajet pour regagner son hôtel.

— Mais il faut absolument que vous restiez passer la nuit ici ! Il faut bien l'admettre, la route est exécrable, même en plein jour. Il n'est pas question que vous repartiez à la nuit noire.

« C'est bien pour cela que vous avez besoin d'un canal ! » aurait voulu hurler le jeune homme.

De toute façon, s'il voulait réfléchir, battre en retraite s'imposait. Penser de façon rationnelle était chose impossible avec Mlle Oldridge dans les parages.

Il aurait été incapable de dire ce qui n'allait pas, mais sa mission ne se déroulait pas du tout comme Douglas et lui l'avaient prévu. M. et Mlle Oldridge avaient tous deux le pouvoir de le désarçonner, ce qui n'était pourtant pas aisé, aurait fait remarquer son ami.

Bien entendu, les circonstances s'étaient liguées contre lui, mettant ses nerfs à rude épreuve. Il avait enduré le vent et la pluie, et il portait les mêmes vêtements depuis le matin, ce qui le dégoûtait profondément. Il n'était pas question d'enfiler de nouveau ces habits demain.

Certes, à la guerre, il avait subi des traitements plus abominables, mais à la guerre on n'avait pas le choix. Oldridge Hall n'était pas un champ de bataille, du moins pas encore.

Quelques instants plus tard, après avoir également refusé la voiture que lui proposait son hôte, il grimpait en selle, sous une averse de grêle, et prenait la direction de Matlock Bath.

Alistair était déjà loin, lorsque Mirabel apprit son départ.

— On aurait dit qu'il avait le diable aux trousses, lui expliqua son père. J'ai eu beau faire, je n'ai pas réussi à le dissuader de partir.

— Il grêle et, avec ce vent, il y en a pour toute la nuit, constata-t-elle en cherchant vainement à percer les ténèbres du regard. Mais enfin, comment as-tu pu laisser le fils de lord Hargate partir pour Matlock Bath en pleine tempête ?

— Tu as raison, j'aurais dû le faire attacher par les plus vigoureux de nos valets. À part ça, je ne vois pas comment j'aurais pu l'en empêcher.

— Pourquoi ne m'as-tu pas appelée ?

— Je n'ai même pas eu le temps d'y penser. Vois-tu, il m'a rappelé une variété de cactus. Je me demandais si les piquants ne jouaient pas un rôle dans la reproduction de l'espèce, même si l'on considère généralement… Enfin, ma fille, où vas-tu ?

— Je vais le rattraper avant qu'il se rompe le cou, répondit Mirabel en fonçant vers la porte. Le fils d'un comte, un héros de Waterloo, tu te rends compte ? Cet homme risque de se tuer pendant que tu penses à des piquants de cactus. Tu finiras par me rendre folle, papa !

— Mais, ma chérie, c'est très important…

Mais sa fille ne l'entendait plus. Elle était déjà dans le hall.

Un moment après, montée sur un hongre sans élégance mais au pied sûr, Mirabel s'enfonçait dans la nuit. Elle rattrapa sa proie non loin des limites du domaine. La grêle avait fait place à un crachin glacial, mais pour combien de temps ?

— Monsieur Carsington ! s'époumona-t-elle.

Sous la pluie battante, elle distinguait vaguement une silhouette. Qui d'autre que Carsington aurait pu galoper en rase campagne en cette nuit lugubre ?

— Mademoiselle Oldridge ? s'écria-t-il en tirant sur les rênes. Mais que diable faites-vous ici ? C'est de la folie !

— Vous devez absolument revenir à la maison !
— Ne dites pas de sottises !
— La maison est à moins d'un mille, alors qu'il vous faudra au moins trois heures pour atteindre Matlock Bath par ce temps, à condition que vous ne vous perdiez pas en route et que votre cheval ne se casse pas une jambe.
— Je tiens absolument à regagner mon auberge. Quant à vous, vous rentrez immédiatement chez vous, ou vous allez attraper la mort !
— C'est vous qui attraperez la mort. Moi, je suis à dix minutes d'un bon feu et d'un bain chaud !
— Ma chère demoiselle, pendant que nous nous disputons, nos montures sont en train de prendre froid. Si nous nous remettions en route, vous pour retourner à Oldridge Hall, moi dans l'autre sens, ces pauvres bêtes nous en seraient reconnaissantes. Je vous remercie de votre hospitalité et du souci que vous avez de mon bien-être, mais il m'est absolument impossible de passer la nuit sous votre toit.
— Quels que soient vos engagements demain matin, je vous assure que vous serez à Matlock Bath de bonne heure, insista-t-elle.
— Mais vous ne comprenez pas ! Je n'ai *pas* de linge de rechange !
— C'est une plaisanterie ?
— Je ne plaisante jamais sur ce sujet, riposta-t-il.
— Vous n'avez pas de vêtements de rechange.
— Exactement.
— Je vois.
Elle aurait dû s'en douter. Ce n'était pourtant pas faute de l'avoir observé avec attention. Elle avait remarqué les délicates broderies de son gilet de soie, dont le premier bouton était défait. Elle avait deviné, sous la redingote du meilleur faiseur, les larges épaules et les hanches étroites. Et, bien sûr, les longues jambes musclées moulées par des culottes à la dernière mode n'avaient pas non plus échappé à son examen.

Elle sentit ses joues s'enflammer à ce souvenir. C'était bien naturel, après tout. N'était-il pas un homme d'exception, un valeureux combattant qui avait risqué sa vie pour son roi et son pays ? Et il était aussi grand, fort et beau, ainsi qu'il sied à un héros. Il ne pouvait laisser aucune femme indifférente.

Si elle avait su garder un minimum de détachement, elle se serait rappelé que pour un dandy londonien, rien n'avait plus d'importance que sa tenue. Or Alistair Carsington était l'incarnation parfaite du dandy.

— Dans ce cas... Bonne nuit, cher monsieur !

À sa grande surprise, elle trouva son père qui faisait les cent pas dans le vestibule.

— Tu n'as pas réussi à le convaincre de revenir ?

— Il n'avait pas de vêtements de rechange. C'est un dandy, papa, enchaîna-t-elle devant la mine ahurie de ce dernier. S'il n'a pas une tenue correcte, à ses yeux, il se fane comme une plante privée d'eau, et dans des souffrances que nul ne peut imaginer.

— Exactement comme les cactus ! s'exclama M. Oldridge en la suivant dans l'escalier. Les piquants...

— Papa, pour l'amour du ciel ! Je suis trempée, transie, et je me moque des cactus et de leurs piquants !

— Mais il boite !

— J'ai remarqué, figure-toi !

Elle n'avait jamais vu quelqu'un boiter avec plus d'élégance. Rien qu'à le regarder, elle en avait le cœur chaviré. C'était ridicule, à son âge, et après cette désastreuse expérience...

— Il paraît qu'il a été grièvement blessé à Waterloo, poursuivit-elle en se dirigeant vers ses appartements.

— Oui, c'est ce que m'a raconté Benton. Il a peut-être également reçu un coup sur la tête. J'ai entendu parler d'un cas similaire. Cela expliquerait tout.

— Expliquer quoi ?

— Les piquants, voyons !

— Mais enfin, de quoi parles-tu ? Je ne comprends rien ! s'emporta Mirabel.

— Tu as peut-être raison, il risque de ne pas comprendre, pour les tulipes… C'est bien ennuyeux. Allons, bonne nuit, ma chérie !

— Bonne nuit, papa.

Elle était épuisée, mais mettait sa fatigue sur le compte de la nervosité. M. Carsington l'avait prise au dépourvu. Si elle avait été prévenue de sa visite, les événements se seraient déroulés autrement.

Elle avait également sous-estimé l'obstination de lord Gordmor, et ce manque de jugement risquait de les conduire au désastre. Il était trop tard pour revenir en arrière, mais elle pouvait tirer les leçons de son erreur. À l'avenir, elle prendrait soin de s'informer de façon plus approfondie avant d'agir.

C'est pourquoi, après avoir enfilé des vêtements secs, elle s'installa confortablement devant la cheminée de son boudoir pour écrire une longue lettre à lady Sherfield. Sa tante Clotilde était mieux documentée que le Bottin mondain sur les personnalités importantes de Londres. Elle lui révélerait probablement sur l'Honorable Alistair Carsington des détails que lui-même ignorait.

Il fallut largement à Alistair les trois heures promises pour regagner l'auberge où il logeait, et où il arriva trempé jusqu'aux os. Sa jambe le faisait cruellement souffrir, et il eut le plus grand mal à gravir l'escalier menant à sa chambre, où Crewe, son domestique, manifesta sa désapprobation par une toux discrète avant de recommander un bain bien chaud.

— Il est trop tard pour faire monter de l'eau, objecta son maître en se laissant tomber dans un fauteuil.

— Permettez-moi au moins d'aller vous chercher une collation et une bonne bouteille de vin, proposa le fidèle serviteur.

— J'ai très bien dîné, merci. M. Oldridge semble ne s'intéresser qu'à deux choses : la botanique et la nourriture.

— Les gens d'ici prétendent qu'il est perpétuellement en retard, sauf pour les repas.

— J'aurais dû écouter les commérages de l'office avant de me rendre à Oldridge Hall. Je ne m'attendais pas à rencontrer sa fille. Elle est… elle a des opinions très arrêtées pour une personne si jeune.

— On dit en effet qu'elle a le caractère bien trempé. Il le faut, notez, pour administrer un si grand domaine et gérer une fortune qui, paraît-il, est considérable.

— C'est Mlle Oldridge qui gère les affaires de sa famille ?

— C'est elle qui s'occupe de tout. On m'a raconté que son régisseur ose à peine lever le petit doigt sans sa permission. Vous vous sentez mal ? Vous n'allez pas attraper froid alors que vous avez tellement à faire ! Je crois qu'un grog vous ferait le plus grand bien.

Ne voulant pas peiner le brave Crewe, Alistair hocha la tête. Il ruminait les informations fort intéressantes que lui avait fournies son valet. Ainsi, cette fille mal fagotée aux cheveux de feu dirigeait l'un des plus grands domaines du comté de Derby…

— Il faut bien que quelqu'un s'en charge, soupira-t-il, fataliste, après mûre réflexion. En dehors des tulipes et des lichens, son père ne m'a pas l'air bon à grand-chose.

À ce moment, Crewe reparut avec un grog fumant.

— Ce n'est certes plus une enfant, grommela Alistair en s'emparant de la tasse que lui tendait son valet. Connaîtriez-vous par hasard l'âge de Mlle Oldridge ?

— Trente et un ans.

Alistair, qui buvait une gorgée, s'en étrangla.

— Trente et un ans ? répéta-t-il quand sa toux se fut apaisée.

— Depuis le mois dernier, monsieur.

— Et moi qui la prenais pour une gamine ! Elle est toute menue, avec une chevelure cuivrée, d'immenses yeux bleus et un sourire… Que Dieu nous aide ! Le canal et tous nos projets dépendent d'*elle* !

3

Le lendemain matin, accompagnée de deux valets, Mirabel se mit en quête de la dépouille mortelle de l'Honorable Alistair Carsington.

Ils parvinrent cependant à Matlock Bath sans avoir découvert le moindre cadavre. Le maître de poste leur annonça que le gentleman de Londres était rentré sain et sauf, tard dans la nuit, à l'auberge *Wilkerson*.

Le choix de cette auberge, confortable mais somme toute modeste, surprit Mirabel. Elle pensait que le fils du comte de Hargate serait descendu au *Grand Hôtel des Bains*, l'établissement le plus élégant du comté.

Le soleil avait percé les nuages, et la jeune fille s'arrêta un instant pour admirer ce paysage qu'elle connaissait par cœur, mais dont elle ne se lassait jamais.

La petite ville d'eaux, dominée par la haute silhouette grise du Tor, alignait ses coquettes maisons de poupée au-dessus d'une boucle de la rivière Derwent jusqu'à la colonnade de l'établissement de bains. De l'autre côté de la route, les jardins de villas cossues escaladaient les pentes d'Abraham Heights.

Ce n'était pas une ascension difficile, et Mirabel la faisait en toute saison, chaque fois que ses obligations lui pesaient ou qu'elle avait du vague à l'âme. Elle en revenait invariablement apaisée, et pleine d'énergie.

En cet instant, elle aurait eu grand besoin de contempler la vue impressionnante qu'on avait au sommet d'Abraham Heights : cela l'aurait certainement aidée à mettre de l'ordre dans ses idées, qui étaient fort embrouillées. Mais elle était trop débordée pour s'accorder ce répit. Elle envoya Lucy, sa femme de chambre, et l'un de ses valets faire quelques courses, puis entra chez *Wilkerson*. Elle demanda M. Carsington.

— Je crois qu'il est encore couché, mademoiselle, l'informa l'aubergiste

— Mais il est près de midi !

— Un peu plus de 11 h 30, rectifia son interlocuteur.

Elle s'en souvenait maintenant. Les jeunes gens de la haute société londonienne ne se levaient jamais avant midi, pour la bonne raison qu'ils ne regagnaient leur lit qu'aux premières lueurs de l'aube.

Elle déclina la proposition de Wilkerson d'aller s'enquérir si l'Honorable M. Carsington était en état de recevoir, car imaginer le jeune homme au saut du lit suscitait en elle un trouble auquel elle refusait de s'abandonner.

— J'ai d'autres visites à faire, prévenez-le simplement que je reviendrai plus tard.

Ses mains tremblaient légèrement, sans doute parce qu'elle avait faim. Elle était tellement persuadée de trouver le fils de lord Hargate en mille morceaux qu'elle n'avait rien pu avaler au petit-déjeuner. Elle commanda donc une collation, qu'on s'empressa de lui servir dans un petit salon, à l'écart de l'agitation de la salle à manger.

Une fois rassasiée, elle réclama une carte détaillée des environs. Le brave aubergiste lui en apporta plusieurs, qu'elle étala devant elle pour les comparer. Mirabel ressemblait à son père par beaucoup d'aspects. Comme lui, elle avait la faculté, lorsqu'un sujet l'accaparait, d'oublier tout ce qui l'entourait. Deux heures plus tard, elle était toujours penchée sur ses cartes.

Wilkerson était dans la cour, en pleine conversation avec un postillon nouvellement arrivé. Il ne remarqua donc pas l'apparition de l'Honorable Alistair Carsington qui, enfin levé, se dirigeait vers le petit salon où il avait choisi d'établir son quartier général, ignorant qu'il était déjà occupé, et par qui.

La porte n'étant pas complètement fermée, la première chose qui entra dans son champ de vision fut un postérieur indubitablement féminin, dont les formes charmantes étaient parfaitement mises en valeur par un lainage vert bouteille de la meilleure qualité.

Il évaluait en connaisseur les épaisseurs de tissu qui séparaient la robe de la peau quand la propriétaire de cette ravissante chute de reins leva une tête surmontée d'une luxuriante chevelure cuivrée roulée en torsade et lança par-dessus son épaule un regard d'azur qui le transperça.

Elle !

— Mademoiselle Oldridge !

— Monsieur Carsington ! s'écria-t-elle avec un sourire éclatant. Je ne m'attendais pas à vous voir debout si tôt.

— Il est près de 14 heures, rétorqua-t-il en se demandant si elle se moquait de lui.

— Ô mon Dieu, déjà ! Le temps a filé sans que je m'en rende compte. J'avais prévu de repasser ici quand vous seriez levé.

— Eh bien, je suis levé.

— Oui, et... vous êtes très élégant, ajouta-t-elle en le détaillant de la tête aux pieds.

Il aurait aimé pouvoir lui retourner le compliment. Quelqu'un avait visiblement tenté de dompter sa crinière rebelle, un effort louable mais vain. La moitié des épingles s'était perdue Dieu savait où, et le bel édifice capillaire penchait dangereusement.

Les mains d'Alistair le démangeaient, il dut serrer les poings pour ne pas jouer les caméristes improvisées.

Il considéra d'un œil critique la coûteuse robe d'après-midi. Ce vert sombre convenait à merveille aux cheveux blond vénitien et au teint lumineux de Mirabel, mais la coupe en était affreusement démodée. Un sac de farine aurait été tout aussi seyant, et certainement moins onéreux.

Il préféra reporter son attention sur les cartes étalées sur la table.

— Nous avions une très belle carte de la région, expliqua Mirabel, mais mon père l'a laissée tomber dans la Derwent. Il faut que je m'en procure une nouvelle.

— Pourquoi votre père ou vous-même en auriez besoin, si je puis me permettre ? Votre famille n'est-elle pas établie dans la région depuis des générations ? Vous devez connaître le moindre brin d'herbe à des lieues à la ronde.

— C'est exact en ce qui concerne notre domaine, mais Longledge Hill est un ensemble de collines très étendu, trop vaste pour que chaque recoin nous soit véritablement familier. Nous avons pour voisins le capitaine Hugues d'un côté et sir Roger Tolbert de l'autre, et même si nous nous rendons visite fréquemment, je suis loin de connaître parfaitement leurs terres. La propriété de lord Gordmor, par exemple, est beaucoup plus proche que je ne le pensais, à moins de quinze lieues.

— Le double par la route, répliqua Alistair. Si nous pouvions creuser un canal en ligne droite, on n'obtiendrait même pas dix lieues, mais comme il faut bien tenir compte du relief et contourner certaines installations privées, au total cela fait quinze.

Il s'approcha des cartes.

— Vous vouliez étudier plus précisément le tracé, c'est cela ? Vous seriez prête à réviser votre point de vue sur notre projet ?

— Non, j'étais en train de réviser mon point de vue sur lord Gordmor.

— Vous le preniez pour l'un de ces vautours résolus à chasser l'humble berger et le malheureux bouvier de leurs chaumières pour édifier sur leurs vertes pâtures d'immenses usines crachant le feu et la suie ?

— Non, je le croyais homme de ressource. Pour ma part, lorsque la solution que j'ai envisagée se révèle impossible à mettre en pratique, j'en cherche une autre. Tandis que lord Gordmor, après avoir échoué à nous convaincre de l'intérêt de son canal, n'a pas recouru à son imagination. Il s'est accroché à son idée de départ. Simplement, cette fois-ci, il a envoyé l'artillerie lourde pour nous mettre à genoux.

Alistair aurait parfaitement saisi l'allusion si la coiffure de Mirabel ne l'avait distrait. La lourde torsade, qui penchait déjà dangereusement, entamait une glissade inexorable sur l'oreille.

— L'artillerie lourde ? Vous ne pensez tout de même pas que nous allons débarquer avec nos sapeurs pour creuser ce canal par la force ? Vous n'ignorez pas qu'avant de percer un cours d'eau, il faut l'accord du Parlement, qui ne le donnera jamais si la majorité des propriétaires riverains s'y oppose.

— L'artillerie lourde, c'est *vous*, monsieur. Dans la région, le comte de Hargate a autant de poids qu'un prince du sang. Votre famille est profondément enracinée dans le comté, et votre père y jouit d'un respect unanime. Vos deux frères sont très estimés, quant à vous, vous êtes un héros. Lord Gordmor a su trouver l'associé idéal… et le bon moment pour tomber malade.

Alistair se figea, littéralement. À l'incrédulité succéda l'indignation, puis la colère froide.

— Corrigez-moi si je me trompe, mademoiselle, commença-t-il avec une politesse glaciale. Selon vous, lord Gordmor et moi utilisons la réputation de ma famille pour éliminer toute opposition à notre projet ? Vous pensez que c'est la raison de ma venue ? Que je veux impressionner de pauvres paysans innocents, ou les attendrir en brandissant les souffrances que j'ai endurées pour mon pays ?

— Lord Gordmor n'a pas le moindre impact sur l'opinion des gens de la région. Il n'est pas du comté, sa noblesse est toute fraîche, et il n'a rien d'un héros. Je ne vois pas pourquoi vous montez sur vos grands chevaux, monsieur, poursuivit-elle en le défiant du regard. Je me borne à dépeindre un état de fait évident, même si personne n'aura le courage de vous le dire en face.

— Si vous connaissiez lord Gordmor, rétorqua Alistair d'un ton crispé, vous sauriez qu'il est incapable de se servir de moi, ou de mon nom, pour ourdir je ne sais quel plan machiavélique.

— Je n'ai jamais parlé de duperie ou de plan machiavélique. Vous avez une fâcheuse tendance à dramatiser, il me semble. Votre projet de canal ne me paraît ni utile ni souhaitable, voilà tout. Votre jambe vous fait souffrir ?

— Pas le moins du monde, assura Alistair, tandis qu'un spasme encore plus violent que les précédents lui traversait la jambe.

— Je ne devrais pas vous poser cette question, bien sûr, mais l'indifférence à la souffrance d'autrui m'est insupportable. Votre démarche m'a semblé plus raide, et j'en ai conclu que votre jambe était sans doute douloureuse. Peut-être désirez-vous vous asseoir. De toute façon, je présume que vous avez des préoccupations plus importantes et mille choses à faire. Je ne vais pas vous retarder plus longtemps.

— Mademoiselle Oldridge, vous savez pertinemment que vous êtes ma préoccupation majeure, rétorqua-t-il, pour regretter aussitôt cette remarque non seulement malhabile, mais indigne d'un homme du monde.

— Cette longue chevauchée sous la pluie a dû raviver votre blessure, murmura-t-elle en le regardant arpenter la pièce, entre la table et la fenêtre, pour tenter de calmer sa nervosité et les élancements de sa jambe. Comment n'y ai-je pas pensé ? Ce matin, je n'avais pas toute ma tête. Je n'avais qu'une crainte : vous retrouver mort dans un fossé. Dites-moi, pourquoi suis-je si importante pour vous ?

Elle s'était inquiétée pour lui, elle avait quitté en pleine tempête une maison chaude et confortable pour partir à sa recherche, en pleine nuit. Aucune femme au monde, hormis peut-être sa mère, n'en aurait fait autant pour lui. Mais Mlle Oldridge, contrairement à ses congénères, avait l'habitude des responsabilités.

Et son soutien était déterminant pour son projet.

Il ne pouvait se permettre de perdre cette occasion de la persuader.

— Eh bien, vous... vous êtes la seule à me parler avec une telle franchise, bredouilla-t-il en s'efforçant de mettre un peu d'ordre dans ses pensées. Vous l'avez dit vous-même. J'aimerais beaucoup que vous m'expliquiez quelles sont les objections à ce canal.

— À quoi bon ? Maintenant que vous êtes ici, toutes les réticences vont fondre comme neige au soleil.

— Pour de mauvaises raisons !

— Dans ce cas, il ne fallait pas venir.

— J'avoue, mademoiselle, que vous me donnez fortement envie de m'arracher les cheveux !

— Je me demandais ce qui se passait...

— Pardon ?

— Cette atmosphère soudain lourde, comme si un orage allait éclater dans la pièce. Vous avez vraiment une très forte personnalité, monsieur Carsington. Pourquoi est-ce que je vous donne envie de vous arracher les cheveux ?

Alistair considéra en silence la chevelure cuivrée qui atteignait presque l'épaule de Mirabel. Il s'avança vers la table d'un pas résolu et ramassa les épingles à cheveux qui y étaient éparpillées.

— C'est à vous, je crois.

— Oh, merci beaucoup !

Ignorant la main tendue de la jeune femme, il resserra la torsade soyeuse, la remit en place avant de l'amarrer solidement avec les épingles.

— Voilà qui est mieux.

Elle s'était figée dès qu'il s'était approché. Comme il reculait, elle considéra sans un mot les mains, puis le visage d'Alistair.

— Cette torsade allait s'écrouler. C'était... dérangeant, vous comprenez, ajouta-t-il sans conviction. Je n'arrivais plus à me concentrer.

Son geste était inexcusable, il en avait conscience. Un gentleman ne pouvait se permettre de telles familiarités qu'avec une parente ou sa maîtresse, mais il n'avait pas pu s'en empêcher.

— Voilà donc ce qui vous perturbait tant, répliqua-t-elle avant qu'il ait le temps de tourner une excuse valable. J'aurais dû m'en douter ! Un homme qui part au milieu de la nuit, sous la grêle, parce qu'il n'a pas de vêtements de rechange a des exigences en matière d'élégance qui échappent au commun des mortels.

— J'ai également des principes, mademoiselle, croyez-le ou non, et je souhaite vivement persuader les riverains des vertus de ce canal. J'aimerais amender le projet en tenant compte de leurs objections et, si cela s'avère impossible, aboutir à un compromis acceptable pour tous.

— Alors vous feriez mieux de regagner Londres et d'envoyer quelqu'un d'autre. Si vous croyez que les gens d'ici négocieront avec vous comme avec n'importe qui, vous vous bercez d'illusions. Mes voisins, comme moi-même d'ailleurs, avons laissé à nos régisseurs le soin de recevoir l'émissaire de lord Gordmor. Tandis que vous, mon père n'a pas seulement accepté de vous parler, il vous a gardé à dîner. Il aurait été ravi que vous passiez la nuit chez nous, lui qui vit en reclus. Sir Roger Tolbert et le capitaine Hugues, qui sont beaucoup plus sociables, viendront en personne vous inviter à dîner. Chacun voudra vous accueillir et vous présenter ses chiens, ses chats et ses enfants. Les filles surtout !

Tout en parlant, elle avait entrepris de replier les cartes et montrait autant d'habileté à cet exercice que sa femme de chambre pour la coiffure. Alistair les lui enleva prestement des mains et, en un clin d'œil, en fit une pile bien nette.

— On voit que vous avez étudié à Oxford, ironisa-t-elle.

— Si seulement j'y avais appris comment obtenir une réponse directe à une question simple, soupira-t-il.

Elle lui adressa son plus radieux sourire, celui dont elle l'avait gratifié la veille, avant de connaître l'objet de sa visite. Depuis qu'elle avait appris ses liens avec Douglas Gordmor, elle était moins chaleureuse, et ce sourire auquel il ne s'attendait plus lui chavira le cœur.

— Vous voulez que je vous explique pourquoi l'émissaire de lord Gordmor a rencontré une telle levée de boucliers ?

— Il nous a raconté que personne n'était prêt à discuter du projet. Partout, il se heurtait à un refus brutal, et on lui fermait la porte au nez. Puisque vous êtes la seule capable de franchise, oui, j'aimerais beaucoup que vous me l'expliquiez.

— Eh bien, je ne vous dirai rien, déclara-t-elle en attrapant son manteau. Tout le monde se pâmera devant vous. Vous avez déjà tous les avantages, je ne brûlerai pas mon unique cartouche. Bonne journée, monsieur Carsington.

Elle ramassa les cartes, posa son chapeau de guingois sur sa tête et planta là le malheureux Alistair, contrarié et déconcerté.

Savoir qu'il n'était pas le seul à être contrarié et déconcerté aurait peut-être réconforté Alistair. Mirabel était suffisamment perturbée pour aller jusqu'au village de Cromford chercher un peu de réconfort auprès de son ancienne gouvernante.

Peu après que son élève fut partie à Londres pour faire ses débuts dans le monde, celle-ci avait convolé en justes noces avec M. Entwhistle. Ce dernier était décédé d'une congestion pulmonaire trois ans plus tard, laissant à sa veuve un pimpant cottage et une rente qui lui permettait de vivre sans avoir à reprendre son ancien métier.

— M. Carsington ne tardera pas à découvrir notre principale objection. Tous les propriétaires de la région sont d'accord, ce canal présente beaucoup plus d'inconvénients que d'avantages. Sinon, nous en aurions creusé un depuis des années !

— Un citadin n'imagine pas les conséquences de tels bouleversements sur la vie rurale, remarqua Mme Entwhistle. Et même si on l'avait expliqué à lord Gordmor, il n'aurait sans doute vu dans nos réticences que l'opposition de provinciaux arriérés au changement et au progrès.

— C'est en partie notre faute, répliqua Mirabel. Si tous les propriétaires terriens avaient pris la peine de parler clairement à son émissaire, nous n'en serions certainement pas là. Mais nous l'avons tous dédaigné.

L'importance d'un représentant était proportionnelle à celle de son employeur, or le prestige de lord Gordmor, ainsi que Mirabel l'avait expliqué à Alistair Carsington, était fort mince dans cette région. Son envoyé n'était que le dernier d'une longue liste, et personne ne lui avait accordé la moindre attention.

Dans le comté, on se méfiait des innovations. Si les canaux avaient effectivement amélioré le transport des marchandises, ni les investisseurs ni les riverains n'en avaient retiré de grands profits.

— Vous ne pouviez pas deviner que lord Gordmor se montrerait plus obstiné que les autres, objecta Mme Entwhistle.

— Ce n'est pas son entêtement qui m'inquiète, mais le choix de son représentant. Si seulement j'avais été informée de la venue de M. Carsington ! Il n'a certainement pas écrit aux autres propriétaires, sinon j'en aurais eu vent. Je ne comprends pas pourquoi il s'est adressé uniquement à mon père. C'est le dernier à s'intéresser à ce genre de projets.

— M. Carsington et lord Gordmor n'ont vu en lui que le plus important des propriétaires terriens. Ils ignoraient probablement tout de ses passions.

— Et papa s'est bien gardé d'éclairer leur lanterne. Comment expliquez-vous qu'il ait répondu à M. Carsington ?

La gouvernante haussa les épaules d'un air perplexe.

— Si même mon père accepte de recevoir M. Carsington, imaginez ce que feront les autres ! Ils mettront les petits plats dans les grands pour le héros de Waterloo et signeront n'importe quoi. Ils accepteront le tracé qu'il leur proposera moyennant trois sous d'indemnisation. Cela m'étonnerait que quelqu'un ose exiger un pont pour pouvoir ramener son bétail à l'étable, ou un léger détour pour ne pas couper des champs en deux. En revanche, ils lui jetteront tous leurs filles ou leurs sœurs dans les bras, même s'il n'est qu'un cadet.

— Je suppose qu'il est beau garçon.

— Excessivement, confirma Mirabel sombrement. Grand, large d'épaules, tiré à quatre épingles, sans être guindé. Il boite, mais avec tellement de grâce que cela ajoute à son charme.

— De la grâce… murmura rêveusement Mme Entwhistle.

— C'est épouvantable, gémit Mirabel. Tantôt il me donne envie de pleurer, tantôt j'ai envie de l'assommer. C'est un idéaliste, ou un magnifique comédien. Je n'ai pas le cœur de lui dire que tout le monde se moque de ses nobles intentions.

— Blond ou brun ? s'enquit Mme Entwhistle.

— Brun clair avec des reflets dorés. Ses yeux aussi sont bruns avec des paillettes d'or, et distraits. Je ne savais jamais s'il m'écoutait. Peut-être s'ennuyait-il simplement. Ou peut-être que le spectacle de ma chevelure le dérangeait trop.

— Pourquoi cela ? Elle est superbe.

— Le roux n'est pas à la mode, même ce qu'on appelle gentiment le blond vénitien. Et puis, ma coiffure n'est jamais impeccable, quoi que je fasse.

— Parce que vous ne tenez jamais en place pendant que votre femme de chambre vous coiffe.

— Je n'ai pas laissé beaucoup de temps à Lucy ce matin, c'est vrai, et son œuvre s'est écroulée alors que je parlais à M. Carsington.

— Écroulée ? s'étonna Mme Entwhistle. Mais votre coiffure est irréprochable.

— Parce qu'il l'a arrangée. Il a tellement bien enfoncé les épingles qu'il me faudra une fourche pour les retirer. Je me demande qui le lui a appris. J'aurais dû lui poser la question, mais…

— Mirabel !

— … j'étais trop surprise pour y penser.

« Surprise » n'était pas le mot exact. » « Troublée » eût été plus approprié. Il était si près qu'elle sentait le parfum de son eau de Cologne. Ses jambes avaient commencé à trembler, son cœur à tambouriner dans sa poitrine…

Elle connaissait ces sensations. Elle n'était plus qu'une vieille fille désormais, mais autrefois de nombreux soupirants s'étaient disputé son attention. Et, pour son malheur, l'un d'eux était parvenu à la retenir.

Il y avait bien longtemps de cela, et elle avait eu une dizaine d'années pour s'en remettre. Le souvenir de cette merveilleuse Saison à Londres et de William ne lui causait plus aucune douleur, mais elle n'avait aucune envie de renouveler l'expérience. Elle savait bien que toute relation amoureuse était condamnée à s'achever de la même façon. Or elle n'avait aucun penchant pour le masochisme.

Enfin, dans le cas présent, elle ne courait aucun danger. Ce n'était ni son argent ni sa personne qui intéressaient M. Carsington. Tout ce qu'il voulait d'elle, c'était un renseignement qu'il pouvait obtenir de n'importe qui.

— Vous avez dit que le fils de lord Hargate était toujours tiré à quatre épingles, déclara Mme Entwhistle, interrompant ses méditations.

— À côté de lui, le beau Brummell n'est qu'un épouvantail, assura Mirabel, avant de lui raconter pourquoi Alistair avait entrepris une longue chevauchée en pleine nuit, sans se soucier de la tempête.

— Ceci explique cela, murmura la gouvernante, songeuse.

— Vous connaissez les dandys. Tout doit être parfait, jusqu'au moindre détail. À l'auberge, je sentais l'atmosphère s'alourdir, et il a fini par m'avouer tout de go que ma coiffure l'empêchait de se concentrer. Vous vous rendez compte ?

— Dans ce cas, vous avez un atout supplémentaire. Vous venez de découvrir l'un des points faibles de votre adversaire.

— Que voulez-vous dire ?

— Je vous suggère de faire diversion, conseilla la gouvernante. Puisque vous en avez le pouvoir, distrayez son attention…

4

— Un dîner, répéta Alistair, le visage indéchiffrable.

— Vendredi prochain. Dans trois jours. Je suis désolé de vous prévenir si tard, s'excusa sir Roger Tolbert.

Les deux hommes étaient en train de déjeuner à l'auberge, dans le petit salon où Mirabel avait consulté les cartes.

— Ce ne sera certainement pas aussi somptueux que ceux auxquels vous êtes habitué, comme je l'ai fait remarquer à mon épouse, poursuivit le baronnet. Je lui ai dit que vous aviez sans doute d'autres engagements plus importants, mais vous savez comment sont les femmes. Quand elles ont quelque chose en tête…

Alistair acquiesça distraitement en se remémorant la prédiction de Mlle Oldridge. *Sir Roger Tolbert et le capitaine Hugues viendront en personne vous inviter à dîner…* Sur le moment, cette affirmation l'avait perturbé, mais après le départ de Mirabel, il avait estimé que c'était fort improbable vu l'hostilité qu'on avait témoignée au précédent émissaire de Douglas.

C'était d'ailleurs pour cette raison qu'il n'avait écrit qu'à M. Oldridge, en le priant d'observer la plus grande discrétion sur sa visite.

Il se doutait que la nouvelle de son arrivée s'était maintenant répandue, mais il ne s'attendait pas pour autant à un accueil chaleureux. Il demeurait persuadé que Mirabel exagérait : le prestige de sa famille ne lui ouvrirait pas toutes les portes.

Il avait prévu des difficultés et il était prêt à les affronter. S'il discutait franchement avec les propriétaires et écoutait leurs objections, ils aboutiraient à un compromis satisfaisant pour tout le monde, il en était convaincu.

Il était honnête, cultivé, plein de tact et de bonnes intentions, et ses manières étaient irréprochables, du moins quand Mlle Oldridge n'était pas dans les environs immédiats. Ces qualités devaient lui permettre de remporter cette bataille.

Jamais il n'aurait imaginé que les adversaires rendent les armes sans même combattre.

Sir Roger s'était fait annoncer une demi-heure à peine après le départ de Mirabel, et il avait salué Alistair comme un fils bien-aimé absent depuis trop longtemps.

Le baronnet, un petit chauve rondouillard qui devait avoir l'âge de lord Hargate, l'avait immédiatement invité à partager un copieux déjeuner. Alistair, qui avait perdu l'appétit en comprenant que Mlle Oldridge avait raison, le regardait engloutir ce qu'il avait commandé, à savoir : cinq côtelettes, un plat de pommes de terre, une miche de pain, une bonne livre de fromage, le tout arrosé de bière.

Il n'aurait donc jamais l'occasion de démontrer sa valeur et celle de son projet, songeait-il en sirotant un bordeaux médiocre. Ici aussi, il ne serait éternellement que le fils de lord Hargate et le héros de Waterloo.

— C'est très aimable de la part de lady Tolbert d'avoir pensé à moi mais, comme vous le savez sans doute, je suis ici pour affaires.

— Des affaires importantes, j'imagine

— En effet. Le canal de lord Gordmor.

S'il était surpris, sir Roger n'en laissa rien paraître. Il termina calmement de désosser sa troisième côtelette sans lever le nez de son assiette.

— Vraiment ?

— J'aimerais d'ailleurs vous en parler. Au moment qui vous conviendra, bien sûr.

— Vous ne mélangez pas le plaisir et les affaires. Vous avez raison.

— Je peux rencontrer votre intendant, si vous préférez.

— Il n'en est pas question, s'insurgea sir Roger.

— Dans tous les cas, je vous serais extrêmement reconnaissant de me considérer avant tout comme le représentant de lord Gordmor.

— Vous préférez mettre les choses au point. Vos scrupules vous honorent, marmonna le baronnet en engloutissant les dernières pommes de terre.

— Que ce soit bien clair, mon père n'a rien à voir avec ce projet de canal, insista Alistair.

— Je vous comprends très bien, mais il en va autrement de mon épouse. Tout ce qu'elle voit, c'est que vous êtes le fils de lord Hargate et un héros de Waterloo. Quand je lui ai signalé que vous n'étiez pas le lion de la ménagerie, et que vous n'étiez pas venu pour les distraire, elle et les autres dames du comté, elle a fondu en larmes. Ah, les femmes !

Alistair, qui n'avait pas oublié les explosions lacrymales de Judith Gilford, plaignait sincèrement son malheureux interlocuteur. Quant à lui, il ne s'était pas passé la corde au cou et n'avait pas à endurer ce calvaire jusqu'à la fin de ses jours, ce dont il se félicitait.

Cela dit, déplaire à lady Tolbert n'était certainement pas le bon moyen de gagner la sympathie et le respect de son mari.

— J'aimerais mieux être découpé en morceaux et piétiné par la cavalerie polonaise plutôt que de contrarier madame votre épouse. Ayez l'amabilité de dire à lady Tolbert que je serai très honoré d'accepter son invitation vendredi prochain.

Vendredi 20 février

Chacun voudra vous présenter ses chiens, ses chats et ses enfants. Les filles surtout !

Mlle Oldridge n'avait pas exagéré.

Sir Roger avait prévenu Alistair qu'il risquait de se sentir comme le lion dans une ménagerie. En réalité, il était le spectateur d'une troupe de jouvencelles, dont le seul souci était de le divertir et de le séduire.

Quand il avait fait son entrée dans le monde, il n'avait pas eu à redouter les pièges tendus par les douairières pour marier leurs filles. En tant que cadet, il ne disposait d'aucun revenu personnel et dépendait de la bonne volonté de son père qui, s'il était riche, ne pouvait rivaliser avec les plus fortunés de ses pairs et avait en outre quatre autres fils à entretenir.

Bref, Alistair n'était pas un gibier de premier choix sur la scène londonienne.

Tandis que dans ce coin de province, les jeunes célibataires de bonne famille étaient rares, et les demoiselles à marier nombreuses.

Le « petit dîner intime » de lady Tolbert comptait donc plus de deux douzaines de convives, dont une dizaine de jeunes filles vêtues de leurs plus beaux atours et affairées à capter l'attention du fils du comte de Hargate, même s'il n'était que le troisième.

Mirabel Oldridge aurait pu être la onzième jouvencelle si le fait d'avoir dépassé les trente ans ne l'avait disqualifiée. Elle ne faisait du reste pas le moindre effort pour séduire qui que ce soit.

Toutes ces demoiselles arboraient des toilettes de mousseline pastel dont la légèreté et le décolleté constituaient un défi aux vents glacés qui se déchaînaient avec rage au-dehors. Mirabel, quant à elle, portait une robe de soie grise qu'un pasteur presbytérien avait dû dessiner pour sa grand-mère.

Alistair était résolu à se montrer poli envers elle, et à se consacrer à ses voisins. S'il parvenait à les mettre dans son camp, les objections de Mlle Oldridge n'auraient plus la moindre importance.

Mais comment se concentrer et se comporter de façon rationnelle lorsqu'on avait en face de soi une telle accumulation d'horreurs ? Les longues manches descendaient jusqu'aux poignets, le décolleté laissait à peine entrevoir le cou ; n'eussent été la taille haute qui soulignait la poitrine et la jupe étroite qui dessinait les hanches, un homme aurait eu du mal à deviner une silhouette sous cette robe.

Ce vêtement était un monstrueux gâchis de tissu.

Quant à la coiffure, mieux valait ne pas en parler !

Sa femme de chambre avait tracé (de travers) une raie pour séparer au milieu la somptueuse chevelure. Les boucles indisciplinées étaient complètement aplaties, tirées en arrière et nouées en un chignon strict orné d'une innommable couronne d'argent tressé.

Il y avait de quoi rendre fou n'importe quel être humain doué d'un minimum de sens esthétique.

Ce n'est qu'à la fin du repas, alors qu'il retaillait mentalement l'affreuse robe, qu'Alistair commença à se sentir mieux. Il avait déjà redessiné le décolleté et transformé les manches quand la maîtresse de maison l'interrompit en lui demandant s'il était déjà allé à Chatsworth.

— Vous devez absolument voir les cascades ! déclara lady Tolbert. L'eau est retenue dans des réservoirs et dévale une succession d'escaliers taillés dans la pierre. C'est un spectacle magnifique, et tellement apaisant pour les nerfs.

Les nerfs de lady Tolbert étaient, d'après ce qu'avait dit Crewe à son maître, d'une extrême fragilité et mettaient ceux du baronnet à rude épreuve.

— C'est un endroit tellement romantique ! renchérit Mlle Curry, la jeune personne à la droite d'Alistair, en lui décochant une œillade langoureuse.

— Vous qui êtes passionné par tout ce qui concerne l'eau, ces cascades vous intéresseront, assura lady Tolbert.

Le capitaine Hugues, un beau ténébreux d'une quarantaine d'années assis entre la maîtresse de maison et Mlle Oldridge, fit remarquer que les chutes d'eau en question avaient plus d'un siècle. L'officier de marine, que la paix avait ramené dans ses terres, n'avait rien d'un demi-solde. Il possédait l'un des plus importants domaines de la région, après celui des Oldridge dont il était mitoyen. D'ailleurs, il songeait peut-être à s'agrandir ; aux yeux d'Alistair, son empressement auprès de Mirabel dépassait la courtoisie propre à une relation de bon voisinage.

— On m'y a emmené quand j'étais enfant, raconta le capitaine. Il faisait très chaud, et je n'ai pas pu résister. J'ai enlevé mes chaussures et mes bas pour patauger dans l'eau, et j'ai reçu une sacrée correction quand mes parents s'en sont aperçus. Je trouve cruel de construire des installations si attirantes pour les petits garçons et leur interdire d'y jouer.

— Mais c'est la base d'une saine éducation. Apprendre très tôt à résister à la tentation quand on y est confronté, rétorqua Alistair qui laissa courir un regard sur la gent féminine, laquelle s'empourpra d'émotion.

À l'exception de Mlle Oldridge, bien entendu.

— J'ai entendu dire que des hommes adultes ne résistent pas non plus au plaisir de nager dans les canaux, au vu et au su de tous, intervint-elle, l'air de rien.

Alistair ne s'étonna pas de l'entendre faire ouvertement allusion à des représentants du sexe fort dans le plus simple appareil. Il ne lui avait pas échappé qu'elle pouvait se montrer fort directe et, après tout, ce n'était plus une gamine. En outre, en province, le protocole était beaucoup moins strict qu'à Londres.

Et chez les Tolbert, on se souciait visiblement peu de l'étiquette. On pratiquait encore le service à l'ancienne : tous les plats étaient apportés sur la table en même temps. De même, les convives se plaçaient à leur guise.

C'est ainsi qu'à la suite de savantes manœuvres, l'invité d'honneur s'était retrouvé entouré d'un essaim de charmantes personnes.

Mirabel n'avait fait aucun effort pour être face à Alistair ; c'était lady Tolbert qui lui avait quasiment imposé cette place.

— Je parie que ces garçons n'utilisaient pas de cabine de bain, fit le capitaine en jetant un regard amusé à Mirabel.

— C'est là un comportement profondément choquant, s'insurgea leur hôtesse. Pensez donc ! Si une jeune fille surprenait un tel spectacle, elle pourrait en tomber malade ! Je ne nie pas que nager est excellent pour la santé, mais enfin, dans un canal ! Et pourquoi pas des orgies romaines.

— Je n'ai jamais entendu parler d'orgies le long des canaux, la rassura Alistair.

— Un lecteur a écrit au *Times* à ce sujet. Il ne parle pas d'orgie, mais de décadence morale, s'acharna Mirabel.

— Ces gens étaient certainement ivres, rétorqua le capitaine.

— Ou peut-être faisait-il particulièrement chaud. Le lecteur du *Times* rejetait la faute sur les mariniers et les accusait d'avoir une mauvaise influence. J'ai cru comprendre qu'ils profèrent les pires horreurs.

— Mais M. Carsington ne leur permettrait pas de jurer ou de se conduire de façon inconvenante sur son canal, protesta la jeune Cristine Earnshaw.

— M. Carsington ne manquera pas d'ajouter cette interdiction à toutes les exigences des riverains, ironisa Mirabel.

— Nous espérons vivement que la plupart des riverains deviendront actionnaires du canal, ce qui donnera toute latitude à leurs représentants au conseil d'administration pour veiller au respect des bonnes mœurs, répondit Alistair.

— Vous leur en laisseriez la responsabilité ? s'écria Mirabel. J'en suis infiniment soulagée. Pas vous, lady Tolbert ? ajouta-t-elle.

— Certes, certes… Mais je n'imaginais pas que ce canal nous amènerait autant d'étrangers.

— Nous avons l'habitude de recevoir des visiteurs de tous les pays, il me semble, remarqua le capitaine Hugues.

— Mais ce ne seront pas des gens aussi respectables que les curistes et les touristes, contra la maîtresse de maison.

— Je suis sûre que les mariniers sont des gens parfaitement convenables, à leur manière. Et même policés, par rapport aux sapeurs, susurra Mirabel.

— Des sapeurs ? Mais qu'est-ce donc ?

— Mlle Oldridge fait allusion aux ouvriers qui creuseront le canal, expliqua Alistair. Des ouvriers hautement qualifiés.

— Vous n'aurez pas recours à la main-d'œuvre locale ? s'enquit le capitaine.

— Le canal donnera du travail aux briquetiers, aux carriers et aux charpentiers du pays, mais le percement du cours d'eau proprement dit exige une main-d'œuvre expérimentée, expliqua Alistair.

— Lord Gordmor fera certainement appel aux entrepreneurs les plus réputés, ce qui constitue une garantie de respectabilité, j'imagine, enchaîna Mirabel. Et puis, toutes ces histoires de beuveries et de bagarres ne sont peut-être que des rumeurs.

— Quelles beuveries ? Quelles bagarres ? s'alarma lady Tolbert, qui avait pâli.

— Il y a parfois des désordres anodins quand les ouvriers sont chichement payés, mais je peux vous certifier que lord Gordmor et moi-même veillerons à ce que les nôtres soient décemment traités.

— Vous ne manquerez pas de demander les références de chaque ouvrier engagé pour la construction du canal, je n'en doute pas, persifla Mirabel.

C'était impossible, et elle le savait parfaitement. Comment rassurer lady Tolbert qui s'attendait maintenant à une invasion de brutes avinées qui allaient fondre sur les paisibles hameaux du Derbyshire, violant tout ce qui portait jupon et pillant les nobles demeures ?

— N'oubliez pas, mesdames, que de nombreux canaux ont été creusés dans ce pays sans le moindre incident, s'empressa de préciser Alistair.

— C'est exact, monsieur Carsington, concéda Mirabel. Il faut dire aussi que le travail est beaucoup moins pénible de nos jours.

— Effectivement, mademoiselle. Les tâches les plus pénibles sont désormais effectuées par des machines.

— À présent que j'y pense, le bruit de toutes ces machines à vapeur doit fort opportunément couvrir les cris et les jurons, et la fumée cacher tout spectacle choquant.

Alistair rappela que si les techniques modernes présentaient certes l'inconvénient du bruit et de la fumée, elles écourtaient considérablement la durée des travaux. Lady Tolbert l'écouta poliment et le remercia d'un sourire avant de laisser les messieurs déguster leur porto et fumer leur cigare.

Une fois au salon, elle allait communiquer ses craintes à toutes ces dames, Alistair en était convaincu. Mlle Oldridge s'était montrée d'une habileté diabolique. Il n'avait pas pressenti l'attaque et avait réagi avec une lenteur impardonnable.

Et comment aurait-il pu en être autrement quand il avait constamment sous les yeux cette beauté attifée comme l'as de pique, et qu'il avait l'esprit occupé à la rhabiller, ou plutôt à la déshabiller, ce qui constituerait une excellente action tant d'un point de vue esthétique qu'économique. Son horrible robe aurait pu vêtir deux femmes comme elle.

Et pendant que Mlle Oldridge distillait si habilement son poison, lui ne parvenait pas à rassembler ses idées, sans parler de trouver une contre-attaque…

Enfin, maintenant que les dames s'étaient retirées, se consola-t-il, ils allaient pouvoir parler entre hommes, sans ruses ni faux-semblants.

Les messieurs restèrent plus d'une heure dans la salle à manger, ce qui n'était pas bon signe, Mirabel le savait. M. Carsington en profitait sans doute pour pousser ses pions, et il devait y réussir au-delà de toute espérance, car il n'était pas dans les habitudes de sir Roger de s'attarder si longtemps autour des liqueurs.

Seul M. Oldridge était venu rejoindre ces dames, mais lorsque les autres l'imitèrent, il s'était depuis longtemps éclipsé pour aller examiner les serres et le jardin d'hiver.

Les jeunes filles, qui avaient tranquillement bavardé par petits groupes tant qu'elles étaient entre elles, se turent tout à coup et firent voile vers Alistair, telle une troupe de canards à qui l'on jette du pain.

Mirabel avait pris position près de la fenêtre, le recoin le moins bien chauffé de la pièce. Le babillage de ces demoiselles l'agaçait et elle n'avait aucune envie de les entendre lui chanter les louanges du valeureux héros de Waterloo, grand « creuseur » de canaux devant l'Éternel.

— Je ne me doutais pas que nous avions une si jolie flotte. Lady Tolbert a dû vider un pensionnat, commenta à mi-voix le capitaine Hugues.

— Elle a battu le rappel dans tout le comté, rétorqua Mirabel. Elle a une vocation de marieuse, et maintenant que sa benjamine est établie, elle cherche de nouvelles protégées.

Elle n'ajouta pas qu'à son avis, toutes ces donzelles lui paraissaient beaucoup trop naïves et provinciales pour un dandy dont tout Londres vantait l'héroïsme. Évidemment, elles avaient pour elles la fraîcheur de la jeunesse, ce qui attirait toujours les hommes, quels que soient leur âge et leur rang.

— Elle devra revoir son plan de bataille, remarqua le capitaine. Notre visiteur n'a d'yeux que pour vous.

À ces paroles, une bouffée de joie submergea Mirabel, qu'elle s'empressa d'étouffer. Après tout, elle s'était bornée à remplir la mission qu'elle s'était assignée : distraire l'invité d'honneur.

Sa robe était disgracieuse et démodée au possible et, au cas où cela ne suffirait pas, elle avait ordonné à sa femme de chambre de lui composer une coiffure singulièrement peu seyante. La pauvre Lucy avait eu beau protester qu'elle ne voulait pas être responsable d'une telle catastrophe, sa maîtresse avait été inflexible.

Elle ne s'attendait cependant pas à être cernée par tant de jeunes beautés aussi superbement parées et, si cela servait ses plans, son amour-propre était fortement mis à mal.

— J'aimerais savoir à quel jeu vous jouez, questionna le capitaine Hugues. Est-ce que cet accoutrement en fait partie ? M'accorderez-vous une explication, ou dois-je continuer à endosser le rôle de complice involontaire, au risque de me tromper ? Quand j'ai raconté cette anecdote innocente sur les cascades de Chatsworth, je n'avais pas prévu que vous en profiteriez pour monter à l'abordage. Vous avez complètement démâté ce pauvre garçon, de la proue à la poupe !

— Si personne ne lui dit ses quatre vérités, toute la région oubliera le but de sa venue.

— S'il ne l'a pas déjà oublié lui-même, répliqua le capitaine avec un regard amusé vers l'essaim de mousseline qui tourniquait autour de Carsington. Mais vous savez, quand les dames se sont retirées, il n'a pas mentionné le canal une seule fois.

Mirabel n'aurait jamais imaginé que son horrible toilette perturberait à ce point Alistair. Mme Entwhistle était décidément une brillante stratège.

— J'étais très surpris. J'aurais pensé qu'il s'empresserait de plaider sa cause et de réparer les dégâts que vous aviez provoqués. Même lady Tolbert commençait à le regarder comme le diable en personne ! Mais quand nous nous sommes retrouvés entre hommes, au lieu d'aborder le sujet, il s'est ingénié à nous faire parler de nous.

Mirabel perdit immédiatement son optimisme.

— Tout l'intéressait. Notre bétail, nos récoltes, nos métayers, tout... Bien entendu, sir Roger s'est lancé sur ses lévriers, le pasteur sur ses arbres fruitiers, et nous ne lui avons rien épargné de nos toits qui ont besoin de réparations, de nos moutons égarés et des ravages causés par les taupes. M. Carsington semblait se divertir autant qu'à une pièce de boulevard.

— Et quand vous vous êtes levés de table, chacun avait l'impression d'avoir un nouvel ami plein de considération. Un ami qui est le fils du comte de Hargate. Tout le monde doit chanter sa simplicité et son ouverture d'esprit, j'imagine.

— Je me suis dit que si son père consentait à y mettre le prix, M. Carsington avait un bel avenir en politique.

Nul n'ignorait que les élections à la Chambre des communes étaient en fait étroitement contrôlées par les propriétaires terriens, et qu'un siège au Parlement coûtait entre sept et huit mille livres.

— J'aurais aimé que lord Hargate y songe dès que son fils est revenu de la guerre, soupira Mirabel.

— C'est un peu tard, il faut s'en accommoder. Il ne nous reste plus qu'à faire grimper les enchères et à exiger une coquette soulte pour le passage sur nos terres.

Comme si on l'avait piquée, Mirabel entreprit de lui rappeler les méfaits de l'industrialisation dans tout le pays, les émanations malodorantes des usines, l'insalubrité des fabriques, la misère de la main-d'œuvre qu'on n'hésitait pas à exploiter et à loger dans des taudis.

Elle déclara qu'ils avaient la chance de vivre dans l'une des plus belles régions d'Angleterre, un véritable petit paradis. Elle remit en mémoire au capitaine les investissements qu'ils avaient consentis pour bonifier leurs terres et améliorer les conditions de vie des habitants.

Tout à sa passion, elle n'avait pas remarqué qu'ils n'étaient plus seuls.

— J'ai pensé qu'une si longue diatribe avait dû vous donner soif, mademoiselle Oldridge, et j'ai pris la liberté de vous apporter une tasse de thé, fit M. Carsington de sa plus belle voix de basse.

5

Mirabel se retourna si brusquement qu'elle faillit heurter la tasse. Sa blessure n'avait cependant pas fait perdre son agilité à Alistair, car il recula promptement.

— Moi aussi, j'apprécierai grandement une tasse de thé, annonça le capitaine qui esquissa un petit salut et s'éloigna.

— J'espère qu'il n'a pas trop refroidi, murmura Alistair en tendant la tasse à Mirabel. Je n'ai pas voulu interrompre votre conversation.

— Autrement dit, vous nous écoutiez.

— C'est exact. Je mourais d'envie de savoir ce qui vous indignait tant. Dans votre agitation, vous avez perdu un bon nombre d'épingles à cheveux. Je ne sais pas s'il faut s'en plaindre, ajouta-t-il tandis que son regard, un peu voilé, remontait lentement le long de sa jupe grise, s'attardait sur son corsage avant de s'arrêter sur son chignon.

— Ma coiffure s'écroule de nouveau ? demanda-t-elle d'un ton posé, alors que son corps était parcouru de picotements. C'est contrariant. Il faudra que vous montriez à ma femme de chambre comment fixer des épingles à cheveux. Vous avez appris cela à Oxford, j'imagine. Malheureusement, Lucy n'a pas eu la chance d'aller à l'université.

— Sinon, on lui aurait également enseigné comment boire sans être ivre, car elle l'était de toute évidence quand elle a fait ce… chignon. Mais permettez-moi de corriger une erreur. Ce n'est pas à Oxford que j'ai appris à coiffer les dames. C'est une danseuse de Paris qui m'a transmis ce savoir-faire. Elle coûtait très cher. Pour ce qu'elle dépensait dans l'année, on aurait pu vous envoyer à Oxford, vous, votre femme de chambre, et toutes les demoiselles présentes ce soir.

— J'aurais préféré Paris.

— Mais je suis tout disposé à vous y accompagner !

— Et lord Gordmor en profitera pour creuser son canal dès que j'aurai tourné le dos !

— Si vous parlez à tous vos voisins comme vous venez de le faire avec le capitaine Hugues, il me faudra des mois pour réparer les dégâts.

— Vous auriez dû vous douter que je ne resterais pas inactive et en profiter pendant que vous étiez seul avec les autres messieurs. Vous ne vous imaginez tout de même pas qu'il suffit de se montrer aimable et charmant pour me désarmer ?

— Vous me trouvez aimable et charmant ? fit-il en arquant les sourcils.

— Là n'est pas le sujet, biaisa Mirabel, qui n'avait aucune envie de s'aventurer sur ce terrain périlleux. Sachez seulement que votre nom et votre réputation ne m'impressionnent pas, et que votre charme ne suffira pas à me faire changer d'avis. Il est donc inutile d'essayer de l'exercer. Et puis, même si je vous suis reconnaissante des sacrifices que vous avez consentis pour notre pays…

— Épargnez-moi ces flatteries, je vous en prie, rétorqua-t-il durement.

Il en fallait davantage pour impressionner son interlocutrice. Mirabel était habituée à ce que les hommes usent de toutes les tactiques imaginables pour l'intimider. Elle n'y prêtait plus attention depuis longtemps.

— Ce ne sont pas des flatteries, et je ne comprends pas pourquoi vous prenez ainsi la mouche. Vous avez combattu avec bravoure, payé de votre personne et vous souffrez encore de vos blessures. Cependant vous n'êtes pas le seul, ni le plus à plaindre.

Il se raidit comme si elle l'avait giflé. Puis, lentement, elle le sentit se détendre.

— Vous avez entièrement raison, mademoiselle, admit-il, avec l'ombre d'un sourire.

— Je crois que nous ne devons pas tout mélanger. La bravoure n'a jamais été un gage de sagesse.

Chacun venait de marquer un point et de monter d'un degré dans l'estime de l'autre. Le mystérieux sourire dansait toujours au coin des lèvres d'Alistair, et Mirabel aurait bien aimé en connaître la raison. Elle aurait volontiers effleuré le pli qu'il dessinait sur sa bouche virile, et son cœur battait un peu trop vite.

— Vous seriez le duc de Wellington en personne que cela ne me ferait pas changer d'avis, conclut-elle.

— Avez-vous rencontré le duc de Wellington ?

— Jamais, mais on m'a dit que lui aussi ne manquait ni de charme ni de séduction, et qu'il était doté d'une forte personnalité. Cela ne m'empêcherait pas de lui tenir tête.

— Je vous en crois parfaitement capable, et j'aimerais beaucoup voir ça.

La lueur amusée qui pétillait au fond des yeux ambrés d'Alistair rallumait en Mirabel un feu depuis longtemps éteint. Elle avait oublié cette sensation délicieuse qui faisait vibrer tout son être : l'envie de flirter.

Mais elle avait passé l'âge, et avec cet accoutrement…

— Quoi qu'il en soit, reprit Alistair, vous ne refuseriez pas au duc la possibilité de plaider sa cause. Vous lui expliqueriez au moins ce que vous souhaitez et ce que vous refusez.

— Croyez-vous qu'il ait expliqué à Napoléon sa stratégie ?

— Mademoiselle Oldridge, je n'ai pas l'intention de conquérir le monde. J'ambitionne simplement de creuser un canal.

— Ah, vos admiratrices ont mis le cap dans votre direction, annonça-t-elle pour faire diversion.

— Dites-moi pourquoi vous êtes si opposée à notre projet, insista-t-il sans la quitter des yeux. Mieux : montrez-moi ce qui vous tient tellement à cœur, ce que vous craignez de perdre. Je souhaite voir réellement tout ce que vous rappeliez au capitaine !

— Vous ne comprendriez pas.

— Et quand bien même ? Qu'est-ce que cela vous coûterait ? Quelques heures de votre temps ?

Samedi 21 février

Ce matin-là, la toux caverneuse de Crewe avertit Alistair que son fidèle valet de chambre avait encore eu l'un de ses pressentiments.

Il en avait eu un la veille de Waterloo et, depuis, il était persuadé de posséder un don divinatoire et ne cessait de se reprocher d'avoir laissé son maître partir sans lui à la bataille.

Le visage sinistre de son serviteur ne suffit pas à assombrir l'humeur d'Alistair qui était fort joyeuse. Bien qu'il se soit levé aux aurores, c'est-à-dire vers 9 heures, la journée lui semblait commencer sous les meilleurs auspices.

Tout en se rasant, il se remémora sa conversation avec Mlle Oldridge. Son allusion à sa conduite héroïque et à sa blessure l'avait d'abord hérissé. Mais lorsqu'elle lui avait mis les points sur les i, déclarant qu'il n'était pas le seul à s'être battu et à avoir été blessé, et que beaucoup étaient bien plus à plaindre que lui, il s'était détendu.

Cette simplicité, cette franchise lui avaient plu. Mirabel était la première femme à ne pas se pâmer en évoquant ses prouesses guerrières, la première qui ne feignait pas de ne pas remarquer qu'il boitait. Même dans sa famille, on évitait soigneusement de mentionner Waterloo devant lui. Et seul Douglas Gordmor osait parler ouvertement de son infirmité.

Une quinte de toux encore plus caverneuse que les précédentes ramena Alistair au présent.

— Crewe, vous avez vu comme il fait beau ? On ne peut rêver mieux pour une promenade !

— Hélas, monsieur, je n'ai pas le cœur à profiter du soleil ! Si vous saviez quel rêve affreux j'ai fait. Exactement comme avant Waterloo.

— Celui où des bandits me coupent la gorge et où vous me retrouvez vidé de mon sang ? Ou bien celui où je tombe d'une falaise et où vous n'arrivez pas à me sauver de la noyade ?

— Celui de la falaise, monsieur. Le ciel s'est soudain obscurci, comme avant un orage, il ne restait qu'un peu de lumière blafarde, exactement comme dans le cauchemar que j'ai fait avant ce jour fatal de juin 1815.

— Je ne pars pas pour le champ de bataille, je vais explorer Longledge Hill avec Mlle Oldridge, et vous pouvez être certain que nous aurons un robuste valet pour nous accompagner. Même dans cette province reculée, une demoiselle de qualité ne sort pas sans escorte. De cette façon, s'il prenait la fantaisie à l'un de nous d'attenter à la vertu de l'autre, il y mettrait bon ordre.

L'image de Mirabel se jetant sur lui, lèvres offertes, sa somptueuse chevelure cuivrée retombant en désordre sur ses épaules, décupla son entrain, ce qui se traduisit par une estafilade près de l'oreille.

— Je vous en supplie, monsieur, laissez-moi faire, supplia Crewe, blanc comme un linge. Vous avez déjà tant de soucis. Ne serait-il pas plus sage de me confier une tâche comme celle-ci, qui demande une totale attention ?

— Si le duc de Wellington a été capable de se raser seul avant Waterloo, je devrais pouvoir en faire autant avant une banale promenade dans la campagne, décréta Alistair en écartant la serviette que lui tendait son domestique.

Une fois cette délicate opération achevée, le valet, qui s'était retranché dans un silence morose, retrouva sa loquacité. La veille, profitant de l'absence de son maître, il avait passé la soirée dans une taverne fréquentée par la domesticité locale afin d'y glaner des informations. Il avait découvert pourquoi l'émissaire de lord Gordmor avait été si fraîchement accueilli, et ce qu'il raconta à son maître confirma l'impression de ce dernier sur les habitants de Longledge Hill.

Sur la famille Oldridge, en revanche, il n'avait rien appris de nouveau.

Le fils de lord Hargate, héros des guerres napoléoniennes, s'ennuyait à mourir.

Mirabel aurait dû s'en douter. Ils n'étaient pas partis depuis une heure qu'elle regrettait déjà d'avoir accepté de lui montrer ce qui constituait son univers, surtout en cette fin d'hiver, où la campagne n'était qu'un camaïeu de gris et de bruns.

Jamais il ne pourrait contempler ces paysages avec les mêmes yeux qu'elle.

Peu d'hommes le pourraient, d'ailleurs.

Même à Longledge, la plupart ne comprenaient pas pourquoi elle était venue ici dans la fleur de l'âge pour administrer le domaine. Ils ignoraient qu'elle avait non seulement sacrifié les plus belles années de sa vie, mais également renoncé à l'amour, puisque l'homme dont elle était éprise avait refusé d'abandonner son avenir et ses rêves de gloire pour vivre ici avec elle.

Jamais elle n'aurait cru que son existence prendrait un tel tour.

Mais elle n'avait pas eu le choix. Au début, elle avait espéré que son père changerait, qu'il s'améliorerait avec le temps, mais elle avait déchanté. Il laissait chacun agir à sa guise et, bien entendu, certains en profitaient. Tandis qu'elle était à Londres, un régisseur incompétent et sans doute malhonnête avait pratiquement détruit ce que les Oldridge avaient patiemment construit au fil des générations.

Mirabel avait donc pris les rênes, puisqu'elle était seule en mesure de le faire, et ce qui était d'abord une nécessité s'était vite mué en passion, aussi vive que celle de son père pour la botanique.

Elle avait peu à peu remplacé les méthodes ancestrales par des techniques de culture modernes, avait augmenté les rendements, amélioré l'habitat des fermiers et fait reboiser les forêts.

Mais, évidemment, pour M. Carsington, ses chères plantations n'étaient que des arbres comme les autres, ses confortables cottages de vulgaires chaumières, son bétail des bêtes à cornes malodorantes, et ses champs de banales étendues de céréales et de navets.

Ils venaient de faire halte pour admirer la partie la plus sauvage de Longledge Hill, celle qui n'était pas cultivée. Il avait accordé la même attention polie au panorama qu'elle lui désignait et avait énoncé une platitude de circonstance. Il n'avait même pas remarqué combien l'air était pur ! Sans doute le brouillard londonien avait-il définitivement oblitéré sa sensibilité en même temps que son odorat.

Elle perdait son temps. Comment avait-elle cru pouvoir lui faire comprendre pourquoi ce pays lui était si cher ?

— Mais si votre régisseur était incompétent, pourquoi ne pas en changer, tout simplement ? Vous pensiez que je n'écoutais pas ? sourit-il devant l'étonnement de sa compagne.

Ce petit sourire en coin la rendrait folle. Son cœur battait la chamade, et elle osait à peine le regarder en face.

— Je me demandais si vous n'étiez pas en train de vous endormir.

— Je réfléchissais.

— Cette éventualité ne m'était pas venue à l'esprit.

— Ce n'est pas dans mes habitudes, je l'admets. Ceux qui me connaissent bien prétendent que j'ai tendance à agir et à réfléchir ensuite, mais je m'efforce de m'améliorer.

— Je ne pensais pas que vous aviez besoin de vous améliorer de quelque façon que ce soit. Les Carsington ne sont-ils pas tous parfaits ?

— Mes deux frères aînés le sont, en effet.

— Mais le seul héros, c'est vous.

— Pendant la courte période où j'ai combattu, j'ai simplement essayé de ne pas me déshonorer.

— Vous êtes beaucoup trop modeste. Vous avez risqué votre vie à plusieurs reprises pour en sauver d'autres.

— C'est ce que font les inconscients, rétorqua-t-il avec un rire bref. Nous nous jetons dans la bataille sans songer aux conséquences… On ne peut guère parler d'héroïsme. J'ai réussi à ne pas gêner mes camarades et à ne pas tuer accidentellement l'un de mes compatriotes ce qui, compte tenu de mon manque d'expérience, est un véritable miracle.

Il parlait d'un ton léger, mais Mirabel perçut chez lui ce malaise qu'elle avait remarqué la veille, lorsqu'ils avaient abordé le sujet de la guerre, et qu'elle ne s'expliquait pas.

— Vous voulez dire que vous êtes impulsif ? C'est le défaut que vous essayez de corriger ?

— Si c'était le seul ! Je ne suis pas un modèle comme mes deux frères, et je ne le serai jamais, j'en ai peur.

— Je l'espère bien ! Vous êtes déjà suffisamment pénible avec tous vos défauts.

Elle commençait à entrevoir un autre homme derrière le dandy uniquement préoccupé de son apparence. Un homme aussi complexe que séduisant au sujet duquel elle avait envie d'en savoir plus, ce qui était *très* mauvais signe.

— Si vous en avez vu assez, nous pouvons faire demi-tour et rentrer, trancha-t-elle.

— Je doute d'en avoir assez vu.

— À votre guise.

Alistair commençait à regretter son impulsivité. Si Mirabel le troublait terriblement, la faute n'en incombait pas uniquement à sa tenue, qui était pourtant abominable.

Son chapeau bosselé n'allait pas avec son costume d'amazone, qui aurait été à la mode cinq ans plus tôt, et ses bottes n'allaient avec rien du tout.

C'était d'autant plus déplorable que c'était une admirable cavalière. Même lady Hargate n'aurait pas attaqué avec une telle assurance, une telle élégance, ce sentier escarpé au sol semé d'obstacles.

Alors qu'elle-même montait une jument nerveuse, baptisée Sophie, elle avait insisté pour qu'il choisisse un hongre robuste dont la placidité l'avait tout d'abord rebuté. À présent, cependant, il appréciait la sûreté de son pas et louait en son for intérieur le jugement de sa compagne.

— Nous ne sommes plus très loin ! l'avertit-elle tandis qu'ils traversaient un petit bois. Nous pourrons nous arrêter un instant sur le plateau avant de prendre le chemin du retour.

— Nous n'allons pas jusqu'en haut ?

— Nous arrivons au bout de la piste. Ensuite, la pente devient trop raide et le chemin trop rocailleux.

— Vous n'avez jamais continué ?

— Si, à pied.

— Eh bien, faisons cela.

Il crispa les mâchoires devant l'air dubitatif avec lequel elle considéra sa jambe.

— Il a beaucoup plu, le terrain sera glissant.

— Vous avez déjà accompli l'ascension avec une jupe longue et je ne sais combien de jupons. Ma patte folle est beaucoup moins gênante.

— Mais vous n'êtes pas familiarisé avec le terrain...

— Certes, je ne suis qu'un citadin fragile et délicat.

— Je ne suis pas aveugle, riposta-t-elle. Vous n'avez rien de fragile ni de délicat.

— Tout un escadron de cavalerie m'a piétiné, et j'ai survécu. Je pense pouvoir survivre à l'ascension d'une colline, fût-elle difficile.

— Même le capitaine Hugues, qui est encore capable de grimper au mât d'une frégate, y regarderait à deux fois avant de monter là-haut en cette saison.

— Si j'avais l'âge du capitaine, moi aussi, j'hésiterais.

— Dommage que vous n'ayez pas son âge, vous seriez plus raisonnable !

— Si le capitaine est apte à atteindre le sommet en été, je crois pouvoir y parvenir sans trop de mal au printemps.

— Le capitaine Hugues est un homme vigoureux qui n'a qu'une quarantaine d'années. Nous sommes en *février*, et le vent se lève, expliqua-t-elle patiemment. Il ne tardera pas à pleuvoir.

— Dans plusieurs heures, rétorqua Alistair en désignant l'horizon couvert. Je serais rentré à l'auberge depuis longtemps. Dites-moi la vérité, mademoiselle Oldridge. Si vous étiez seule, vous arrêteriez-vous à mi-chemin ?

— J'ai toujours vécu dans la région, je venais jouer ici quand j'étais enfant. Je ne comprends pas qu'un homme de votre intelligence refuse de s'en remettre à l'expérience d'autrui. C'est une question de bon sens, tout simplement ! Enfin, je constate qu'il est inutile d'insister.

Elle n'avait pas élevé la voix, mais sa jument commençait à s'agiter.

— Surveillez votre cheval, l'implora Alistair.

Il n'avait pas terminé sa phrase qu'elle avait déjà calmé sa monture et s'engageait sur le sentier étroit et glissant avec autant d'aisance qu'une élégante dans les allées de Hyde Park.

Ils débouchèrent sur un petit plateau où la vue était effectivement impressionnante. Là, à la grande surprise d'Alistair, Mirabel mit pied à terre et confia la bride de son cheval au valet. Le jeune homme l'imita aussitôt.

— Ce n'est pas naturel, vous savez, dit-il tandis qu'elle lui faisait remarquer la différence entre les landes noires et les landes blanches. Au Moyen Âge, les moines ont déboisé pour construire leurs monastères. Les moutons et les pluies ont peu à peu fait disparaître les pâturages, cédant la place à ces landes arides.

— Vous les trouvez affreuses, n'est-ce pas ?

Surpris par le désespoir qui perçait dans sa voix, Alistair considéra attentivement le petit visage volontaire encadré de boucles en désordre. Le regard d'azur ne cillait pas, mais Mirabel lui parut soudain très jeune… et perdue.

C'était certainement le fruit de son imagination. Elle avait trente et un ans, administrait avec succès un immense domaine et, d'après ce que lui avait rapporté Crewe, s'était taillé une solide réputation de femme d'affaires dans toute la région. Il imaginait ce que cela supposait non seulement d'intelligence et de compétence, mais aussi d'audace, de ténacité et de courage dans ce milieu masculin.

Pourtant, il ne pouvait se défaire de cette impression qu'elle était perdue, vulnérable… Il lui semblait l'avoir déçue. Il devait absolument y remédier.

— Avant de venir ici, j'ai lu un ouvrage sur le Derbyshire où l'auteur décrit ces landes comme arides et désolées, et leur végétation comme inutile et nocive, commença-t-il. Personnellement, je trouve que le terme « dramatique » conviendrait mieux.

— Vous cherchez à me faire plaisir ?

— Mademoiselle Oldridge, j'ai malheureusement l'impression que vous faire plaisir est une tâche qui dépasse mes possibilités. En votre présence, j'en oublie même les bonnes manières.

Le sourire qu'elle lui adressa lui parut un avant-goût de l'été. Il était si chaleureux que toute sa prudence fondit comme neige au soleil. Elle venait à coup sûr d'utiliser la plus dangereuse des armes dont elle disposait.

— Vos manières sont la plupart du temps exquises, assura-t-elle. Certaines dames s'étonnaient hier soir que vous ne fassiez pas carrière dans la diplomatie.

— Vous préféreriez certainement me voir ambassadeur à Saint-Pétersbourg.

— Je vous accorderais un pays plus chaud.

— L'enfer, par exemple ?

— Calcutta ou Bombay suffiraient, concéda-t-elle en riant.

— J'y mourrais certainement d'une maladie infectieuse, en supposant que la chaleur n'ait pas eu raison de moi.

— Je ne souhaite pas que vous mouriez. Je veux vous savoir en bonne santé, mais… ailleurs.

— Vous pourriez me pousser par-dessus la falaise pendant que votre domestique a le dos tourné, suggéra-t-il. Cela confirmerait les pressentiments de mon valet de chambre et la conviction de mon père que je finirai mal.

— Pourquoi votre père aurait-il une si mauvaise opinion de vous ? s'étonna-t-elle, retrouvant son sérieux. Vous n'avez pas tant de défauts, tout de même !

— Mon père trouve que je lui coûte trop cher et que je lui cause trop d'ennuis. Et je ne peux pas lui donner tort.

— Je veux bien croire que vous coûtiez cher, répliqua-t-elle en le détaillant du haut-de-forme jusqu'à la pointe des bottes.

— Il ne s'agit pas seulement de mes vêtements.

— Je m'en doute. Il y a aussi les ballerines de Paris.

— Oui. Et les procès, la prison pour dettes… La liste est longue.

— Les procès ? La prison pour dettes ? répéta-t-elle. Eh bien ! Vous devenez plus compliqué à chaque instant.

— Mais je fais de mon mieux pour me corriger. Le canal est un projet parfaitement respectable.

— Et que faites-vous des pressentiments de votre valet de chambre ?

— Cela ne concerne pas le canal.

Alistair lui raconta le rêve de la falaise, comment le brave Crewe avait fait ce cauchemar avant Waterloo et comment, depuis, il se rongeait les sangs chaque fois que son maître mettait le nez dehors.

— Une chute de cette falaise serait certainement mortelle, admit-elle, mais il est difficile de se noyer dans les environs. Il n'y a qu'un malheureux ruisseau sur cette colline, et Briar Brook n'est pas suffisamment profond pour y noyer une portée de chatons.

— Nous pouvons donc poursuivre sans danger notre ascension jusqu'au sommet.

— S'il n'y avait *aucun* danger, vous vous ennuieriez.

— Si vous croyez que je me suis ennuyé, c'est que vous êtes moins clairvoyante que je ne le pensais, lâcha-t-il en souriant.

6

Les yeux bruns pailletés d'Alistair et son sourire étaient décidément irrésistibles. Mirabel se détourna en hâte et s'engagea dans le sentier.

Jamais elle n'aurait dû laisser la conversation prendre un tour personnel.

Alors qu'elle croyait M. Carsington aussi sûr de lui que tous ces jeunes aristocrates qu'elle avait rencontrés à Londres, elle venait de découvrir qu'il n'en était rien – le défaut dans la cuirasse.

Elle s'était encore trompée sur un autre point. Son malaise lorsqu'on faisait allusion à sa conduite héroïque sur le champ de bataille n'avait rien à voir avec une modestie de bon ton. Il était véritablement embarrassé. Elle aurait bien voulu savoir pourquoi afin de le réconforter.

Enfin, il était loin d'avoir une haute opinion de lui-même.

Elle n'en était pas arrivée à cette conclusion parce qu'il avait parlé de s'amender. Après tout, les hommes cherchaient toujours à amadouer les femmes avec des promesses. Même son père jurait au moins une fois par an de se corriger. Il avait, bien entendu, tout oublié de ses beaux serments dans la minute qui suivait.

Non, c'étaient l'expression d'Alistair Carsington et son intonation lorsqu'il parlait de lord Hargate qui lui avaient mis la puce à l'oreille. Elle avait deviné chez lui un sentiment de frustration qu'elle connaissait bien, cette impression pénible que, quoi qu'on fasse, ce ne serait jamais suffisant.

— Je suis parfaitement capable de bavarder en marchant, ironisa Alistair de sa voix grave.

Jetant un coup d'œil par-dessus son épaule, elle s'aperçut qu'il la talonnait.

— Je réfléchissais.

— Les femmes ont un cerveau beaucoup plus complexe que les hommes. Je suis sûr que vous pouvez avoir plusieurs sujets de réflexion en même temps. Et vous n'éprouvez certainement aucune difficulté à soutenir une conversation tout en marchant et en réfléchissant.

— Je me demandais si vous vous entraîniez devant votre miroir à prendre l'air ennuyé. Vous étiez tellement convaincant que j'ai eu peur que vous vous endormiez à cheval. Si vous avez déjà lu un guide sur notre région, tout ce que je vous ai expliqué a dû vous paraître horriblement répétitif.

— Ce que j'avais lu sur l'agriculture dans le Derbyshire avait effectivement suffi à me donner des envies de suicide, mais je trouve que vous êtes une personne fort intéressante.

— Je ne suis qu'une provinciale qui se consacre justement à l'agriculture. Cela n'a rien de passionnant.

— Pourquoi ne laissez-vous pas l'administration de vos terres à votre régisseur ? C'est son métier, après tout. Et pourquoi n'allez-vous pas à Londres profiter de la vie ? Même si vous n'avez pas le goût des mondanités, vous trouveriez là-bas des personnes instruites qui partagent vos goûts.

Elle se rappelait très bien les joies de la capitale. Dans chacune de ses lettres, sa tante Clotilde la suppliait de venir lui rendre visite, mais elle remettait toujours ce projet à plus tard.

— Vous êtes trop aimable. Je voulais vous exiler à Calcutta et vous, vous vous contenteriez de Londres pour moi.

— Cela fait deux fois que vous éludez ma question, observa-t-il, ce qui redouble ma curiosité. Avez-vous un amoureux dans le comté ?

Elle, un amoureux ? Il se moquait d'elle !

Elle trébucha de surprise et faillit s'étaler sur le sol glissant. Il eut tout juste le temps de la retenir par la taille.

Elle avait maintenant retrouvé son équilibre, mais il ne la lâchait pas. Le cœur battant, elle tourna la tête en sentant sur sa nuque le souffle d'Alistair. Ses mains étaient si fortes, si chaudes, son étreinte si ferme ! Il ne pouvait manquer de percevoir son trouble.

— Vous avez une taille de libellule, chuchota-t-il, presque incrédule.

Lui était tellement grand ! Il la dominait d'une bonne tête. Elle aurait voulu toucher du doigt le réseau de fines cicatrices qu'elle discernait sous son menton, les effacer d'une caresse.

— Maintenant que vous m'avez mesurée, monsieur Carsington, nous pourrions peut-être reprendre notre ascension, articula-t-elle au prix d'un effort surhumain.

Il prit tout son temps avant de la lâcher, et même lorsqu'elle se fut remise en marche, elle sentait encore sur sa taille la chaleur de ses mains. Ils avaient franchi une nouvelle limite, de toute évidence, et si elle ne se méfiait pas, ils n'en connaîtraient bientôt plus aucune.

— Vous m'avez fait peur, lui confia-t-il. Un instant, je vous ai vue roulant jusqu'en bas de la colline. J'en ai encore le cœur qui bat.

Mirabel aussi avait le cœur battant, mais pour des raisons différentes.

— Peut-être que si vous ne me suiviez pas d'aussi près, nous limiterions les risques de nous faire trébucher mutuellement, observa-t-elle.

— Certes. J'avoue que j'aurais dû être plus attentif, mais j'étais en train d'admirer la vue, si bien que j'étais distrait.

— Le paysage ne présente aucun intérêt, et ne valait sûrement pas l'ascension.

— Pas de mon point de vue, assura-t-il.

Elle se sentit rougir. Elle n'avait pas passé deux Saisons dans la capitale sans avoir appris à détecter les sous-entendus des jeunes gens, mais elle avait oublié combien il était agréable d'en être l'objet.

— Nous parlions de votre amoureux, enchaîna-t-il un instant après.

Elle n'était pas particulièrement bégueule et n'avait rien contre un petit flirt innocent, cependant, elle n'avait aucune intention de lui dévoiler sa vie privée.

— Vous ne pensez tout de même pas que j'ai entrepris tout ce que j'ai fait uniquement pour rester auprès d'un homme ?

— Quel dommage ! Je m'imaginais des rendez-vous romantiques sur cette crête qui domine ces landes sauvages.

— Vous avez parfaitement le droit de nourrir les rêves les plus excentriques, et je m'en voudrais de brimer une imagination aussi fertile.

— Touché ! s'inclina-t-il en riant.

Le vent se levait, et Mirabel scruta le ciel avec inquiétude. De gros nuages sombres s'amoncelaient au-dessus de leurs têtes.

— Je crois que le temps va se gâter. Peut-être serait-il plus sage de faire demi-tour.

— Continuons encore un peu. Où est ce ruisseau que vous avez mentionné ? Briar Brook, c'est bien cela ?

— Il n'est pas très loin, mais le sentier est recouvert par les ronces, et la pente est encore plus raide.

— Il y a des années que je n'ai pas fait une ascension comme celle-ci. J'aimerais savoir si j'en suis encore capable, plaida-t-il.

Mirabel, qui s'apprêtait à argumenter, renonça. Cela paraissait si important pour lui. Il devait sans doute fournir des efforts énormes pour conserver à ses mouvements leur fluidité, hélas, il n'en retrouverait jamais l'élégance d'avant sa blessure.

Elle accepta donc, et il s'évertua à marcher à la même allure qu'elle. Il semblait si enchanté d'y parvenir qu'elle l'emmena plus loin qu'elle ne l'avait prévu au départ.

— Vous voyez, il n'est pas nécessaire de marcher d'un pas égal pour avancer en terrain rocailleux. Pensez aux crabes ! plaisanta-t-il en se déplaçant latéralement.

Elle éclatait de rire quand elle sentit sur son visage la première goutte.

Elle appela son compagnon, mais il poursuivit obstinément son ascension. Le ciel était maintenant d'un noir d'encre, et bientôt une pluie diluvienne s'abattit sur eux.

Comme dans un cauchemar, Mirabel vit Alistair glisser soudain, perdre l'équilibre et tomber dans le ruisseau. Il gisait dans l'eau, immobile, lorsqu'elle le rejoignit enfin.

Tout était devenu noir.

Quand Alistair revint à lui, il ne savait plus où il était, si c'était le jour ou la nuit.

Une pluie glaciale martelait ses paupières closes.

Était-il gravement touché ? De combien de balles l'ennemi l'avait-il transpercé ? Combien de temps faudrait-il pour que ses forces l'abandonnent ?

Quand exhalerait-il son dernier soupir ? Cela ne valait-il pas mieux que d'être secouru et de vivre des années durant une pitoyable existence d'invalide ?

Les salves d'artillerie faisaient rage autour de lui, la fumée des canons rendait l'air irrespirable, les blessés et les mourants hurlaient et suppliaient.

Une charge de cavalerie se rapprochait et lui passait sur le corps, apportant l'oubli.

La douleur le réveilla. La douleur était un monde à elle seule, qui annulait tout ce qui vous entourait. Les élancements le secouaient au même rythme que son cœur, s'infiltraient dans chaque fibre de son être. L'univers entier se réduisait à un tête-à-tête entre la douleur et lui.

— Monsieur Carsington ?

Une musique céleste.

Il ouvrit les yeux et se perdit dans un océan d'azur. Des boucles cuivrées s'échappaient d'un chapeau qui avait connu des jours meilleurs. Et au-dessus d'eux, les nuées sombres déversaient toute l'eau du ciel.

— Vous m'entendez ? Pouvez-vous parler ? Dites-moi où vous avez mal.

— Nulle part.

Partout, en fait. Sa jambe n'était plus qu'une langue de feu. Ce n'était pas une balle, cette fois-ci. Mirabel. Oui, il se souvenait, maintenant. Cette taille fine entre ses mains. Pourquoi l'avait-il lâchée ?

— Je sais que vous souffrez. Dites-moi où. Vous ne pouvez pas rester là, et il m'est impossible de vous déplacer tant que j'ignore où vous êtes blessé. S'il vous plaît, dites-moi où vous avez mal.

— Nulle part. Je vais très bien.

Il voulut se redresser, mais une douleur atroce lui enflamma la jambe, de la hanche à la cheville. Allons, il n'y avait aucune raison de s'affoler. Cette maudite patte folle lui jouait encore des tours.

— Laissez-moi reprendre mon souffle. Je serai debout dans un instant.

Au prix d'un effort surhumain, il parvint à s'agrippper à un rocher et à y poser la tête, comme sur un oreiller. La pluie lui plaquait les cheveux sur le front. Où était son chapeau ? Il lui fallait retrouver son chapeau.

— Jock ! appela Mirabel. Jock !

Qui était Jock ? Pas son amoureux, puisqu'elle n'en avait pas, elle le lui avait affirmé. Il n'aurait pas dû le lui demander, cela ne se faisait pas. Il ne s'était pas conduit en vrai gentleman. Il se rappelait avoir reluqué sans vergogne ses hanches et son joli derrière.

Parce qu'ils étaient seuls. Pas un seul valet pour les surveiller. Jock ! C'était le valet.

— Il ne peut pas abandonner les chevaux, bredouilla-t-il.

Le brouillard et la fumée de nouveau. Les plaintes des mourants et les hennissements des chevaux agonisants. L'odeur fade du sang… Il ne devait pas vomir…

— Allons, lève-toi, idiot, grommela-t-il. Il faut aider tes camarades.

— N'essayez pas de parler, s'alarma la voix céleste. Économisez vos forces. De toute façon, Jock ne m'entend pas, avec cet orage. Je… je vais regarder si vous n'avez rien de cassé. Si vous êtes entier, nous vous sortirons du ruisseau sans trop de difficultés.

— Ce n'est qu'une égratignure, marmonna-t-il. Inutile de s'affoler.

— Détendez-vous. Je n'en ai pas pour longtemps.

Des mains aussi douces qu'efficaces explorèrent son cou et ses épaules. Il ferma les yeux et perdit à nouveau connnaissance.

Le fracas de l'artillerie avait repris, mais il ne suffisait pas à couvrir les cris des blessés et les gémissements de ceux qui allaient mourir. Il tremblait de douleur, le froid lui engourdissait les membres. Les visages de Kitty, de Gemma, d'Aimée et d'Hélène dansaient devant ses yeux. Il se remémora la chaleur de grands lits profonds, la douceur de mains féminines sur sa peau. Plus jamais il ne savourerait les caresses des femmes…

Quand il revint à lui, la pluie avait redoublé et les doigts experts de Mirabel lui palpaient précautionneusement les membres.

— Vous êtes également médecin, mademoiselle Oldridge ?

— J'ai plutôt des compétences de vétérinaire, mais je devrais être capable de repérer une fracture.

Comme elle lui effleurait la cheville gauche, il se dressa comme un ressort.

— Voilà ce qui ne va pas, déclara-t-elle calmement. Vous avez une entorse, mais, Dieu merci, rien de cassé. Vous avez fait une belle chute, et je craignais bien pire.

S'il n'avait qu'une entorse et des ecchymoses, pourquoi souffrait-il autant ? Et pourquoi avait-il perdu connaissance à plusieurs reprises ?

— Je savais bien que ce n'était rien, haleta-t-il.

— Je ne prendrais pas cette entorse à la légère, rétorqua-t-elle en l'aidant à se remettre debout. C'est votre mauvaise jambe, et vous êtes transi.

Se tenir debout était bien plus difficile qu'il ne l'aurait imaginé. Chaque mouvement était une véritable torture, et ses membres parcourus de spasmes incontrôlables ne lui obéissaient plus. Le ruisseau n'était pas profond, mais le courant puissant, le lit caillouteux instable et leurs vêtements trempés rendaient leur progression difficile.

Appuyé sur l'épaule de sa compagne, Alistair, qui avait toujours refusé de se considérer comme un infirme, regretta fugitivement de ne pas s'être rompu le cou. Il aurait cessé de souffrir.

Ayant toujours méprisé ceux qui s'attendrissent sur eux-mêmes, il repoussa cette pensée. Ce qu'il endurait n'était que vétille comparé à ce qu'il avait vu à Waterloo. Et il avait la chance d'être aidé par une femme au sang-froid digne d'un soldat, et non par une écervelée pleurnicharde.

Ils réussirent à s'extirper de l'eau et, clopin-clopant, atteignirent le plateau où Jock s'apprêtait à partir à leur recherche.

Mirabel avait l'habitude de faire front en toute circonstance. Elle ne s'était jamais laissé démonter quand un gel tardif décimait les vergers, que des pluies persistantes faisaient pourrir la moitié des réserves de foin ou qu'une maladie inconnue décimait le bétail.

Comme aurait dit le capitaine Hugues, elle avait pris le commandement du navire, et le sort de tout l'équipage dépendait d'elle et de la fermeté de son jugement. Le moindre doute, le plus petit signe d'hésitation ou d'affolement, et la confiance de ses troupes en serait ébranlée, leur moral ne manquerait pas de s'en ressentir, et la discipline se relâcherait immédiatement.

Elle s'était occupée de gérer la fortune familiale, car en négligeant leur domaine, son père avait compromis le bien-être de tous ceux qui dépendaient d'eux. En dix ans, prendre les choses en main était devenu chez elle une seconde nature.

Jamais pourtant elle n'avait eu aussi peur qu'en voyant M. Carsington tomber dans le ruisseau. La pluie était si dense qu'elle ne distinguait pas s'il respirait encore, et ses mains tremblaient tellement qu'elle était incapable de lui prendre correctement le pouls.

Dieu merci, il n'avait pas tardé à rouvrir les yeux, ce qui lui avait permis de recouvrer son sang-froid et ses capacités de réflexion.

Mais sur le chemin du retour, après que Jock fut revenu avec des secours et qu'on eut allongé le blessé sur une civière de fortune, elle avait compris qu'Alistair ne souffrait pas seulement d'une entorse.

Il demandait obstinément à marcher seul, puis marmonnait des paroles incohérentes, comme s'il ne savait plus où il était. Il délirait toujours lorsqu'on le porta au premier étage, dans les appartements réservés aux hôtes de marque.

L'installer au rez-de-chaussée eût été plus commode, mais il n'était pas difficile, même avec une cheville abîmée, de s'échapper du rez-de-chaussée, or Mirabel tenait absolument à garder Alistair à la maison, au moins jusqu'à l'arrivée du médecin. Après tout, il n'avait pas de vêtements de rechange, et si une tempête de grêle ne l'avait pas empêché de partir en pleine nuit, ce n'était pas une mauvaise entorse qui l'arrêterait.

Elle ordonna qu'on installe le blessé dans un fauteuil confortable, donna des instructions pour qu'on le débarrasse de son manteau et de son gilet trempés et qu'on l'enveloppe dans une couverture. Après quoi, elle demanda qu'on monte de l'eau chaude afin qu'il puisse prendre un bain.

Il restait encore à lui annoncer le pire.

— Je crains qu'il ne faille découper votre botte.

À son grand étonnement, il prit la nouvelle calmement.

— Je suis trempé, murmura-t-il en repoussant ses cheveux dégoulinants de pluie. Mes bottes ? Crewe sera désespéré, ajouta-t-il, d'une voix normale cette fois.

— Père n'a pas de valet de chambre, sinon je lui aurais demandé de s'occuper de vous, s'excusa-t-elle en l'aidant à défaire son nœud de cravate.

— Wellington non plus. Si lui s'habille et se déshabille seul, je peux bien en faire autant ! Mais Crewe ne m'a jamais quitté depuis mon adolescence… Quel gâchis ! bredouilla-t-il, tandis que son regard s'égarait. Que mettront-ils sur ma tombe ?

Voilà qu'il délirait de nouveau, comme la mère de Mirabel lorsqu'elle était mourante. Il réagit violemment à la vue du coutelas qu'elle avait réclamé.

— Ce n'est qu'une égratignure ! protesta-t-il. Je ne veux pas qu'on m'ampute !

— Votre cheville est enflée. Je dois absolument découper votre botte, lui rappela-t-elle doucement.

Une lueur de compréhension brilla au fond des yeux bruns d'Alistair.

— Oui, bien sûr. Je vous en prie. Je vais le faire moi-même.

— Mais non, vos mains sont glacées. Joseph va s'en charger.

— Non, faites-le, vous. Vous avez la main sûre. Et ne vous inquiétez pas si je crie ou si je pleure, car ces bottes me sont très chères. Vous allez faire de moi un va-nu-pieds, dit-il de son air le plus enjôleur.

Malgré son angoisse, Mirabel ne put retenir un sourire.

Une fois les bottes proprement découpées, la maîtresse de maison laissa le blessé entre les mains de ses domestiques. L'Honorable Alistair Carsington fut promptement déshabillé, lavé et frictionné. Il se laissa mettre au lit avec une poche de glace sur la cheville, et quand Mirabel revint vérifier si tout allait bien, elle le trouva paisiblement assoupi.

Ce répit fut cependant de courte durée. Il ne tarda pas à s'agiter et à marmonner des propos décousus, comme lorsqu'elle l'avait examiné dans le ruisseau. Il repoussait les couvertures et réclamait ses vêtements avant de retomber, en sueur, sur ses oreillers.

— Calmez-vous, implora-t-elle. Vous êtes épuisé. Vous vous êtes fait une entorse et vous avez pris froid. Reposez-vous, je vous en prie.

— Tout est si confus ! Est-ce que j'ai eu un choc à la tête ? questionna-t-il dans un moment de lucidité.

Quelques instants plus tard, il rejetait à nouveau ses couvertures en réclamant son valet de chambre et sautait à bas du lit avant de pousser un juron.

— Je veux marcher ! hurla-t-il en s'appuyant au dossier d'une chaise. Cette maudite jambe doit marcher !

— Monsieur, du calme, je vous prie ! commanda une voix impérieuse.

Alistair Carsington se figea, tourna les yeux vers la porte où s'encadrait la haute silhouette du capitaine Hugues.

— Quelle est la raison de ces cris ? s'enquit-il en pénétrant dans la pièce.

— M. Carsington n'est pas tout à fait lui-même, répondit Mirabel avec un calme qu'elle était loin d'éprouver. Il s'est fait une entorse et... je ne sais pas s'il a subi un choc nerveux ou s'il a simplement pris froid, mais il n'est pas bien.

— J'ai déjà vu des cas similaires, la rassura le capitaine. J'allais à Matlock quand j'ai croisé le domestique que vous avez envoyé chez le Dr Woodfrey. Il ne viendra pas avant un moment, il a déjà plusieurs urgences.

— Je n'ai jamais été malade de ma vie, bougonna Alistair en se laissant tomber sur la chaise. Jamais ! Mais j'ai beau avoir le cœur bien accroché, ce tas de chairs sanguinolentes ! Et cette odeur ! Comment ne pas avoir la nausée ? Vous voyez ce que je veux dire, n'est-ce pas ?

— Bien entendu, rétorqua le capitaine, qui n'avait pas la moindre idée de ce dont il parlait.

— Je crois que je divague, soupira Carsington. J'ai dû tomber sur la tête. Il ne me manquait plus que ça ! C'était tout ce qui fonctionnait chez moi : le cerveau.

7

« Calme-toi. Conduis-toi en homme, bon sang », se répétait Alistair.

Cependant, malgré ces belles résolutions, jamais il ne pourrait endurer ce qui l'attendait sans vomir. Il avait déjà la nausée, d'ailleurs…

Crewe avait eu un pressentiment qui aurait dû l'alerter. Mais à la guerre, les risques d'être tué ou blessé étaient élevés. Pourtant il n'avait pas imaginé un tel carnage. Partout des corps empilés. Des cadavres, des blessés, des agonisants… Et parmi eux, beaucoup de ses camarades…

Une voix de femme, tout près de lui. Celle d'un homme aussi, mais qui n'était pas celle de Douglas.

— Vous ne vous sentez pas bien ? demanda cette voix masculine.

— C'est un euphémisme, répondit Alistair.

— Vous avez dit que vous aviez la nausée. Vous vous en souvenez ? Vous avez parlé d'un tas de chairs sanguinolentes…

Il avait parlé à haute voix ? Il ne s'agissait donc pas d'un cauchemar ? Jusqu'à présent, il ignorait la peur. Il n'allait tout de même pas se conduire comme un lâche et faire honte à sa famille en se rendant malade pour un léger désagrément.

— Non, je n'en ai aucun souvenir. Est-ce qu'ils ont fini avec cette jambe ? interrogea-t-il dans un souffle.

Est-ce qu'elle avait enfin rejoint ce répugnant monceau de membres amputés qui dégageait cette odeur insoutenable ?

— Savez-vous où vous êtes ? questionna avec autorité la voix masculine, celle d'un officier, à n'en pas douter. Vous me reconnaissez ?

Alistair ouvrit les yeux. Tout se mit à tourner autour de lui, puis, peu à peu, se stabilisa. Il était dans une chambre, pas une tente militaire, et il avait déjà rencontré l'individu penché sur lui.

— Le capitaine Hugues, dit-il.

— Bien. Vous avez fait une mauvaise chute, et vous avez une entorse. Et vous m'avez tout l'air d'avoir reçu un coup à la tête. Cela m'est arrivé une fois, quand le foc m'a assommé. Le choc vous plonge dans le délire, mais cela ne dure pas, ne vous inquiétez pas.

— Mon crâne a dû heurter un rocher. Je comprends.

Il se souvint d'avoir bondi du lit à demi nu... Un visage stupéfait... Des yeux d'azur voilés d'inquiétude.

Il balaya la pièce du regard. Elle était là, debout devant la cheminée.

Oh, merveilleux ! Il s'était comporté comme un fou furieux devant *elle* !

— Mademoiselle Oldridge.

— Vous me reconnaissez ?

— Pour l'instant, oui. Je vous présente mes excuses. J'ai l'impression que je me suis donné en spectacle.

— Rien de bien méchant, rassurez-vous. Vos propos n'étaient pas plus incohérents que ceux de mon père, parfois. Cependant nous nous sentirions tous mieux si vous vous recouchiez.

Alistair s'aperçut alors qu'il était uniquement vêtu d'une chemise d'emprunt, heureusement assez ample pour dissimuler l'affreux réseau de cicatrices qui lui balafrait la cuisse.

Refusant l'aide du capitaine, il clopina jusqu'au lit, tandis que Mlle Oldridge détournait pudiquement les yeux. La pluie tambourinait contre les carreaux, les draps dégageaient un léger parfum de lavande, le décor était paisible et ordonné. Comment avait-il pu confondre cette chambre avec une infirmerie militaire ?

— On dirait que vous allez déjà beaucoup mieux. Vous n'avez plus rien du diable échevelé que j'ai trouvé en entrant ! Vous me pardonnerez mon intrusion, reprit le capitaine en se tournant vers Mirabel. Je me suis permis de monter en entendant tout ce tumulte sur le pont supérieur.

— Ne vous excusez pas. Mon père aurait très bien pu mettre une nouvelle fois le feu, après tout.

— M. Oldridge est pyromane ? s'enquit Alistair.

— Pas encore ! sourit sa fille. Il y a quelques années, en cherchant un document, il a eu une illumination subite concernant le processus de reproduction des palmiers dattiers égyptiens. Il s'est redressé si brusquement qu'il a renversé le chandelier sans remarquer quoi que ce soit. L'intervention d'un valet a limité les dégâts à la perte des rideaux, d'un magnifique tapis, et à une odeur de brûlé qui a persisté durant plusieurs jours.

— Je me sens mieux, déclara Alistair. Pour l'instant, je n'ai encore rien détruit dans votre demeure.

— Vous avez meilleure mine, et vous semblez moins fiévreux, mais il faudrait mettre une nouvelle poche de glace sur votre cheville. En voulez-vous également une pour votre tête ?

— Excellente idée. Je vous remercie de prendre soin de moi avec autant de dévouement. Pour ma part, je vais essayer d'attendre le médecin sans vous causer plus de tracas.

— Vous m'en voyez grandement soulagée, dit-elle avec un sourire si chaleureux qu'il eut l'impression d'être déjà convalescent.

Le Dr Woodfrey n'arriva que tard dans la soirée. C'était un jeune homme de petite taille, énergique, habitué à se déplacer par tous les temps. Mais il était le seul praticien à des lieues à la ronde, et la tempête aussi soudaine que violente avait causé de nombreux accidents et rendu les routes encore plus impraticables qu'à l'ordinaire.

Après que Mirabel et le capitaine lui eurent brièvement expliqué la situation, il monta examiner le blessé.

Il était redescendu et s'apprêtait à faire son rapport à la maîtresse de maison lorsque M. Oldridge, ayant vu la voiture du médecin et croyant sa fille malade, se rua dans la pièce.

Mirabel, médusée que son père ait remarqué une chose sans rapport avec la botanique, et stupéfaite qu'il se soit inquiété pour elle, lui résuma la situation en deux mots.

— J'espère qu'il ne s'est pas fendu le crâne ! s'exclama le vieil homme. Cela a failli m'arriver à plusieurs reprises pendant que j'herborisais.

— Son crâne est en parfait état, le rassura le médecin.

— Alors c'est la fièvre qui provoque ces bouffées de délire ? questionna Mirabel.

— Il n'a pas de fièvre pour le moment, et m'a tenu des propos parfaitement sensés.

M. Carsington n'avait pas perdu connaissance plus d'une minute ou deux et ne présentait aucun des symptômes caractéristiques d'une fracture du crâne. Néanmoins, il souffrait probablement d'un léger traumatisme et devait impérativement rester sous surveillance constante durant les prochaines quarante-huit heures.

De plus, poursuivit le médecin, il avait pris froid. Une affection pulmonaire risquait de se déclarer au cours des heures à venir. Il était donc hors de question de le reconduire à son auberge, comme il en avait exprimé le désir.

Après ce diagnostic, le Dr Woodfrey entraîna Mirabel à l'écart pour lui donner quelques instructions.

— Il faut à ce jeune homme un repos absolu, c'est de la plus haute importance. Il présente des symptômes de fatigue nerveuse qui m'ennuient beaucoup. Ce genre d'affection provoque des troubles du comportement, des hallucinations en particulier. Cela expliquerait ces accès délirants.

Elle se refusait à croire que M. Carsington soit en proie à une quelconque lassitude. Certes, il pouvait parfois adopter l'air blasé en vogue chez les dandys de la capitale, mais il ne montrait aucun signe de faiblesse.

Elle n'avait pas oublié ses mains sur sa taille et l'impression de force qui émanait de lui, ni l'humour dont il faisait preuve même dans les pires moments.

— J'ai de la peine à l'imaginer fatigué…

— Il paraît tout à fait normal, je vous l'accorde, mais le choc de ce matin a rompu un équilibre nerveux fragile. Le seul véritable remède, c'est le repos. Je m'en remets à vous pour y veiller, je sais que vous êtes une femme pleine de ressources.

Le médecin exposa ensuite le traitement qu'il avait concocté pour son patient, ainsi que le régime alimentaire. Il refusa à regret de rester dîner et laissa Mirabel trouver seule comment dompter un homme que même le comte de Hargate n'arrivait pas à mater.

— Woodfrey ne sait pas ce qu'il dit !

Alistair avait proféré ce commentaire sur le ton impérieux que prenait son père lorsqu'il voulait réduire au silence un opposant particulièrement coriace.

— Je ne suis pas sûre que vous soyez en condition de déterminer ce qui est le mieux indiqué pour vous en ce moment, rétorqua Mirabel.

— Woodfrey ne me connaît pas. Je tiens de ma grand-mère paternelle qui, à quatre-vingt-deux ans, sort au moins trois soirs par semaine, est toujours invincible au whist, continue de tyranniser son entourage comme elle l'a fait toute sa vie, et ne se laisserait jamais clouer au lit par une entorse et une bosse sur la tête.

Elle attendit pour répondre que le valet ait emporté son plateau, nota-t-il. Elle lui avait tenu compagnie pendant qu'il dînait et avait pu constater que son appétit était intact.

Maintenant qu'il avait fini de manger, il avait tout le loisir d'admirer son infirmière et la grâce de sa démarche, tandis qu'elle faisait les cent pas entre la fenêtre et la cheminée.

Elle portait une robe lie-de-vin à la coupe trop sévère, mais beaucoup moins hideuse que celles qu'il lui avait vues jusque-là. Malheureusement, sa femme de chambre, qui avait eu l'idée saugrenue de tenter une coiffure à l'antique, à la mode dix ans auparavant, s'était révélée aussi peu talentueuse que d'ordinaire, et Mirabel aussi échevelée.

— Si vous ne laissez pas reposer votre cheville, elle ne guérira pas bien. Vous risquez des entorses à répétition.

— Votre petit médecin exagère, comme tous ses confrères. Ils prédisent le pire, ainsi, si le patient meurt, ils ne sont pas responsables, et s'il guérit, ils passent pour des génies.

— À la campagne, nul n'ignore à quel point une entorse est gênante. Vous ne pouvez pas vous permettre d'avoir une cheville fragile, vous moins que quiconque. Vos efforts pour rééduquer votre jambe blessée seraient réduits à néant, déclara-t-elle avec sa franchise habituelle.

Alistair possédait une bonne dose de fierté, comme tout mâle qui se respecte, mais il n'en était pas à se comporter stupidement par fierté.

— Hélas, je suis forcé d'admettre que vous avez raison ! Il ne faut à aucun prix mécontenter cette maudite patte folle, on ne sait pas de quelle vengeance elle est capable.

— Je comprends votre impatience, assura Mirabel, visiblement rassérénée, en s'asseyant à son chevet.

Quand on a enduré de longues périodes d'immobilité, comme c'est votre cas, on est d'autant plus attaché à sa liberté de mouvement. On ne tolère même plus d'être alité un jour ou deux.

— Oh, avec de l'entraînement, on apprend à tuer le temps en dormant ou en lézardant ! Non, ce qui me rend furieux, c'est de subir les caprices de cette jambe.

— Les caprices ?

— Laissez-moi vous raconter, mademoiselle Oldridge. Cette jambe s'est parfaitement comportée pendant des années. C'était une brave jambe, modeste et bien élevée, qui vaquait sans faire d'histoires à ses occupations. Mais depuis qu'elle a été blessée, elle est devenue un véritable tyran.

Le sourire amusé de son hôtesse encouragea Alistair à poursuivre :

— Figurez-vous qu'elle s'est révélée égoïste, capricieuse et terriblement ingrate ! Lorsque la médecine britannique, du haut de sa science, a déclaré son cas désespéré, nous l'avons confiée à un guérisseur turc qui l'a bichonnée, dorlotée, chouchoutée et qui, à coups d'onguents exotiques, l'a débarrassée de la puanteur d'une infection tenace. Eh bien, croyez-vous qu'elle en ait été reconnaissante et qu'elle se soit remise au travail comme n'importe quelle jambe respectable l'aurait fait ? Que nenni !

Sans cesser de sourire, Mirabel l'incita à continuer d'un imperceptible hochement de tête.

— Elle a eu le toupet d'exiger ensuite des mois d'exercices fastidieux avant de consentir à exécuter les mouvements les plus élémentaires. Et même maintenant, après trois ans de soins dévoués et d'entretien minutieux, elle prend un malin plaisir à me tourmenter dès que le temps est à l'humidité. Or, je vous rappelle qu'il ne s'agit pas d'une de ces délicates jambes méridionales, mais d'une solide jambe anglaise !

Mirabel riait maintenant de bon cœur, et le pouls d'Alistair s'accéléra. Il aurait voulu poser les lèvres au coin de ces yeux rieurs et sur cette bouche sensuelle. Se tançant mentalement, il enchaîna :

— Quoi qu'il en soit, pour le moment, elle refuse catégoriquement de me mener où que ce soit. Comment ai-je pu imaginer un instant que j'arriverais à trottiner jusqu'à l'auberge ?

— Vous êtes tombé sur la tête, ne l'oubliez pas, pouffa-t-elle.

Alistair avait toujours détesté les bécasses qui gloussaient sans cesse, mais le rire de Mirabel était une bouffée d'air printanier. Comme elle était attachante ! Beaucoup trop pour ne pas être dangereuse...

« Cesse de lui faire du charme, s'ordonna-t-il. Tu sais où cela te mènera... »

Mais justement, il était incapable de s'arrêter.

— Puisqu'une sortie élégante m'est interdite, il ne me reste plus qu'à me résigner à mon triste sort et à rester bravement au lit. Vous aurez peut-être la bonté, mademoiselle, de venir de temps à autre admirer mon courage et ma force d'âme. Vous aurez ainsi l'occasion d'admirer mon talent à tuer le temps.

L'entrée de M. Oldridge, un gros livre coincé sous le bras, interrompit le fou rire de Mirabel.

— M. Carsington ne peut pas lire, le Dr Woodfrey lui a interdit tout exercice intellectuel, le prévint-elle.

— Je le sais. C'est pour cette raison que je lui apporte le *Podromus Systematis Naturalis Regni Vegetabilis*. J'en ai offert un exemplaire à ta tante, qui trouve cet ouvrage très apaisant. Je vais vous faire la lecture, cher ami, et si vous trouvez ce livre trop fatigant, vous n'aurez qu'à me le dire, j'irai en chercher un autre.

Après avoir fait des efforts méritoires pour saisir de quoi l'ouvrage parlait, Alistair sombra dans un profond sommeil.

Il sentit le bras de Douglas le tirer hors de la boue sanglante dans laquelle il gisait. L'horreur était partout, jusque dans la tente qui servait d'infirmerie.

Le pire était cet amas de membres sanglants. Il détourna les yeux, mais il avait eu le temps de discerner cette main inerte où restait accroché un morceau d'étoffe rougie.

Sa vue se brouillait. Des voix étouffées lui parvenaient aux oreilles. Il ne comprenait pas les mots, mais leur signification ne lui échappait pas.

— Non ! Ce n'est qu'une égratignure. Je refuse !

Ils s'impatientaient. Ils n'avaient pas le temps de retirer tous les petits éclats d'os, de bois et de métal, disaient les chirurgiens. Jamais ils ne pourraient être certains que les plaies étaient parfaitement nettoyées. Et la gangrène s'y mettrait aussitôt. Il fallait amputer pour lui épargner une mort atroce.

On allait jeter sa jambe sur l'horrible monceau de chair et de sang. Il n'avait pas passé tant d'heures à souffrir dans la boue, à lutter contre la peur et le désespoir, à s'accrocher à la vie, pour qu'un chirurgien trop pressé le mutile.

— Ils ne connaissent pas d'autre moyen ! Il faut partir d'ici !

— Oui, oui, mais je vous en prie, réveillez-vous !

Une main sur son épaule… Il s'y accrocha comme à une bouée.

— Aidez-moi à partir, et tout ira très bien.

— Mais tout va bien. Réveillez-vous.

Une voix féminine. Une Anglaise, une dame de qualité. Il ouvrit les yeux. Tout était calme autour de lui.

— Vous me reconnaissez ?

— Naturellement, sourit-il. Je rêvais…

Dire qu'il se sentait soulagé était très en dessous de la vérité. Il venait de traverser l'horreur absolue, et il était passé de l'autre côté, dans ce havre de paix où il respirait le parfum d'une jolie femme penchée sur lui, si près qu'il aurait pu tendre le bras, la prendre par la nuque et l'attirer…

Non, ce n'était pas convenable.

Il pressa doucement la main posée sur son épaule. Il lui suffisait de tourner la tête pour y déposer un baiser... mais cela non plus ne se faisait pas.

— Comment vous appelez-vous ?

— Pardon ?

— Comment vous appelez-vous ?

— Vous ne me reconnaissez pas, mademoiselle Oldridge ? J'ai changé à ce point ?

— Je suis censée vous demander régulièrement votre nom et vous poser quelques questions simples, pour vérifier que votre cerveau fonctionne normalement.

À contrecœur, il lui lâcha la main et se redressa.

— Où est votre père ?

— Je l'ai envoyé se coucher il y a une heure. Je n'avais pas sommeil et, de toute façon, il ne fait pas un garde-malade très fiable.

— Mais je ne suis pas malade ! J'ai une malheureuse entorse et peut-être une légère commotion. Ça ne doit pas être bien grave puisque je me rappelle clairement que mon nom est Alistair Carsington, que mon tailleur s'appelle Weston, mon bottier Hoby et mon chapelier Locke. En ce qui concerne mes gilets...

— Parfait, coupa-t-elle. Les différentes parties qui servent à vous assembler ne m'intéressent pas particulièrement.

— Vraiment ? Il me semblait pourtant vous avoir entendue commenter à plusieurs reprises l'élégance de ma mise. Mon cerveau est peut-être plus gravement atteint qu'il n'y paraît.

— C'étaient des remarques, sans plus, déclara-t-elle en s'écartant du lit.

Elle avait dû s'habiller à la hâte, car sa robe était froissée, et elle ne portait pas de corset. Il le voyait à la façon dont le vêtement soulignait sa poitrine. Et dans sa précipitation, elle n'avait pas dû la boutonner complètement...

Il se remémora aussitôt combien sa taille était fine, sa main douce, et s'évertua à ne pas imaginer le reste.

— Vous devriez retourner vous coucher, observa-t-il sèchement. Vous n'auriez pas dû venir seule ici au milieu de la nuit. C'est inconvenant.

— En effet. D'autant que vous m'avez laissé entendre que vous n'étiez qu'un libertin…

— Moi, un libertin ? Mais jamais de la vie !

— Vous parliez de votre dispendieuse danseuse avec tant de naturel…

— Une seule danseuse ne suffit pas à faire d'un homme un libertin. Si je l'étais…

S'il était un libertin, il n'aurait pas eu de scrupule à l'attirer dans son lit. Elle ne se doutait pas de l'effort qu'il fournissait pour se conduire en gentleman. Si seulement son père le voyait !

Non, tout bien réfléchi, il valait mieux laisser son père en dehors de cette histoire.

— Je m'en souviens, maintenant. Je suis certaine que ma tante Clotilde, qui me raconte tous les potins de Londres, a parlé de vous dans l'une de ses lettres. Avant la bataille où vous vous êtes si vaillamment illustré… Voyons, de quoi s'agissait-il ?

— Ne vous fatiguez pas à chercher, soupira Alistair. Les scandales où je me suis illustré sont nombreux.

La tête inclinée de côté, elle le scrutait comme s'il était un animal exotique. Jamais une femme ne l'avait examiné aussi ouvertement. Jamais personne, d'ailleurs. Généralement, les gens s'arrêtaient à son apparence, ses bonnes manières et son aisance. Personne ne se préoccupait de savoir ce qui se cachait derrière cette façade élégante. Peut-être n'y avait-il rien…

— Et tous ces scandales concernaient des dames ?

— Bien entendu, mais…

— Combien y en a-t-il eus ? Peut-être trop pour les compter, surtout dans votre état de faiblesse. Vous ne devez pas vous fatiguer, ne l'oubliez pas.

Se rappelant la liste de son père, il répondit :

— Il y en a eu sept. Enfin, huit, d'un point de vue technique.

— D'un point de vue technique ?

— L'un d'eux impliquait deux dames. Mais c'était le dernier, s'empressa-t-il de préciser. Et cela remonte à plus de trois ans.

— Vous êtes donc un libertin repenti.

— Pour être repenti, il faudrait que j'aie été un libertin, ce qui n'est pas le cas, riposta-t-il, agacé. Je ne sais pas pourquoi je vous ai parlé de cette ballerine. Je n'ai pas l'habitude d'évoquer mes maîtresses en présence d'une demoiselle.

— Ne vous agitez pas ! Je ne voulais pas vous irriter.

— Mais je ne m'agite pas, mentit-il.

— Le Dr Woodfrey pense que vous souffrez de fatigue nerveuse.

— *Nerveuse ?* répéta-t-il, indigné. Mais je n'ai pas de nerfs ! Demander à n'importe qui : je suis l'individu le plus calme qui soit.

Comment, cependant, rester impassible lorsqu'on était seul, pratiquement nu, en tête à tête avec une jeune femme elle-même sommairement habillée, en pleine nuit, et que la maisonnée était endormie ?

Heureusement, les couvertures dissimulaient ses réactions physiques.

— J'avoue toutefois que je vous trouve un brin provocante. J'ignore si vous le faites exprès ou si c'est involontaire. J'imagine que vous ne pouvez pas vous en empêcher, ajouta-t-il avec un geste impatient l'englobant tout entière. C'est comme d'être sourd. À présent, partez, je vous en prie.

Elle n'en avait aucune intention, à en juger par son sourire.

— Cela vous amuse ? fit-il d'un ton accusateur.

Elle ne se rendait pas compte du danger. Il fallait donc qu'il se montre vigilant pour deux, or c'était beaucoup lui demander après une journée aussi mouvementée.

— C'est *vous* qui m'amusez. Vous êtes l'homme le plus drôle que j'aie rencontré depuis longtemps.

Un bon lit… une femme ravissante riant dans ses bras.

Il jeta un coup d'œil au soporifique ouvrage de botanique.

— Eh bien, puisque vous tenez tellement à ma compagnie, mademoiselle Oldridge, peut-être aurez-vous l'obligeance de me faire la lecture ?

8

Le capitaine Hugues se présenta au domicile de Mme Entwhistle le dimanche en fin de matinée.

La maîtresse de maison ne manifesta pas un plaisir excessif à sa vue, et elle sembla carrément ennuyée quand il lui dévoila l'objet de sa visite.

— Vous ne pensez tout de même pas que je vais aller frapper à la porte de Mirabel sans y avoir été invitée, le jour du Seigneur qui plus est ? rétorqua-t-elle, sur un ton qui, jadis, suffisait à mater les élèves les plus indisciplinés.

La dame n'avait pourtant rien de sévère ou d'austère. De petite taille, elle était accorte, bien coiffée et élégamment vêtue d'une robe crème ornée de dentelles.

Le salon encombré de bibelots sembla particulièrement étriqué à l'ancien marin habitué des grands espaces, qui se faisait l'effet d'un éléphant dans un magasin de porcelaine. Prudemment appuyé au manteau de la cheminée, il n'osait ébaucher un mouvement de peur de casser quelque chose. Le regard perçant de son interlocutrice ne contribuait pas à le mettre à l'aise.

— Enfin, Flo... euh, madame Entwhistle, vous savez bien qu'elle ne songera pas à vous inviter ! Elle a envoyé chercher le valet de chambre de Carsington parce qu'elle avait besoin de lui, mais elle n'a aucun sens des convenances. Si jamais l'idée que les voisins risquent de jaser lui traverse l'esprit, elle s'en moquera éperdument. Or les gens jaseront, vous le savez aussi bien que moi. Son père ne peut pas être considéré comme un chaperon convenable.

— Vous m'avez dit que M. Carsington était blessé.

— Il souffre d'une entorse à la cheville et a reçu un coup sur le crâne. Mais cela ne fait pas de lui un infirme. Il n'est pas nécessaire, je suppose, de vous rappeler le degré de moralité des jeunes dandys de l'aristocratie.

— En effet, *sa* moralité m'importe peu, rétorqua-t-elle. Vous n'imaginez tout de même pas que Mirabel a si peu de volonté ou une telle soif d'amour qu'elle en oublierait ses principes ? Asseyez-vous donc, enchaîna-t-elle. Je vais finir par attraper un torticolis.

— Vous estimez que je me mêle de ce qui ne me regarde pas ? demanda-t-il en prenant le siège le plus éloigné de la maîtresse de maison.

— Je ne sais trop que penser. Vous êtes peut-être jaloux...

Le capitaine la considéra avec incrédulité, avant d'éclater de rire.

— Vous croyez cela ? Vraiment ? fit-il. Enfin bref, que vous ayez tort ou pas, la question n'est pas là. Tout le monde ici apprécie Mlle Oldridge, ce qui n'empêche pas les gens d'adorer les cancans. Les réputations les plus solides ne résistent pas longtemps à la calomnie, vous le savez aussi bien que moi.

— Mirabel n'est pas du genre à se compromettre.

— Mlle Oldridge est peut-être célibataire, mais elle n'a rien d'une vieille fille. Et elle a l'âge de procréer, que je sache ! En clair, elle est encore assez jeune pour être séduite, ou soupçonnée de l'avoir été. Cela suffit à alimenter les pires ragots.

— Je lui écrirai pour lui rappeler discrètement les convenances, décréta Mme Entwhistle après un long moment de réflexion. Si elle me demande de venir, je resterai à Oldridge Hall le temps nécessaire. Mais je ne peux tout de même pas m'inviter !

— Mais puisque *moi*, je vous invite !

— Oldridge Hall ne vous appartient pas, même si vous vous comportez comme si c'était le cas.

— C'est le mariage qui vous a rendue si collet monté ? Vous qui étiez si gaie. Comme Mirabel, d'ailleurs, quand vous viviez avec elle. Vous étiez exactement la personne dont elle avait besoin.

— J'aimerais pouvoir en dire autant de vous ! s'exclama Mme Entwhistle en se levant dans un bruissement de dentelle. Mais vous avez toujours le crâne aussi épais. Mirabel a trente et un ans, et quand un jeune homme séduisant, de bonne famille, lui tombe pratiquement dans les bras, vous mettez tout sens dessus dessous pour protéger sa vertu ? Et son bonheur, vous y pensez ?

Le capitaine en demeura bouche bée.

— Mais enfin, Flora, balbutia-t-il, qu'avez-vous en tête ? Vous voulez la marier ?

— Disons que je compte sur Dame Nature.

— Si j'en crois ma vieille expérience, la nature n'est pas fiable, grommela le capitaine Hugues. Sinon, les bateaux n'auraient pas besoin de voiles pour naviguer.

Le capitaine avait raison de s'inquiéter des commérages, car Mlle Oldridge avait des ennemis.

Ce dimanche-là, de l'autre côté de Longledge Hill, Caleb Finch distillait activement son fiel.

Il était arrivé du Northumberland quelques jours plus tôt pour inspecter les mines de son maître, lord Gordmor, qu'il soupçonnait d'être mal gérées. Il était effectivement particulièrement qualifié pour en juger, car il était passé maître en mensonges, tromperies, détournements divers et escroqueries de toutes sortes.

Cependant, la véritable raison de sa venue avait nom Mirabel Oldridge.

Il avait assisté au service religieux uniquement parce que cela lui offrait la possibilité de rencontrer, sans trop d'efforts, le maximum de personnes. Sa stricte redingote noire, ses cheveux gris soigneusement lissés et sa mine austère avaient toutes les apparences de la respectabilité et d'une moralité au-dessus de tout soupçon.

Caleb Finch attachait beaucoup de prix à la moralité, et avait pour justifier chacune de ses malhonnêtetés un motif parfaitement moral. Comme il n'avait rien d'un grand philosophe, cette morale était quelque peu primaire. Par exemple : « Telle personne possède une chose que je n'ai pas, ce qui n'est pas bien. Il est donc juste que je la lui prenne. »

Une dizaine d'années plus tôt, quand Mlle Oldridge l'avait renvoyé, elle avait refusé de lui donner une lettre de références, ce qui l'avait obligé à quitter Longledge Hill pour chercher du travail.

Au lieu de savoir gré à Mirabel de ne pas l'avoir poursuivi pour malversations, escroquerie et vol, et de lui avoir laissé le bénéfice du doute, il avait nourri envers elle une haine tenace, qu'il trouvait enfin le moyen d'assouvir.

Dès qu'il avait eu vent de l'accident de l'Honorable Alistair Carsington, il avait « espéré » à haute voix qu'il s'agissait bien d'un accident. Quand on lui avait demandé ce qu'il voulait dire, il n'avait été que trop heureux de s'expliquer.

On était en droit de s'interroger, n'est-ce pas : que fabriquaient-ils sur un sentier aussi périlleux alors qu'un orage menaçait ? Bien entendu, le gentleman de Londres ne pouvait deviner le danger, mais la jeune dame… Et où était son valet ? Pourquoi n'était-il pas avec eux ?

En quelques minutes, ces remarques, et d'autres de la même eau, avaient fait le tour des paroissiens, ces derniers les accueillant la plupart du temps avec une incrédulité teintée d'ironie.

Mais on trouve partout des gens qui, souvent parce que moins fortunés ou moins bien dotés par la nature, se plaisent à rabaisser leur prochain. Si bien que ces insinuations fielleuses rencontrèrent çà et là des oreilles beaucoup plus complaisantes.

Ces bonnes âmes se firent une joie de reprendre la version de Caleb et de la colporter après l'avoir enrichie au passage.

Avant la fin de l'après-midi, la calomnie avait fait le voyage en sens inverse et atteignait la paroisse de Mirabel Oldridge. Dès qu'elle parvint aux oreilles du capitaine Hugues, il courut en informer Mme Entwhistle.

Entre-temps Crewe, arrivé au point du jour à Oldridge Hall, avait achevé de ranger les effets de son maître, c'est-à-dire de quoi équiper de pied en cap un bataillon entier, selon le capitaine.

Quand elle monta rendre visite au blessé, Mirabel s'attendait à le voir plus à son aise. Elle n'était pas préparée au spectacle qui s'offrit à elle.

Par-dessus une chemise de fine batiste agrémentée d'une cravate impeccablement nouée, M. Carsington avait passé une élégante robe de chambre et un large pantalon de soie brochée qui découvrait ses pieds nus dans des babouches.

Même si sa cheville avait beaucoup dégonflé, elle devait encore être très sensible, et il avait eu raison de ne pas mettre de bas, mais ses longues jambes musclées se trouvaient ainsi beaucoup plus exposées que sous les couvertures. Quand Mirabel avait examiné sa blessure, elle était trop anxieuse pour y prêter réellement attention, mais maintenant…

Elle se détourna pour inspecter la pièce et en apprécier les changements.

Elle se serait crue à mille lieues de chez elle.

Ces accessoires de toilette en corne ou en cuir, ce nécessaire de rasage, ces odeurs de savon à barbe et de vétiver, si typiquement masculines…

Et lui.

Cette chambre était devenue sienne, il l'avait transformée à son image.

— Vous vous êtes installé plus confortablement, et vous me paraissez beaucoup mieux, monsieur Carsington, commenta-t-elle. J'en suis ravie.

— Je vous avais prévenue que j'étais passé expert dans l'art de tuer le temps.

Il avait surtout le don de rendre son environnement attirant, léger et… terriblement sensuel.

Crewe offrit un siège à Mirabel, prit le plateau qu'un valet apportait et disposa les plats sur une petite table avant de s'éloigner discrètement à l'autre bout de la pièce.

— Vous avez l'air d'un prince oriental, observa-t-elle.

— Ce pantalon est un peu trop excentrique à mon goût, je ne sais vraiment pas pourquoi je l'ai acheté, mais Crewe a refusé que je mette autre chose. Il craignait que ma cheville ne soit trop serrée.

— Il a raison, approuva-t-elle, la bouche sèche.

— Je suis désolé d'exhiber ainsi mes chevilles, mademoiselle. C'est parfaitement indécent, mais les bas me sont également interdits, hélas !

Elle en avait déjà vu beaucoup trop pour garder l'esprit en paix. Son torse lisse lorsque sa chemise s'était ouverte pendant qu'il délirait, ses jambes…

— On fait des histoires pour bien peu de chose, assura-t-elle d'un ton qui se voulait léger. Mais tranquillisez-vous, mon ancienne gouvernante est venue protéger ma réputation. Vos chevilles nues ne m'entraîneront donc pas dans un abîme de perdition.

— J'admire votre sang-froid, murmura-t-il. Je doute fort, devant une seule de vos chevilles dénudées, de demeurer maître de moi.

Une toux discrète à l'autre bout de la chambre empêcha Alistair de remarquer le trouble de son interlocutrice.

— Qu'y a-t-il, Crewe ?

— Puis-je me permettre de vous rappeler que le cuisinier s'est donné beaucoup de mal pour exciter votre appétit, et que votre repas refroidit ?

Grâce à l'intervention du serviteur, Mirabel recouvra à peu près ses esprits. M. Carsington plaisantait, probablement. Les jeunes gens de la bonne société flirtaient et débitaient des compliments sans même en avoir conscience. S'imaginer que des chevilles de trente et un ans, même nues, pouvaient provoquer la moindre émotion chez un dandy comme Alistair Carsington était tout simplement ridicule.

— Vous ne voulez pas partager mon repas ? proposa-t-il. Il y a là de quoi nourrir un régiment.

— Notre cuisinier est habitué à l'appétit d'ogre de mon père, mais ce n'est pas trop pour un homme qui doit reprendre des forces. Je vais vous laisser déjeuner tranquillement.

— Je préférerais que vous me teniez compagnie, se hâta-t-il de rétorquer, comme elle faisait mine de se lever.

Mirabel hésita un bref instant, puis se rassit.

Au grand dam d'Alistair, Mlle Oldridge quitta son siège dès qu'il eut avalé la dernière bouchée.

— Mme Entwhistle va se demander ce que je suis devenue. Je lui ai dit que je montais juste prendre de vos nouvelles.

— Et admirer mon courage et ma force d'âme ?

— Oui, et m'assurer que vous ne vous sentiez pas abandonné. J'espère que ce n'est pas le cas. Cette pièce ne désemplirait pas si le Dr Woodfrey n'avait pas interdit les visites. Il ne faut pas vous fatiguer, il a bien insisté là-dessus.

— Je ne risque pas de me fatiguer en restant assis à manger et à bavarder.

— Vous déployez des efforts méritoires pour vous montrer charmant et spirituel. C'est très agréable pour moi, mais très mauvais pour vous.

— Je n'ai aucun effort à faire, le charme et l'esprit sont naturels chez moi.

— Dans ce cas, c'est très mauvais pour moi. Pendant que je me laisse charmer et divertir, une douzaine de tâches urgentes restent en souffrance.

— Vous me crucifiez ! Il y a donc dans votre vie des choses plus importantes que moi. Il faut que je me résigne et que, moi aussi, je trouve plus essentiel que vous. Crewe, s'il vous plaît, apportez-moi de l'encre et du papier. Je vais écrire quelques lettres.

— Il n'en est pas question, le réprimanda Mirabel. C'est beaucoup trop fatigant. Pas d'efforts intellectuels, le médecin l'a recommandé.

— Je dois prévenir lord Gordmor que je suis temporairement cloué au lit. Il doit attendre de mes nouvelles, de toute façon.

— Je lui ai envoyé une lettre ce matin, ainsi qu'à vos parents.

Alistair bondit pour se lever, mais sa cheville enflée se rappela immédiatement à son souvenir.

— Mais qui vous a demandé d'écrire à mes parents ? s'exclama-t-il en retombant sur son siège.

— Le bon sens le plus élémentaire. Votre famille et vos proches ne tarderont pas à apprendre votre accident, et je ne voudrais pas que des rumeurs infondées les inquiètent. Vous n'avez pas idée des bruits qui courent déjà.

Alistair avait l'expérience des ragots, lesquels défiaient généralement toute logique, il le savait.

Mais il comprenait à présent quelles erreurs grossières il avait commises. Il avait accordé beaucoup trop d'attention à Mlle Oldridge. Il n'avait eu d'yeux que pour elle à la soirée des Tolbert, il était parti en promenade avec elle uniquement escorté d'un valet, et il avait passé la plus grande partie de la nuit dernière seul avec elle dans une chambre à coucher !

Il n'était pas difficile de deviner la teneur de ces rumeurs.

— On chuchote que je vous ai délibérément entraîné sur un chemin périlleux pour provoquer un accident fatal.

— Pardon ?

— Je vous aurais également poussé dans le ruisseau.

— Mais c'est absurde ! Pour quelle raison ?

— À cause du canal.

Alistair la considéra d'un air ébahi. Il avait oublié qu'aux yeux de Mirabel, il n'était qu'un intrus, un envahisseur, l'envoyé du diable en quelque sorte.

Il avait oublié de réfléchir, tout simplement.

Il était resté chaste trop longtemps.

Il avait évité les femmes jusqu'à ce que sa blessure soit guérie et sa jambe en état de marche, et depuis... Il ne savait pas très bien ce qui l'avait retenu. Il n'était sans doute pas complètement redevenu lui-même.

Et voilà qu'après trois ans d'indifférence envers le beau sexe, c'était une jeune fille qui troublait ses sens, alors que le monde regorgeait de veuves joyeuses, d'épouses esseulées et d'accortes courtisanes.

Au lieu de se consacrer entièrement aux affaires qu'on lui avait confiées, il se laissait aller à des fantasmes que la morale et les convenances réprouvaient.

Son cerveau devait être gravement endommagé, en effet !

Toutes ces réflexions lui traversèrent ce qui lui restait d'esprit tandis qu'il s'efforçait d'afficher un sourire rassurant.

— Un meurtre... pour un canal ! Les gens d'ici doivent s'ennuyer ferme pour inventer de pareilles histoires. Crewe, vous avez entendu ?

— Ne vous gênez pas pour moi, intervint Mirabel, comme le serviteur observait un silence embarrassé. Vous en avez certainement entendu parler à l'office.

— On y a fait allusion en ma présence, mademoiselle. Tous les domestiques étaient indignés. Ils s'accordent à dire que jamais vous ne vous conduiriez de manière aussi ignominieuse.

— C'est l'évidence ! s'emporta Alistair. Quelle personne sensée pourrait croire Mlle Oldridge capable d'une telle abomination ? Qu'y a-t-il ? Vous avez quelque chose à ajouter ? s'enquit-il, comme son valet toussotait de nouveau.

— Euh... non, monsieur.

— Si Crewe n'était pas aussi discret, il vous expliquerait sans doute que mon personnel est convaincu que je ne ferais jamais quoi que ce soit qui risque de me valoir la pendaison. Ce qui est exact. J'ai toujours pensé que si quelqu'un est obligé de violer la loi pour atteindre son but, c'est qu'il manque d'intelligence ou d'imagination, ou des deux à la fois.

— Vous m'inquiétez, mademoiselle Oldridge. Je commence à me demander si le monde ne serait pas plus sûr si vous manquiez des deux.

— J'espère bien posséder ces deux qualités, répliqua Mirabel, ou je n'aurais pas l'ombre d'une chance contre vous. Mais même si j'ai la conscience tranquille en ce qui concerne votre accident, j'admets que c'est un heureux hasard. Ah, je vois que je vous alarme davantage, or j'ai promis au Dr Woodfrey de vous éviter les soucis.

Elle lui adressa un petit sourire en coin et Alistair se sentit floué. Il en voulait plus, beaucoup plus. La petite flamme au fond de ses yeux, son rire cristallin...

Tandis qu'il la regardait quitter la pièce, le chignon de travers, ses boucles cuivrées dansant sur sa nuque, ce n'était pas au moyen de creuser ce canal qu'il songeait, mais à celui de la ramener dans la chambre.

Il en oublia de se demander ce qu'elle avait voulu dire exactement par « un heureux hasard ».

Mirabel décida d'attendre le lendemain pour rendre une nouvelle visite à son malade et, cette fois, de se faire accompagner par Mme Entwhistle. Cependant, Alistair ne resta pas seul pour autant.

Après le dîner, M. Oldridge passa un long moment avec lui. Quand il redescendit au salon, il informa sa fille et son ancienne gouvernante que le blessé s'était endormi pendant qu'il lui expliquait les différences entre le système de classification des espèces de Linné et celui de Jussieu.

— Le premier est fondé sur le sexe des plantes, tandis que le second prend en compte les affinités naturelles entre les espèces. Le sujet intéressait vivement M. Carsington, déclara le cher homme. Il a fait une remarque extrêmement spirituelle concernant les affinités naturelles, mais j'ai oublié laquelle. À présent il dort, mais je suis tout de même surpris que le médecin ne lui ait pas prescrit un peu de laudanum.

— Je crois que le laudanum n'est pas recommandé en cas de commotion, expliqua Mme Entwhistle.

— Oui, mais justement, le capitaine Hugues disait... Il a une cousine extrêmement cultivée qui travaille à déchiffrer la pierre de Rosette. Cela m'a fait remémorer les palmiers dattiers d'Égypte, et...

— Papa, quel rapport entre la cousine du capitaine et notre histoire ?

— Non ! Il s'agit d'une cousine de M. Carsington, qui parle sept langues et qui...

— Bref... qu'a dit le capitaine Hugues ?

— Les commotions. Lui aussi pense que cela n'explique peut-être pas tout.

Les lettres écrites par Mirabel et signées par M. Oldridge arrivèrent à Londres peu après minuit.

Lord Hargate était un homme politique influent, et un message urgent à cette heure tardive n'avait rien d'inhabituel.

Quand il vit le cachet de l'expéditeur, le comte tendit la missive à son épouse, qui la lut à haute voix.

— Une simple entorse qui le maintient alité à Oldridge Hall. Cela pourrait être pire, soupira pensivement lord Hargate en se servant un autre cognac.

— Je dirais même qu'on ne pourrait rêver mieux, renchérit la comtesse avec un sourire entendu.

La seconde lettre reçut un accueil très différent chez lord Gordmor.

Sa sœur, lady Wallantree, passait la soirée avec lui qui, même convalescent, la distrayait infiniment plus que son mari. La jeune femme s'apprêtait à prendre congé quand un valet de pied apporta le billet.

Elle avait toujours eu un grand sens de la famille et considérait tout ce qui concernait ses proches en général, et son frère en particulier, comme une affaire personnelle. Elle n'avait par ailleurs aucune intention de mourir de curiosité et arracha donc l'enveloppe des mains de Douglas dès qu'il l'eut décachetée.

— Tu auras peut-être la bonté de m'informer du contenu de cette lettre, ma chère Henriette ?

— Je suis heureuse que Carsington ne soit pas sérieusement blessé, commenta-t-elle après lui avoir fait la lecture. Cependant j'aurais préféré qu'il trouve asile ailleurs qu'à Oldridge Hall. Le vieux M. Oldridge a signé cette missive, mais c'est une femme qui l'a écrite, je te le certifie.

— Il me serait difficile d'avoir une opinion sur la question, je n'ai pas eu le temps de lire trois mots.

— Il s'agit certainement de la fille du vieil Oldridge, enchaîna lady Wallantree. Celle qui a ridiculisé William Poynton en rompant avec lui il y a une dizaine d'années. Tu ne t'en souviens pas, tu étais encore en pension à cette époque. Elle doit avoir la trentaine à présent, ce qui, physiquement, n'arrange personne. Elle n'avait rien d'une beauté, d'ailleurs, avec ses cheveux blond vénitien… Mais sa fortune compensait largement, et elle avait la moitié de l'aristocratie anglaise à ses pieds. Tu me rétorqueras que ton ami a des goûts raffinés et qu'il est incorruptible, comme toute sa famille, néanmoins…

— Mais enfin, Henriette, qu'est-ce que tu racontes ? Aurais-tu la bonté de m'expliquer où tu veux en venir ?

— En un mot comme en cent, mon cher Douglas, je te conseille de partir pour le Derbyshire dès que tu seras rétabli. Je ne voudrais pas t'alarmer à tort, et je souhaite me tromper, mais il me semble que ton ami Carsington et ton canal courent un grand danger.

9

Comme la nuit précédente, Mirabel se réveilla à 2 heures du matin et ne réussit pas à se rendormir. Elle ralluma les chandelles, enfila une robe de chambre, ses pantoufles, et se mit à faire les cent pas.

En vain.

Elle saisit donc un bougeoir et se dirigea vers l'appartement des invités.

Un valet de pied sommeillait sur une chaise devant la porte entrouverte de M. Carsington, au cas où Crewe aurait eu besoin d'aide. Ce dernier se leva dès que Mirabel se glissa dans la pièce.

— Il va bien, mademoiselle, chuchota-t-il.

— Mais vous, vous n'en pouvez plus.

À la lueur vacillante de sa bougie, le visage du serviteur de Carsington lui apparaissait creusé par la fatigue. Combien de nuits sans sommeil avait-il passées à veiller son maître après Waterloo ?

— Je suis certaine que vous n'avez pas pris un seul instant de repos depuis que vous avez appris son accident.

Le valet lui déclara qu'il se sentait très bien, et qu'il se bornait à exercer ses fonctions.

— Vous ne serez pas d'une grande utilité à M. Carsington si vous vous imposez une autre nuit blanche. Allez vous reposer, vous avez besoin de sommeil. Je vais vous remplacer.

Les arguments de Mirabel n'eurent aucun effet sur la détermination du brave Crewe, mais lorsqu'elle lui jura solennellement qu'elle n'avait aucune intention d'attenter aux jours de son maître, il finit par céder, non sans avoir longuement protesté que jamais, au grand jamais, pareille pensée ne l'avait effleuré.

Dès qu'il se fut retiré dans la pièce adjacente, Mirabel s'approcha du lit. Tandis qu'elle parlementait avec Crewe, elle avait entendu Alistair se tourner et se retourner, mais, à présent, il semblait plutôt tranquille. Avec ses cheveux ébouriffés il avait l'air très jeune, et elle devinait quel adolescent il avait dû être.

Pour résister à la tentation de remettre de l'ordre dans cette chevelure, comme s'il était vraiment un petit garçon, elle croisa les mains derrière le dos.

Soudain, il se retourna, fut parcouru d'un violent frisson. La tentation fut trop forte. Mirabel lui effleura les cheveux et la joue.

— Zorah... Il faut la retrouver, murmura-t-il.

Il continua à marmonner des mots sans suite, des phrases inintelligibles, où il était question de bouchers, de nausée, d'odeur insupportable...

— Allez-vous-en... Je ne veux pas les voir... Les vautours... Je le connaissais. Non, ne dis rien... Retrouve-la, Douglas !... Ne les laisse pas faire ! C'est une blessure superficielle.

Il ne criait pas, mais il était de plus en plus agité. Si elle ne parvenait pas à le calmer, il allait tomber de son lit. Elle n'avait aucune envie qu'il se foule l'autre cheville.

— Monsieur Carsington, appela-t-elle doucement en lui posant la main sur l'épaule. Réveillez-vous.

— Ôtez-les de là ! J'étouffe ! C'est à vomir... gémit-il en rejetant les couvertures.

Il roula jusqu'au bord du lit, et Mirabel n'eut d'autre solution que de se jeter sur lui pour l'arrêter. Il s'immobilisa aussitôt.

Elle attendit un instant, indécise. S'était-il calmé pour de bon, ou n'était-ce qu'un bref répit ? Fallait-il le réveiller ou le laisser dormir ? Dans ce cas, ne risquait-il pas de replonger dans ses cauchemars ?

Sa respiration était toujours aussi hachée. M. Oldridge était convaincu que M. Carsington avait été blessé à la tête pendant la bataille, peut-être avait-il raison. Elle se souvenait du récit de ses exploits et de ses souffrances. Il n'aurait certainement pas survécu si son ami lord Gordmor n'avait passé le champ de bataille au peigne fin pendant toute une nuit avant de l'exhumer d'un amas de cadavres.

Sans doute ces scènes d'horreur le hantaient-elles dans son sommeil...

Dans son agitation, le malade avait non seulement repoussé ses couvertures, mais sa chemise de nuit s'était largement ouverte sur sa poitrine. Elle n'y avait pas prêté attention, trop soucieuse qu'elle était de l'empêcher de tomber, mais elle prenait maintenant conscience de la chaleur de ce corps viril contre le sien.

Il fallait qu'elle le lâche immédiatement, qu'elle s'écarte de lui.

Elle leva prudemment la tête... et croisa le regard pailleté d'or où se reflétait la lueur de la chandelle.

Il était réveillé.

— Un cauchemar, souffla-t-elle, la bouche sèche.

— Vous avez fait un cauchemar ? interrogea-t-il d'une voix ensommeillée, tandis que ses mains remontaient jusqu'aux hanches de Mirabel.

Elles étaient si douces, si chaudes... Elle aurait voulu qu'elles glissent ainsi jusqu'à ses épaules, son cou, ses seins... Elle aurait voulu presser ses lèvres sur ses lèvres qu'étirait à présent un petit sourire.

Depuis des années, elle avait appris à étouffer de tels désirs. Avec un soupir, elle se dégagea et posa les pieds sur le sol, comme si elle se trouvait vraiment en danger. Comme s'il n'était pas à demi endormi et en train de penser à une autre – Zorah, par exemple...

— C'est *vous* qui avez fait un cauchemar, corrigea-t-elle.

— Et vous étiez en train de me réconforter.

— Vous vous débattiez comme un beau diable, et j'ai essayé de vous empêcher de tomber du lit. J'aurais dû demander de l'aide, mais tout s'est passé si rapidement...

— ... que vous vous êtes jetée sur moi, sourit-il.

— Qui est Zorah ? questionna-t-elle pour cacher son embarras.

Le sourire s'effaça des lèvres d'Alistair, et la tension devint palpable.

— Vous avez prononcé ce nom à plusieurs reprises, insista-t-elle tout en sachant que c'était stupide de sa part. Vous vouliez absolument la retrouver. J'imagine qu'il s'agit d'une personne importante pour vous.

Il se redressa sans répondre et, même s'il ne cilla pas, elle savait que c'était un mouvement douloureux pour lui. Elle se serait giflée.

— Peu importe, cela ne me regarde pas, enchaîna-t-elle vivement. Je me suis affolée et je me suis comportée de manière ridicule. Si j'avais laissé Crewe vous veiller, il aurait su quoi faire.

— Où est-il ? s'enquit Carsington en regardant autour de lui.

— Il paraissait tellement épuisé, je l'ai envoyé se coucher.

— Et vous, vous ne dormez jamais, mademoiselle Oldridge ?

— Non. Je passe mes nuits à arpenter la maison pour sauter sans crier gare sur les hommes qui ont des cauchemars. Nous n'en avons malheureusement pas souvent sous notre toit. Vous êtes le premier, pour ne rien vous cacher, mais s'il en passait plus fréquemment, je ne manquerais pas de leur sauter dessus. N'allez donc pas vous imaginer que ma conduite a quoi que ce soit de bizarre.

— Je suis désolé de vous avoir alarmée.

— « Alarmée », c'est le mot, soupira-t-elle, et elle se laissa tomber sur la chaise, près du lit. Accordez-moi un instant.

Elle enfouit le visage entre ses mains, au bord des larmes. Bon sang, qu'est-ce qu'il lui prenait ? Elle ne pleurait jamais !

— Vous avez suffisamment de soucis, je suis désolé d'en rajouter.

— Oh ! Vous n'êtes pas un bien grand tracas, murmura-t-elle sans oser relever la tête, de crainte d'éclater en sanglots.

— Allons donc ! Je suis le fils du comte de Hargate, tout le monde me considère comme un héros, et voilà qu'il vous incombe de prendre soin de moi. S'il m'arrivait quelque chose, on vous accuserait de vous être mal occupée de moi, ou même d'avoir hâté ma fin. Je comprends que vous ne trouviez pas le sommeil.

Mirabel se risqua enfin à lui jeter un coup d'œil. Il la regardait, découvrit-elle, et son expression était préoccupée.

— Non pas que je sache ce qu'on peut ressentir à votre place, poursuivit-il. Rien ni personne ne dépend de moi. Enfin, ce n'est pas tout à fait exact. Certaines personnes me prennent comme modèle pour nouer leur nœud de cravate.

— Vous oubliez vos gilets, sourit-elle malgré elle. Ce sont des chefs-d'œuvre. Ils sont tout simplement splendides, et d'une sobriété exemplaire. Vous avez le chic pour ne jamais en faire trop, ce qui est exceptionnel chez les dandys. Un don aussi rare vous confère des responsabilités.

— Exactement ! Être élégant constitue ma responsabilité majeure.

Et il s'en acquittait à la perfection, Mirabel était bien obligée de le reconnaître. Même en cet instant, avec ses cheveux ébouriffés et sa chemise de nuit froissée, il avait l'air d'une statue grecque, et elle devait prendre sur elle pour empêcher son regard de s'égarer plus bas que son cou.

Elle préférait ne pas penser à ce torse musclé contre lequel elle s'était sentie si fragile, qu'elle avait eu une envie folle de caresser, ni à ces mains sur ses hanches.

Elle se détourna pour s'absorber dans la contemplation des braises qui rougeoyaient dans la cheminée.

— Vous m'avez demandé qui était Zorah, reprit-il d'une voix sourde.

— Oubliez ma question. Je ne voulais pas être indiscrète. Elle fait partie des sept ou huit, j'imagine.

— Non, c'était une de ces filles qui suivent les armées en marche. Elle était à Waterloo. Quand on m'a trouvé, je... je ne me souvenais plus de rien.

Alistair ne l'avait jamais avoué à qui que ce soit. Mais il était tard, la maisonnée dormait, et il avait l'impression de rêver à demi. Il avait été tiré de son sommeil par un parfum de femme et des cheveux soyeux sur sa joue...

— Je ne me souvenais de rien, et cela me rendait fou. J'ai assisté à notre plus belle victoire, avec Trafalgar, il n'y a même pas trois ans de cela, et je ne me rappelle rien.

— Dieu du ciel, une amnésie... C'était donc ce que voulait dire mon père. Si je m'attendais à cela ! Mais c'est parfaitement compréhensible ; vous étiez dans un tel état. Et votre chute d'hier a dû vous rendre la mémoire, au moins partiellement.

— Très partiellement. Les choses me reviennent par bribes, de façon très confuse. La bataille, par exemple. Je n'ai aucun souvenir des exploits qu'on m'attribue. En revanche, après le fracas des armes, quand la fumée s'est dissipée, dans le silence irréel... je reprends conscience, il fait nuit. Je suis cloué au sol. Partout règne cette odeur indescriptible...

Il se tut et ferma les yeux. Mirabel n'avait pas besoin d'entendre de pareilles horreurs.

Il en avait déjà trop dit, inutile de lui révéler l'essentiel, ce rêve atroce et si familier, ces heures interminables à étouffer sous les cadavres, dans la boue mêlée de sang.

— Ce fut un tel massacre, murmura-t-elle. On a retrouvé deux soldats tués sur vous. J'ai veillé des morts et des blessés, mais je n'arrive pas à imaginer à quoi ressemble un champ de bataille.

À un charnier, à une vision de l'enfer. Il était persuadé qu'on ne le retrouverait jamais, que personne ne le cherchait plus, qu'il allait périr là, au milieu de ces corps qui déjà pourrissaient.

— N'essayez pas, lui conseilla-t-il.

— À nous qui restons au pays, la guerre est présentée comme une suite d'actions glorieuses, mais quant à moi, je n'y vois que des atrocités dépassant l'imagination, dit-elle en croisant son regard. À vous briser le cœur.

— Vous avez perdu un être cher à Waterloo ?

Cela expliquerait pourquoi une si jolie fille ne s'était jamais mariée, et pourquoi elle était venue s'enterrer dans cette province.

— Non. Mais le spectacle de ces vies fauchées dans la fleur de l'âge me rend malade.

— Le prix à payer est fort élevé, reconnut-il. Mais c'est un honneur de se battre et de se sacrifier pour sa patrie. Au moins, on ne meurt pas pour rien.

— Que vous êtes compliqué, soupira-t-elle. Dès que je pense avoir trouvé la clef pour vous comprendre, vous démolissez mes théories.

— Vous avez des théories à mon sujet ? s'enquit-il d'un ton léger, sautant sur l'occasion pour changer de sujet. Vous trouvez encore le temps, malgré toutes les charges écrasantes qui vous incombent, de songer à moi ?

— Absolument. Comme le duc de Wellington trouvait le temps de songer à Napoléon.

Un seau d'eau froide en pleine figure lui aurait fait le même effet. Elle le considérait comme un ennemi, à cause du canal, et il n'aurait pas dû l'oublier. Heureusement, elle l'avait arrêté avant qu'il lui ouvre son cœur.

— Je ne suis pas là pour conquérir ce comté et réduire ses habitants en esclavage, vous savez. Et puis, Bonaparte a toujours été connu pour ses tenues négligées.

— Ce serait tellement plus facile si vous étiez un monstre, sourit-elle. Faites un effort pour vous montrer désagréable, ou au moins ennuyeux.

Elle ne le trouvait ni désagréable ni ennuyeux, c'était déjà ça. Il aurait aimé en savoir davantage, afin de manœuvrer pour qu'elle ne puisse plus le haïr, mais il en avait déjà trop dit.

— Quitte à choisir, je préférerais être méprisable, avoua-t-il. Je n'imagine pas de pire destin que d'être ennuyeux. Quoique… porter une cravate chiffonnée, ou un gilet à moitié boutonné sur une chemise sans jabot…

— Comment détester un homme qui ne se prend jamais au sérieux ? s'esclaffa Mirabel.

Ainsi, elle ne le détestait pas ! Mais il devait jouer son rôle jusqu'au bout et surtout ne pas montrer son soulagement.

— Je vous assure, mademoiselle, que je suis on ne peut plus sérieux, surtout sur la question du gilet. Je défais toujours le premier bouton sur une chemise simple, mais pas sur une chemise à jabot, croyez-moi !

À moins qu'elle ne veuille s'occuper elle-même de lui déboutonner son gilet… Dans ce cas, il se moquerait bien de savoir quel genre de chemise il portait.

Mais plutôt que de s'aventurer sur un terrain aussi dangereux, il s'obligea à penser à ses jeunes frères, à son père dont il devait conquérir l'estime, à son ami qui lui faisait confiance.

« Tu es en mission, se rappela-t-il. Souviens-toi que ce vieux Douglas t'a sauvé la vie, qu'il t'a cherché inlassablement sur le champ de bataille, alors que tout le monde te donnait pour mort. »

— Je vous ai fait trop parler, déclara son hôtesse en se levant. Si demain vous êtes malade, ce sera ma faute, et Crewe ne se fiera plus jamais à moi. Je lui ai promis solennellement de veiller sur vous.

— Vous ne m'avez fait aucun mal. Au contraire. Je vous suis reconnaissant de m'avoir arraché à ce cauchemar. Et je vous remercie de m'avoir sauté dessus, ajouta-t-il, incapable de résister à la tentation.

— Mais je vous en prie, monsieur Carsington, répliqua-t-elle en se dirigeant vers la porte. Tout le plaisir était pour moi.

Même si peu de gens étaient prêts à croire les calomnies de Caleb Finch, les racontars allaient bon train, exactement comme l'avait prévu le capitaine Hugues.

Mme Dunnet, la femme du pasteur, qui avait un faible pour Mirabel, se rendit à Oldridge Hall le lundi après-midi. Avec tact, elle rapporta à la jeune fille et à Mme Entwhistle les bruits qui couraient.

— Mon époux a beau mettre ses paroissiens en garde contre la calomnie et les fausses rumeurs dans tous ses sermons, chacun l'écoute attentivement, voit la paille dans l'œil de son voisin et ne discerne pas la poutre qu'il a dans le sien.

— Ces ragots reflètent des frustrations et des jalousies plutôt qu'une véritable méchanceté, assura Mme Entwhistle. Toutefois, il ne faut pas oublier les amis de Caleb Finch. Ils n'ont jamais pardonné à Mirabel de l'avoir renvoyé.

Cette dernière se rembrunit à l'évocation de son ancien régisseur. Cela faisait des années qu'elle ne l'avait pas vu, mais il trouvait encore le moyen de lui empoisonner la vie.

Elle aurait dû le poursuivre en justice, elle s'en rendait compte maintenant, mais elle avait à peine vingt ans à l'époque, elle manquait de confiance en elle et avait encore beaucoup d'illusions sur la nature humaine.

Et puis, William était arrivé au beau milieu de cette histoire, et il avait fallu lui expliquer qu'elle devait repousser leur mariage, qu'elle ne pouvait rentrer à Londres avec lui alors que la ruine menaçait son domaine.

— Mirabel ?

La voix de Mme Entwhistle la ramena au présent.

— Comme j'aimerais oublier Caleb Finch, soupira-t-elle. Ainsi, il est de retour ?

— Il n'osera pas se montrer à Longledge, ne vous inquiétez pas, la rassura Mme Dunnet. Même ses amis ne se risquent pas à prononcer ouvertement son nom.

— Les amis de Caleb Finch n'ont aucune importance, rétorqua Mme Entwhistle. Ce sont les personnes convenables, nos voisins de Longledge, qui m'importent. Si nous ne mettons pas fin à ces commérages, votre réputation sera bientôt ruinée.

Si cela n'avait tenu qu'à elle, Mirabel n'aurait pas attaché grande importance à ces ragots, mais elle s'était donné beaucoup de mal pour gagner l'estime de ses voisins, et si elle voulait continuer à être écoutée, elle ne pouvait se permettre de la perdre.

— Je ne vois pas très bien comment on pourrait empêcher les gens de jaser, observa-t-elle. Démentir ne servirait qu'à empirer les choses.

— D'abord, il faut toujours analyser les causes d'un phénomène. Je crois qu'en l'occurrence, les gens sont envieux, expliqua l'ancienne gouvernante.

— Envieux ? Mais de quoi ?

— Vous avez sous votre toit un homme célèbre, et vos voisins n'ont pas le droit de lui rendre visite. Ils savent qu'il y a des exceptions à la règle – le capitaine Hugues et moi –, et ils ne comprennent pas pourquoi.

— Je ne vais pas vous fermer ma porte, à vous ou au capitaine, pour ménager la susceptibilité de mes voisins. De toute façon, ils trouveraient un autre motif de se vexer.

— Vous n'avez pas besoin de fermer votre porte à qui que ce soit. Il y a un moyen bien plus simple de faire taire les commérages.

— Je ne crois pas que ce soit si simple, intervint Mme Dunnet. Tout ce que j'ai pu dire est entré par une oreille et sorti par l'autre.

— En réalité, ils veulent savoir si de nouvelles blessures sont apparues sur le corps de notre illustre malade, ou s'il montre des signes d'empoisonnement, ou même tout simplement s'il est encore en vie, expliqua Mme Entwhistle Les gens d'ici manquent de divertissements, surtout après un long hiver. Il faut les distraire, Mirabel !

— J'espère que vous ne me suggérez pas d'empoisonner ce pauvre M. Carsington pour tromper leur ennui !

— Je vous suggère de remanier votre emploi du temps de la journée et de rendre visite à vos plus proches voisins. Vous leur donnerez un bulletin de santé complet et tous les détails des habitudes de votre invité. Et n'oubliez surtout pas de leur demander leur avis sur les soins à lui prodiguer !

— Vous ne cesserez de m'étonner, Flora ! s'écria la femme du pasteur. Ce sera plus efficace que tous les sermons du monde, mais ne le répétez surtout pas à mon mari.

Quinze ans plus tôt, quand Mme Entwhistle était arrivée à Oldridge Hall, envoyée par la tante de Mirabel pour veiller sur sa jeune nièce dont l'éducation était presque achevée, elle avait trouvé une maisonnée à la dérive après la mort de Mme Oldridge. En peu de temps, elle avait insufflé à tous un courage nouveau.

Cette force de caractère qu'elle savait si bien communiquer avait été d'une grande utilité à son élève, quand celle-ci avait dû prendre en main le domaine. Voilà pourquoi Mirabel suivait toujours les conseils de son ancienne gouvernante.

Elle passa donc le reste de la journée, jusqu'à une heure avancée de la soirée, à écouter les messages de sympathie des dames et des demoiselles du voisinage à transmettre à ce pauvre M. Carsington. Elle accepta avec gratitude tous leurs conseils médicaux, compatit à l'évocation des terribles maladies dont elles-mêmes avaient souffert, et promit de communiquer au blessé les vœux de prompte guérison qu'on voulait bien lui confier.

Elle rentra chez elle à la nuit tombée, son tilbury plein à ras bord de friandises, confitures, gelées, bonbons et sirops, et de suffisamment de baumes et d'onguents pour soigner un régiment entier.

Quand elle arriva, le dîner était achevé. Mme Entwhistle et le capitaine Hugues, installés au salon, lui expliquèrent que le malade avait été assez abattu, toute la journée, et que M. Oldridge était monté lui tenir compagnie.

— Je pensais aller prendre ma tisane avec lui, dit l'ancienne gouvernante, mais votre père a décrété qu'il savait exactement ce qu'il fallait à M. Carsington pour lui remonter le moral.

Mirabel se rappela les paroles confuses de son père à propos des vertus du laudanum. Comme elle n'était pas du tout certaine que ce genre de remède soit recommandé pour les troubles de la mémoire, et encore moins sûre que M. Oldridge ait une idée de la posologie adéquate, elle se rua dans l'escalier.

10

Le cœur battant, Mirabel fit irruption dans la pièce, et s'arrêta net.

M. Carsington n'était plus dans son lit !

Elle parcourut la chambre d'un regard affolé et se trouva confrontée à trois paires d'yeux reflétant divers degrés de perplexité. Crewe s'était figé alors qu'il allumait un second chandelier, son père se levait, un gros volume à la main, et leur invité, alangui dans une profonde bergère, la considérait avec un petit sourire complice.

— Je… je vous croyais endormi, balbutia-t-elle.

Le sourire du jeune homme s'élargit. Elle se rappela ses remarques sur sa prétendue habitude de sauter sur les hommes endormis et se sentit rougir jusqu'à la racine des cheveux.

— Je ne veux pas vous déranger, conclut-elle en tournant les talons.

— Je vous en prie, mademoiselle Oldridge, ne partez pas ! la retint-il. Votre père et moi parlions justement des palmiers dattiers d'Égypte, et j'aimerais avoir votre opinion.

Peut-être s'était-elle méprise sur la signification de son sourire. Peut-être était-il simplement soulagé qu'elle interrompe une lecture assommante.

Son père lui avança la chaise qu'il venait de quitter, et elle s'y assit. Elle ne pouvait décemment pas faire autrement, quelle que soit sa gêne.

La botanique était sans doute moins dangereuse qu'une forte dose de laudanum, mais elle n'était cependant pas sans danger. De la culture des palmiers dattiers dans l'Égypte antique, M. Oldridge pouvait facilement passer aux camphriers de Sumatra, ce qui risquait de donner à M. Carsington des velléités de suicide.

— J'expliquais à notre invité que les Égyptiens ne cultivaient que des dattiers femelles, et qu'ils allaient chercher dans le désert des arbres mâles pour les fertiliser.

— Je ne comprends pas pourquoi ils ne cultivaient pas les deux, rétorqua Alistair. Vous qui êtes versée en agriculture, mademoiselle Oldridge, qu'en pensez-vous ?

— Pour suivre la tradition, peut-être, ou par superstition, ou tout simplement parce que les semences des arbres sauvages s'avéraient plus fertiles que celles des espèces domestiquées.

— Mais ces coutumes ont perduré pendant des siècles ! s'exclama M. Oldridge. Or, les goûts et les habitudes changent avec le temps. Toi, par exemple, ma fille, quand tu étais à Londres, tu n'avais d'autre préoccupation que de briser les cœurs.

— Pardon ?

— Voilà qui est intéressant, commenta M. Carsington avec un sourire. Vraiment, mademoiselle Oldridge, vous devenez plus compliquée à chaque minute.

Le regard dont Mirabel foudroya son père amusa énormément Alistair. Il y avait de quoi réduire en cendres le pauvre homme ou, à tout le moins, le métamorphoser en palmier dattier ou en camphrier de Sumatra. Mais elle se reprit rapidement et tourna vers son invité un visage impassible.

— C'est ridicule, assura-t-elle. Je n'ai jamais brisé le cœur de personne.

— Vous ne m'aviez pas dit que vous aviez séjourné à Londres.

— C'était il y a des siècles. Vous n'étiez même pas né.

— Mon père regrettait probablement que ce ne soit pas le cas. Il y a une dizaine d'années, j'ai provoqué une émeute près de Kensington Gate.

— Une émeute ? s'exclama-t-elle. Mais qu'aviez-vous fait ?

— Vous ne vous rappelez pas ? Vous avez dû en entendre parler par les journaux.

— Je ne m'en souviens pas.

— Vous étiez trop occupée, j'imagine. Tous ces cœurs à briser…

Elle était en tout cas bien partie pour briser le sien, songea-t-il. Si la journée lui avait paru longue comme un jour sans pain, c'était qu'il l'avait attendue, il s'en rendait compte à présent.

Son cœur avait bondi dans sa poitrine quand elle avait surgi dans la pièce – ce cœur qu'elle briserait sans même y penser, comme tous ceux qu'elle avait oubliés. Tant pis pour lui, il n'avait qu'à être plus raisonnable.

Il était chargé d'une mission, s'occuper des affaires que son ami lui avait confiées, et il n'avait qu'à s'y consacrer. Mais c'était plus facile à dire qu'à faire. Comment résister à ce regard d'azur, à ce sourire si lumineux, à sa vivacité, à sa gentillesse ? Dès qu'elle apparaissait, une bouffée de bonheur le submergeait.

— Ne faites pas attention à ce que raconte mon père, murmura-t-elle en se penchant vers lui. Je ne sais pas où il est allé me chercher cette réputation de femme fatale. Il doit me confondre avec ma tante Clotilde, qui était une véritable beauté en son temps, et qui fait encore des ravages.

— C'est peut-être un trait commun aux femmes de la famille, rétorqua-t-il dans un souffle.

Elle lui adressa un regard incrédule, puis se redressa en rougissant.

— Oh ! Vous flirtez avec moi !

Si c'était aussi simple et innocent ! Mais il s'agissait d'un jeu beaucoup plus dangereux, pour lui en tout cas. Il le savait, mais ne pouvait s'en empêcher.

— Cela vous ennuie ?

— Non. Je comprends que ce soit plus distrayant pour vous que les palmiers dattiers. Mais je manque d'entraînement, voyez-vous, et… Où est mon père ? Et Crewe ? s'écria-t-elle tout à coup en regardant autour d'elle.

— On dirait qu'ils nous ont abandonnés, dit-il doucement. J'aimerais que vous en profitiez.

— Que je profite de quoi ?

— De moi. Je suis absolument sans défense, cloué dans ce fauteuil, incapable de marcher. Je suis à votre merci. Brisez-moi le cœur, s'il vous plaît !

— Vous avez certainement de la fièvre. Je vais demander à Mme Entwhistle de…

— Très bien. Puisque vous ne me laissez pas d'autre choix… menaça Alistair en commençant à se redresser.

Elle bondit de sa chaise, posa les mains contre son torse et l'obligea à se rasseoir. Leurs regards se croisèrent. Celui de Mirabel était indéchiffrable.

Enfin, elle leva la main, mais au lieu de lui asséner la gifle qu'il méritait, elle lui caressa doucement la joue. Il tourna la tête, pressa les lèvres sur la paume si douce et sentit la respiration de la jeune femme s'arrêter.

Lui aussi avait du mal à respirer. Elle lui avait tellement manqué aujourd'hui. Il n'avait songé qu'à elle, se perdant dans des rêveries insensées à son sujet.

Les doigts de Mirabel tremblaient, mais elle ne bougeait pas et quand il déposa un long baiser au creux de son poignet, il sentit la veine bleutée battre avec autant de frénésie que son propre cœur.

La main fine se referma contre le visage d'Alistair. Il tenta de la retenir, mais elle lui échappa tandis qu'une petite toux réprobatrice résonnait derrière lui.

— Je me demandais justement où vous étiez passé, Crewe ! lança Alistair en réprimant un juron.

— Je vous prie de m'excuser, monsieur. Je pensais que ma présence n'était pas nécessaire et j'en ai profité pour vaquer à quelques menus travaux.

— Ce sont certainement les palmiers dattiers, commenta Mirabel. Lorsque mon père aborde le sujet, le meilleur parti à prendre, c'est la fuite. Je vous félicite de votre bon sens, Crewe. Je dois absolument vous mettre en garde contre les camphriers de Sumatra, ajouta-t-elle en tournant vers Alistair un visage impénétrable. C'est la dernière marotte de papa.

— Je ne suis même pas sûr de savoir ce que c'est.

— Ne le lui demandez surtout pas ! C'est une espèce dangereuse, croyez-moi.

— J'aime pourtant beaucoup discuter avec votre père, assura-t-il sincèrement.

— On ne discute pas avec lui. Au mieux, on essaie de suivre un monologue plein de méandres, de digressions et de coq-à-l'âne.

— Vous êtes trop occupée pour suivre les méandres de ses raisonnements, mais moi qui ai l'esprit vacant, je vous certifie que quand on ne perd pas le fil de sa pensée, c'est extrêmement intéressant.

Il ne savait pas quelle bourde il avait commise, mais l'expression de son hôtesse disait avec suffisamment d'éloquence qu'il n'allait pas tarder à en payer les conséquences.

— Je vois. Vous le laissez soliloquer sur la botanique comme vous laissez nos voisins vous assommer avec leurs histoires de chiens, de bétail malade ou de remèdes contre les taupes.

— Les taupes ? répéta-t-il d'un ton léger tout en se préparant à être mis en pièces.

— J'ai passé l'après-midi à écouter mes voisines me détailler leurs remèdes contre tous les maux possibles et imaginables, du cataplasme de rhubarbe contre les démangeaisons aux pommades de marron et d'argile contre les verrues. Je me suis ennuyée à mourir, mais elles sont maintenant dans les meilleures dispositions à mon égard.

— Je ne cherche pas à…

— À votre arrivée, vous m'avez expliqué que vous aviez contacté mon père le premier parce qu'il était le plus gros propriétaire terrien de la région, et que son opinion vous aiderait à emporter celle des autres opposants au canal. À votre place, je consacrerais mon énergie à séduire sa fille qui est, chacun pourra vous le dire, votre adversaire le plus redoutable et le plus déterminé.

— Je vous jure que…

Mirabel tenait enfin le prétexte idéal pour une sortie fracassante. Elle se rua donc vers la porte en affichant une mine indignée, et le malheureux Alistair en fut réduit à écouter le bruit de ses pas précipités décroître dans le couloir, tandis qu'une toux pleine de compassion retentissait au fond de la pièce.

Mirabel avait trouvé le meilleur moyen qui soit de chasser l'Honorable Alistair Carsington de son esprit.

Depuis le matin, enfermée dans le bureau qui aurait dû être celui de son père, elle mettait à jour les comptes du domaine avant de s'attaquer à la correspondance. Elle était plongée dans le jargon juridique du notaire familial lorsqu'un bruit sourd en provenance du hall vint la distraire.

— Il faut absolument que je vous parle.

Elle sursauta si violemment qu'elle faillit tomber de sa chaise.

La haute silhouette de M. Carsington, appuyée sur une canne, se dessinait dans l'encadrement de la porte. Il était vêtu avec son élégance habituelle d'une chemise immaculée à la cravate artistiquement nouée et d'une redingote sombre qui mettait en valeur sa carrure virile. Ses culottes épousaient comme une seconde peau des jambes qu'elle avait vues… nues. Un flot d'autres souvenirs envahit d'un coup l'esprit de la jeune fille, accompagné d'une bouffée de désir.

C'est à ce moment qu'elle comprit.

Elle avait franchi la terrible frontière. Elle était amoureuse…

Elle ne s'était pas rendu compte de ce qui lui arrivait et, maintenant, il était trop tard. Elle ne pouvait plus revenir en arrière. Il fallait simplement continuer de faire comme si de rien n'était.

— C'est de la folie ! s'exclama-t-elle. Votre cheville est encore beaucoup trop faible pour que vous arpentiez la maison.

— Le Dr Woodfrey m'a autorisé à faire un peu d'exercice, à condition d'utiliser une canne et d'appuyer le moins possible sur ma cheville. J'ai l'habitude, vous savez, avec ma jambe.

— Je doute que le Dr Woodfrey appelle « un peu d'exercice » le fait de traverser la demeure dans toute sa longueur et de descendre un escalier.

— Je m'en moque éperdument, rétorqua calmement Alistair en pénétrant dans la pièce. Il faut que je vous parle. À propos de ce que vous m'avez dit hier soir. Vous m'avez accusé de vouloir vous séduire.

— Vous n'avez pas besoin de le claironner sur tous les toits, objecta Mirabel en se levant pour aller fermer la porte.

Elle ne s'en écarta d'ailleurs pas, au cas où elle devrait battre en retraite précipitamment.

— C'est vous qui l'avez dit devant mon valet de chambre.

— J'avais oublié sa présence, se défendit-elle. Crewe est tellement discret qu'il en devient invisible.

— Eh bien, pas son maître, répliqua Alistair. Je peux me montrer indiscret, stupide quelquefois, mais je ne suis pas calculateur. Je n'ai jamais courtisé une femme par intérêt.

— Je vois. Vous ne le faites que par amusement.

Il la considéra un instant, les yeux plissés, puis :

— En quittant Londres, je n'ai pas laissé derrière moi un cimetière de cœurs brisés.

— Ce sont des bêtises, je vous le répète.

— Vous avez déjà commencé à briser le mien, lâcha-t-il calmement.

— Pardon ? Vous voulez rire !

— Vous m'avez accusé de chercher à vous séduire, mais vous semblez oublier que c'est vous qui avez fait le premier pas.

Elle se remémora la douceur de sa joue sous sa main, la chaleur de ses lèvres et comment, tout à coup, le monde avait chaviré autour d'elle.

Elle leva les yeux. M. Carsington ébaucha un sourire, comme pour la défier de le contredire. Mais elle ne le voulait nullement. Tout ce qu'elle souhaitait, c'était effleurer cette bouche de la main, retrouver les mêmes sensations enivrantes. Elle n'avait aucune envie de parler, ni même de penser, aucune envie d'être raisonnable. Elle avait trente et un ans, et elle en avait assez de se montrer raisonnable.

— Si vous tenez à couper les cheveux en quatre…

— J'y suis bien obligé. Et puis, je ne cherche pas à flatter votre père. Il me témoigne beaucoup de gentillesse et d'amabilité, et il est impossible de ne pas l'aimer, même pour vous faire plaisir. Si quelqu'un est en train d'être gagné à sa cause, ici, c'est moi. C'est pour cette…

Il s'interrompit net. Mirabel venait de saisir les revers de sa redingote.

— Mademoiselle Oldridge. Vous froissez mes vêtements, protesta-t-il d'un air horrifié.

Mirabel sourit, le cœur battant à tout rompre. Le regard d'Alistair passa de ses mains à sa bouche, et ses yeux s'assombrirent.

La respiration saccadée, elle inclina la tête en arrière. Il se pencha sur elle… se redressa.

— Non, il y a trop en jeu. Je ne peux pas…

Mirabel l'attira à elle et pressa ses lèvres sur les siennes.

Il resta de marbre.

Le sang de Mirabel se figea dans ses veines. Lentement, elle s'écarta, comme si elle s'abîmait dans un gouffre glacial.

— Ne me regardez pas ainsi, je vous en supplie ! s'écria-t-il. Ce n'est pas que je ne veux pas… Oh, et puis, à quoi bon ?

Lâchant sa canne, il prit le visage de Mirabel entre ses mains et le contempla un long moment. Brusquement, ce qui les entourait s'effaça, plus rien n'existait. Ils étaient seuls au monde.

Quand il posa sa bouche sur celle de Mirabel, l'univers bascula.

Elle avait reçu des baisers passionnés, et elle les avait rendus parce qu'elle était amoureuse, mais cette fois, elle se moquait éperdument de l'amour ou de la passion. Elle se trouvait tout à coup transportée dans un autre monde et ne savait plus qu'une chose : elle était heureuse.

Il l'entoura de ses bras, et son baiser se fit plus profond. Un long frisson la secoua lorsqu'elle goûta pour la première fois la saveur de ses lèvres. Son esprit était engourdi, mais tous ses sens étaient en éveil. Il n'y avait plus que le parfum de sa peau, la douceur de ses mains. Elle aurait voulu enfouir le visage au creux de son épaule, sentir son corps nu contre le sien…

Elle se pressa plus étroitement contre lui, et il resserra son étreinte. Leur baiser se fit plus farouche, plus sauvage. Elle eut l'impression de perdre pied. Elle glissa les doigts dans les épais cheveux bruns, embrassa la commissure des lèvres d'Alistair, là où naissait ce sourire qu'elle aimait tant.

À son tour, il explora de sa bouche brûlante ses joues, son cou, sa gorge. Ses mains modelèrent la courbe des hanches, se refermèrent sur sa croupe, lui arrachant un gémissement.

L'instant d'après, il la soulevait comme si elle ne pesait rien et la déposait, éperdue, sur le bureau.

Quand il se pencha pour l'embrasser de nouveau, elle oublia de s'offusquer, oublia tout sauf lui. Elle noua les bras autour de son cou et, instinctivement, écarta les jambes pour l'attirer plus près. Avec une sourde plainte, il interrompit leur baiser et posa son front contre celui de Mirabel.

Après avoir pris une longue inspiration, il s'écarta, plongea les doigts dans les boucles cuivrées pour forcer la jeune femme à relever la tête et la scruta. Sa respiration était hachée, ses pupilles dilatées.

— Ce serait le moment de me dire d'arrêter, fit-il d'une voix sourde.

— Oui... Vous avez raison... Je ne savais pas... quand.

« Et je m'en moquais », aurait-elle pu ajouter.

— C'est ce que je pensais.

Il laissa ses doigts courir dans les cheveux de Mirabel, eut un sourire triste, puis recula d'un pas.

— Heureusement que je suis en train de m'amender, reprit-il. Et que j'ai fait des progrès.

Elle n'osa répliquer qu'elle le préférerait moins bon élève.

— Vous avez pris un grand risque en me laissant le soin de mettre fin à nos ébats. Quelques instants de plus, je dégrafais vos vêtements, et je ne répondais plus de rien.

Quelques instants de plus...

Quelle ivresse aurait-elle connue ?

— Je me demande à quoi sert un chaperon s'il n'est jamais là quand on en a besoin, observa-t-il d'un ton irrité. Si cette dame faisait son travail, ce genre de chose n'arriverait pas.

— Ne croyez pas que ce genre de chose m'arrive fréquemment, crut bon de préciser Mirabel.

— De toute évidence.

— Je regrette que ma maladresse vous ait ennuyé, fit-elle en glissant du bureau. Si je manque d'expérience, c'est qu'ici les occasions sont rares. Elles sont même inexistantes, en réalité.

— Ce n'est pas du tout ce que je voulais dire ! Je faisais allusion à la protection de votre vertu. Voilà des années qu'on aurait dû vous apprendre...

— On me l'a appris, coupa-t-elle. Il y a si longtemps, justement, que j'ai oublié. Du reste, je ne suis pas sûre que cela vaille encore la peine de la protéger.

— Comment cela ? Mais c'est une question de principe. D'honneur !

— Vos semblables accordent une telle importance à notre honneur. Pourquoi ne le protégez-vous pas vous-même si vous y attachez tant de prix ? Pourquoi devons-nous en porter seules le fardeau ? C'est parfaitement irréaliste et injuste de demander à une femme inexpérimentée de résister à un homme séduisant qui, lui, possède une grande expérience dans le domaine de l'amour.

— C'est injuste, marmonna-t-il, mais c'est ainsi. Les hommes sont des animaux, mademoiselle Oldridge. Je ne devrais pas avoir à l'expliquer à une femme de trente et un ans. On ne peut pas leur faire confiance sur ce chapitre, j'en suis la vivante illustration. J'étais fermement résolu à rester insensible à vos charmes, et...

— Mes charmes ?

— Je suis ici pour une affaire dont dépendent mon avenir et celui d'autres – vous n'imaginez pas les responsabilités qui pèsent sur mes épaules. Et chacune de nos rencontres ne fait que l'écarter un peu plus de mon esprit. Il faut absolument que cela cesse ! Je ne dois pas m'attacher à vous, quel qu'en soit mon désir.

— Quel qu'en soit...

— Dès que vous paraissez, j'oublie tout. Et si je reste plus longtemps sous votre toit, je vais complètement perdre l'esprit. Je serai incapable de me contrôler, et votre réputation sera ruinée.

— Mais il n'est pas question que vous partiez ! Le Dr Woodfrey ne vous en a pas donné l'autorisation.

— Je vous en prie, vous avez suffisamment de soucis sans m'ajouter à la liste, déclara-t-il en allant récupérer sa canne.

Il revint en boitillant vers le bureau et ramassa une poignée d'épingles à cheveux.

— Laissez-moi me rendre utile, enchaîna-t-il. Si nous ne voulons pas que les domestiques jasent, il vaut mieux que vous ne sortiez pas de cette pièce en ayant l'air d'avoir échappé à une invasion barbare.

Conscient qu'il lui fallait s'en aller avant que sa résolution faiblisse, Alistair remit donc rapidement de l'ordre dans la coiffure de Mirabel et, malgré ses protestations, regagna ses appartements où il ordonna à Crewe de faire ses bagages.

Celui-ci ne fit pas de commentaire, mais son expression stoïque et sa petite toux disaient assez sa désapprobation.

Alistair l'ignora, mais il ne put faire de même avec le capitaine Hugues, qui fit irruption peu après et décréta qu'il allait venir séjourner chez lui.

Alistair le remercia et déclina courtoisement son invitation.

— Je vous prie instamment de reconsidérer votre décision, insista le capitaine. Si vous retournez à l'auberge, Mlle Oldridge se rongera les sangs.

— Il n'y a aucune raison de s'inquiéter. J'ai besoin de repos, ce que je peux trouver aussi bien à l'auberge qu'ici.

Mieux même, car il doutait de se reposer tant que Mirabel Oldridge serait dans les parages. Sans le projet de canal, il serait reparti pour Londres à la minute même.

— Elle se fait du souci pour Crewe, rétorqua le capitaine. Il vous veille toute la nuit, m'a-t-elle expliqué, avant de prendre son service normal dans la journée. À l'auberge, il n'aura personne pour l'aider, le personnel n'est pas suffisamment nombreux, et il devra en outre surveiller la cuisinière, qui est incapable de préparer seule les plats correspondant au régime que le Dr Woodfrey vous a prescrit. En bref, Mlle Oldridge vous demande de penser à Crewe si vous ne pensez pas à vous-même.

Alistair regarda son fidèle serviteur, qui continuait imperturbablement à boucler les bagages comme s'il était sourd.

— Mlle Oldridge se reproche amèrement de vous avoir perturbé, conclut le capitaine.

— Mais elle ne m'a pas perturbé du tout. Je suis seul coupable.

— Je ne comprends pas qu'on fasse tant d'histoires pour un canal ! Quand Mlle Oldridge m'a dit qu'elle allait s'installer chez Mme Entwhistle pour que vous puissiez rester ici, je n'en ai pas cru mes oreilles.

— Mais c'est ridicule ! s'insurgea Alistair. Je ne veux à aucun prix la chasser de chez elle.

— Je l'espère bien ! Elle passerait ses journées à s'inquiéter de la bonne marche de sa maison et du domaine, ainsi que d'un tas d'autres choses. Et cette pauvre Mme Entwhistle, qui vient à peine d'arriver, sera obligée de refaire ses bagages pour s'en retourner chez elle.

— Mlle Oldridge ne devrait pas avoir à s'occuper de tout, observa Alistair d'un ton sec. J'aime beaucoup M. Oldridge, mais il a tort de se décharger ainsi sur sa fille. S'il tient à se consacrer entièrement à sa passion de la botanique, il n'a qu'à engager un régisseur compétent. Il ne peut pas exiger que Mlle Oldridge remplisse à la fois le rôle de maîtresse de maison et d'administrateur du domaine. Vous avez vu son bureau ? Il croule sous les lettres, les registres et les documents comptables et juridiques.

Alistair revoyait les traits tirés de Mirabel lorsqu'il s'était arrêté sur le seuil de son bureau. Il aurait voulu la prendre dans ses bras et l'emporter loin, très loin d'ici...

— Elle est intelligente et compétente, enchaîna-t-il, mais cela fait trop pour une seule personne. Même mon père, qui vérifie tout et peut me dire quand et de combien j'ai dépassé le montant de ma pension, même mon père a un secrétaire particulier et délègue la plus grande partie de ces tâches à des administrateurs. Mlle Oldridge assume tout et ne reçoit pas le moindre remerciement. C'est un miracle qu'elle soit restée aussi féminine, et que seules sa coiffure et sa garde-robe pâtissent de ce scandale.

— Et vous n'en savez pas la moitié ! assura le capitaine. Tout ce que je peux vous dire, c'est que vous n'arrangez rien en retournant à votre auberge.

11

Alistair aurait pu ignorer tous les autres arguments, même s'ils troublaient sa conscience, mais le ton du capitaine et surtout ce mystérieux « Vous n'en savez pas la moitié » eurent raison de sa résistance.

Il aurait pu se chercher des excuses et prétendre que mieux il connaîtrait Mlle Oldridge, mieux il serait armé pour gagner son soutien ou affaiblir son influence auprès des autres propriétaires. Mais il refusa de se mentir.

En réalité, il voulait tout savoir d'elle de même qu'il la voulait, elle. Il était fou d'elle, tout simplement.

Il accepta donc de s'installer chez le capitaine.

Même si Bramblehurst était loin d'égaler Oldridge Hall, la maison n'avait rien d'un modeste cottage campagnard ni d'une résidence de célibataire. Le maître des lieux considérait visiblement qu'ordre et discipline étaient des lois à respecter sur terre comme sur mer. Chez lui tout était aussi méticuleusement ordonné que sur un navire de guerre.

Hugues appliqua les consignes du Dr Woodfrey aussi rigoureusement que celles de l'Amirauté. Il prohiba strictement les visites, veilla à ce que le blessé exécute tous les exercices prescrits, et poussa la conscience jusqu'à partager le régime de son invité, comme il avait dû partager les privations de ses hommes quand les vivres se faisaient rares entre deux escales.

Il se révéla en tout point un hôte attentif, soucieux que la solitude ne pèse pas au malade sans pour autant s'imposer.

Mais les cauchemars d'Alistair empiraient, exhumant, nuit après nuit, des pans entiers de ce qui était jusqu'ici resté enfoui dans les replis de son cerveau. Il ne savait plus maintenant ce qui était pire, ce vide béant dans sa mémoire ou les souvenirs qui lui révélaient un homme en qui il ne se reconnaissait pas.

Jusqu'à quel point pouvait-il d'ailleurs considérer ces bribes de rêves comme des souvenirs fiables ? Après tout, les rêves n'étaient-ils pas avant tout des créations de l'esprit ?

Il gardait bien entendu ses inquiétudes pour lui et, chaque matin, quand le capitaine lui demandait s'il avait bien dormi, il répondait invariablement qu'il avait passé une nuit excellente.

— Je ne comprends pas d'où viennent les cernes que vous avez sous les yeux, observa un jour son hôte. Vous ne passez quand même pas vos nuits à vous tracasser à propos de ce canal, j'espère ?

— Bien sûr que non ! Cela ne servirait à rien.

— Et ne vous fatiguez pas à essayer de deviner ce que fera Mlle Oldridge. Si vous vous imaginez qu'elle adoptera une conduite rationnelle, vous vous trompez lourdement.

— Les hommes et les femmes n'obéissent effectivement pas toujours à la même logique, admit Alistair.

— La bataille la plus rude que j'aie jamais menée n'est rien à côté de la moindre querelle avec une femme, certifia le capitaine. Elles inventent leurs propres règles du jeu, et elles les changent quand cela leur chante. Moi qui ai fait le tour du monde une douzaine de fois et qui approche des cinquante ans, je devrais commencer à les comprendre, ou au moins avoir appris à naviguer au large.

— Mais si nous naviguions au large, la vie perdrait tout intérêt, lui fit remarque Alistair.

— C'est tout de même en partie la faute de ce petit donneur de leçons prétentieux. Qu'est-ce qui lui a pris de l'épouser, je vous le demande ? Elle disait qu'il était solide. *Solide !*

Alistair en demeura bouche bée.

— Mlle Oldridge a été mariée ?

Cette union avait dû être annulée, sinon elle ne serait plus « Mlle Oldridge ».

Quoi qu'il en soit, elle n'était peut-être plus vierge, ce qui changeait tout…

Il s'en voulut immédiatement de cette pensée. Il fallait qu'il soit tombé bien bas, et que son esprit soit vraiment dérangé.

— Je ne parlais pas de Mlle Oldridge, expliqua Hughes, mais de l'autre dame. Mme Entwhistle. Je pensais tout haut, s'excusa-t-il. Cela m'arrive de temps en temps. Je suis un vieux célibataire, vous savez.

Ainsi, c'était à l'ex-gouvernante que s'intéressait le capitaine, et non à Mirabel… qui n'avait jamais été mariée.

— Mlle Oldridge aime les hommes énergiques, reprit le capitaine après un silence. Du moins les aimait-elle autrefois. Son fiancé avait l'air de savoir ce qu'il voulait. Quand elle a rompu, il l'a suivie jusqu'ici.

En réponse à l'interrogation muette d'Alistair, le capitaine expliqua qu'après la mort de son épouse, onze ans plus tôt, M. Oldridge avait négligé ses affaires qui avaient commencé à péricliter. Mirabel avait quitté son fiancé pour rentrer au bercail et reprendre les choses en main.

— La situation des Oldridge était extrêmement embrouillée, et il était évident qu'il faudrait des années pour la redresser. Je crois d'ailleurs qu'il reste encore un ou deux litiges en suspens.

Alistair comprenait maintenant pourquoi elle tenait tant à s'occuper de tout elle-même au lieu de se reposer sur son régisseur, comme tout le monde.

— Mais vous imaginez William Poynton attendant des années dans le Derbyshire ?

— William Poynton ? Le peintre ?

Le capitaine acquiesça.

— Il commençait tout juste à être connu. On lui avait commandé des fresques pour décorer un palais vénitien, il n'était pas question de laisser passer une telle chance. Aujourd'hui, il pourrait se permettre de prier le pape lui-même de patienter deux ou trois ans, mais à l'époque, c'était impensable.

Poynton était à présent un artiste célèbre et apprécié dans le monde entier. Alistair se rappela les scènes égyptiennes qu'il avait admirées dans le salon des Oldridge. Elles étaient de lui, bien entendu.

— Mlle Oldridge devait sauver la fortune de sa famille, et lui devait se faire un nom, poursuivit Hughes. Mme Entwhistle a toujours prétendu que Poynton aurait pu attendre. Qu'il suffisait d'un an ou deux, et que Mirabel aurait pu laisser le domaine entre les mains d'un nouveau régisseur. C'est ridicule, et je le lui ai dit. Ce garçon n'était pas en mesure de refuser une commande, pas plus que je n'aurais refusé un commandement sous prétexte que le moment ne me convenait pas ! Quand vous êtes en bas de l'échelle, et qu'un supérieur vous met le pied à l'étrier, vous ne posez pas vos conditions.

— S'il l'avait véritablement aimée, il n'aurait pas renoncé à elle pour des raisons professionnelles, objecta Alistair.

— Il était fou amoureux. Nul n'ignorait, à Londres, qu'elle avait rompu leurs fiançailles, pourtant, il est venu ici. Il se moquait d'apparaître pitoyable aux yeux de ses amis.

— C'est un artiste. Ils adorent ce genre d'attitude théâtrale, rétorqua Alistair. Ce n'est pas là ma définition de l'amour. S'il l'avait vraiment aimée, il aurait trouvé une solution.

La vivacité qu'avait montrée Alistair après ce changement de conversation n'avait pas apaisé l'inquiétude du capitaine sur son état de santé.

Sa confiance envers le Dr Woodfrey étant quelque peu ébranlée, il résolut de s'en ouvrir à Mme Entwhistle. Même s'il adorait la contredire et se disputer avec elle, il faisait presque autant de cas de son intelligence que de ses attraits physiques.

Le petit-déjeuner terminé, il décida donc de mettre le cap sur Oldridge Hall où il trouva, comme prévu, Mme Entwhistle en train de faire sa promenade matinale.

Il la complimenta sur l'élégance de son manteau grenat, ce qui parut lui être parfaitement indifférent. Son attitude changea pourtant lorsqu'il lui rapporta sa conversation avec Alistair. Les remarques du jeune homme sur l'attitude de Poynton l'intéressèrent au plus haut point, et elle en tira les mêmes conclusions que le capitaine.

M. Carsington était amoureux de Mirabel.

Pour que cette idylle progresse, encore fallait-il que l'état du jeune homme n'empire pas, observa le capitaine.

— J'ai du mal à croire qu'il ait l'air si malade parce qu'il se languit de Mlle Oldridge, ajouta-t-il. Sinon, je serais malade, moi aussi.

— Mirabel a reçu hier une lettre de sa tante, qui lui narre par le menu les idylles de M. Carsington. Elle me l'a lue, et je peux vous assurer qu'il ne semble pas du tout le genre d'homme à se languir. Les déclarations enflammées, les escapades dramatiques, voire les émeutes me paraissent beaucoup plus dans son style.

— Les émeutes ? Pour une *femme* ? se récria le capitaine.

Mme Entwhistle opina.

— Cela dit, c'est vrai qu'il me faisait plutôt l'effet d'un homme d'action, reconnut Hughes.

— Malheureusement, votre perspicacité n'est pas aussi aiguë que certains le croient. M. Oldridge, par exemple, est convaincu que vous seul pouvez comprendre ce qui ne va pas chez M. Carsington.

— Moi ? Et pourquoi donc ?

— Il nous a expliqué qu'en Égypte, le pavot…

— Qu'est-ce que le pavot et les Égyptiens viennent faire ici ? s'impatienta le capitaine.

— M. Oldridge se demande si le Dr Woodfrey n'aurait pas intérêt à prescrire du laudanum à M. Carsington. D'après lui, son état n'est pas dû à un choc traumatique et, pour une raison qui m'échappe, il est persuadé que vous savez de quoi souffre notre visiteur.

— Tout ce que je sais, c'est que M. Carsington ne dort pas et refuse de l'admettre. Je pensais qu'il se faisait du souci à cause de ce canal, ou de Mlle Oldridge.

Le capitaine s'interrompit. Une vague idée venait de lui traverser l'esprit, telle une petite voile blanche à l'horizon, trop lointaine pour être identifiable. Hélas, malgré tous ses efforts, elle demeura au large et ne se précisa pas.

— J'ignore quoi faire, admit-il enfin. Je vais devoir parler à M. Oldridge. J'en sortirai avec une migraine carabinée, mais puisque c'est pour la bonne cause…

Tandis que le capitaine se mettait en quête de M. Oldridge, Mirabel était, de son côté, assaillie de questions concernant Alistair Carsington.

Sa mère avait l'habitude de recevoir une fois par mois les dames du voisinage pour discuter, et elle avait perpétué cette tradition qui permettait à ces femmes modestes d'exprimer leurs doléances à la châtelaine d'Oldridge Hall.

C'était au cours de l'une de ces réunions, onze ans plus tôt, que Mirabel avait commencé à soupçonner la malhonnêteté de Caleb Finch.

Mais aujourd'hui, il n'était question que de M. Carsington.

Ces braves femmes qui, contrairement aux aristocrates de la région, ne pouvaient envisager de marier leurs filles au troisième fils du comte de Hargate, voyaient d'un fort mauvais œil sa visite dans ce coin reculé du Derbyshire.

Le meunier Jacob Ridler était farouchement opposé au projet de canal, selon son épouse, et il n'était pas le seul.

— L'eau est tellement précieuse pour nous ! Si Jacob n'a plus suffisamment d'eau pour son moulin, où irons-nous moudre notre grain ? s'inquiéta Marie-Anne Ingsole, une fermière de la vallée.

— Tom dit qu'ils enverront tous les moutons, les bœufs et les céréales à Londres, et qu'il ne nous restera plus que des pommes de terre à manger, intervint une autre.

— D'après Jacob, il leur faut construire un barrage, reprit Mme Ridler, mais où ? Où y a-t-il un terrain assez grand pour faire une retenue suffisante, à moins de prendre sur les terres cultivées ou les pâturages ?

Toutes avaient des objections, et Mirabel les écouta attentivement.

— Je n'ai jamais caché mon opposition à ce projet, déclara-t-elle enfin. Mais je ne suis qu'une femme. Ce sont les hommes qui décideront au bout du compte, vous le savez bien.

M. Carsington voulait organiser une réunion publique ainsi qu'un comité qui transmettrait une pétition au Parlement, expliqua-t-elle. Les opposants auraient ainsi l'occasion de s'exprimer.

— Ils n'oseront pas ! rétorqua Marie-Anne Ingsole. Même mon mari, qui n'a pourtant pas froid aux yeux, y regardera à deux fois avant de se dresser contre le fils de lord Hargate.

— Tous pareils, grommela une de ses compagnes. À la maison et au pub, ils parlent haut et fort, mais devant lui, ils n'oseront pas ouvrir la bouche.

— Jacob dit qu'il aurait l'impression de trahir son pays. Tout le monde sait comment s'est conduit M. Carsington, et comment il a été blessé. Il a risqué sa vie pour de simples soldats, des gens comme nos hommes.

— Et puis, lord Hargate et ses deux aînés ont fait beaucoup de bien dans la région.

— Devant quelqu'un d'autre, ce serait différent. Nos hommes oseraient protester, pour sûr.

Mirabel se doutait que l'aristocratie locale préférerait éviter un conflit avec la famille de lord Hargate, mais elle n'aurait jamais imaginé que des fermiers et des commerçants prospères se comporteraient comme des serfs au Moyen Âge.

Si personne n'osait donner son avis, elle n'arriverait jamais à organiser l'opposition.

Elle prit congé de ses visiteuses et fit atteler son tilbury, le moral en berne.

Beaucoup de projets similaires avaient été étouffés dans l'œuf, et elle savait comment. Elle avait suffisamment d'argent pour se lancer dans la bataille et épuiser le fameux comité par des procès, des pétitions et des recours sans fin. Mais elle ne pouvait agir seule.

Elle n'était qu'une femme, et n'avait pas le droit de vote. Au Parlement, personne ne lui prêterait la moindre attention. Et personne ne croirait qu'elle représentait un large courant d'opinion si nul n'osait ne serait-ce que murmurer contre le canal.

Elle ne pouvait s'en prendre qu'à elle-même. Si elle s'était souciée davantage du projet de M. Carsington et un peu moins de son charme viril, elle aurait peut-être marqué des points.

Au lieu de ça, tandis qu'elle ne songeait qu'à se jeter dans ses bras, il se faisait des alliés sans même lever le petit doigt. Tout le monde capitulait devant le héros de Waterloo.

Et comment les en blâmer alors qu'elle en faisait autant ? Pour lui elle avait abdiqué ses principes moraux, son bon sens et sa fierté. Tout, sauf son opposition au canal.

Pourquoi ne pouvait-elle s'attacher à un homme dont les projets et les ambitions seraient compatibles avec les siens ?

Avec un profond soupir, elle chercha une consolation dans le paysage qui l'entourait.

Elle longeait l'une de ces petites routes de campagne que M. Carsington abhorrait.

Au printemps, les talus seraient couverts de fleurs sauvages, et les feuillages des arbres se rejoindraient pour former un dôme où chanteraient les oiseaux. Dans l'immédiat, cependant, seules des branches dénudées se profilaient sur le gris du ciel.

Mais ce spectacle n'avait rien de mélancolique pour Mirabel.

Le murmure du vent qui faisait tournoyer les feuilles mortes sur le chemin, le cri lointain d'une alouette, le martèlement des sabots du cheval, le saut d'un écureuil dans les branchages, tous ces bruits familiers contribuèrent à l'apaiser, et elle ne tarda pas à retrouver son entrain.

Il n'y avait pas de cause désespérée quand on avait de la volonté et de l'imagination. Or elle en avait à revendre !

Sa tante Clotilde lui avait écrit que, pour un homme, M. Carsington était remarquablement intelligent. Et chevaleresque. Même ses frasques, que lady Sherfield lui avait racontées dans les moindres détails, attestaient de sa noblesse de caractère. Il n'avait rien d'un séducteur qui abandonnait ses conquêtes après en avoir profité. Il avait toujours fait preuve d'une grande loyauté, même envers une prostituée et une voleuse. Il était honnête, généreux, soucieux d'autrui…

Mirabel reprit espoir.

Il lui avait répété à maintes reprises qu'il souhaitait connaître toutes ses objections pour mieux les réfuter, et s'était montré vivement contrarié lorsqu'elle lui avait rétorqué que personne n'oserait contredire le fils du comte de Hargate.

Et s'il avait fait preuve de retenue envers elle, c'était parce qu'il souhaitait se conduire convenablement.

Comment réagirait-il lorsqu'il apprendrait que des gens simples, qui travaillaient durement pour gagner leur vie, étaient trop impressionnés par son héroïsme et le prestige de son nom pour oser lui dire ce qu'ils avaient sur le cœur ?

Si elle parvenait à lui faire comprendre qu'il disposait d'un avantage immense, et injuste, peut-être consentirait-il à retourner à Londres et à laisser à un autre le soin de s'occuper du canal ?

Et après son départ ?

Elle préférait ne pas y penser.

Quelques minutes plus tard, elle s'engageait dans l'allée qui menait chez le capitaine Hugues.

Elle n'eut même pas le temps de descendre de voiture que le majordome du capitaine accourait. Avec force excuses, il déclara que son maître était sorti en laissant des ordres très stricts. Les visites à M. Carsington étaient rigoureusement interdites, sous quelque prétexte que ce soit.

— Mais enfin, Nancarrow, c'est ridicule ! Vous savez parfaitement que M. Carsington a séjourné à Oldridge Hall. Je suis certaine que le Dr Woodfrey n'a jamais interdit que je le voie.

— Je regrette, mademoiselle, mais les ordres sont les ordres, s'entêta le domestique, écarlate. Je ne peux faire aucune exception, car c'est la porte ouverte à l'insubordination, ce qui finit par une mutinerie.

Nancarrow avait été l'ordonnance du capitaine, et était dévoué corps et âme à ce dernier.

— Eh bien, dans ce cas, voulez-vous m'apporter une plume et du papier, que j'écrive un mot à M. Carsington ?

— Pas de lettres non plus, mademoiselle. Ce serait trop éprouvant pour les nerfs de M. Carsington.

Mirabel allait protester, mais elle se ravisa. Nancarrow n'était pas un majordome accompli comme Benton, qui savait lorsqu'il fallait déroger aux règles. Elle aurait beau insister, elle ne ferait que le mettre mal à l'aise sans rien obtenir.

Elle reprit donc les rênes et fit demi-tour.

Mais pas pour rentrer chez elle, comme le crut Nancarrow.

Le tilbury passa derrière une haie et s'engagea dans une allée qui contournait la maison au moment où Alistair rentrait de sa promenade quotidienne.

Il sursauta lorsqu'une pluie de glands et de graviers cingla la fenêtre de sa chambre, au premier étage, sur l'arrière de la demeure.

Quand il vit Mirabel, campée au milieu d'un parterre de fleurs, lui faire de grands signes, l'angoisse et la tristesse qui l'étreignaient depuis le petit-déjeuner s'envolèrent. Il ouvrit promptement la fenêtre.

— Mademoiselle…

— Chut! intima-t-elle.

Incrédule, Alistair la vit déplacer une vieille échelle appuyée contre la façade.

— Voyons, mademoiselle Oldridge…

Elle le fit taire d'un regard, mit un doigt sur ses lèvres, puis commença son ascension.

Alistair se demandait s'il rêvait. Mais comme cette vision était mille fois plus agréable que les horreurs qui hantaient ses nuits, il décida de s'y abandonner et d'en jouir tant qu'elle durerait.

Quelques secondes plus tard, un horrible chapeau gris atteignait l'appui de la fenêtre. Mirabel leva vers lui son regard d'azur, et le monde entier s'illumina.

Un peu étourdi, Alistair se demanda s'il était raisonnable de la prendre dans ses bras pour l'aider à s'introduire dans sa chambre.

— Monsieur Carsington.

— Mademoiselle Oldridge.

— Je viens vous présenter une requête, murmura-t-elle avec un sourire radieux.

— Tout ce que vous voudrez, balbutia-t-il.

— Je pensais que vous aimeriez savoir que…

Elle s'interrompit, les sourcils froncés, et s'écarta un peu.

— Ne faites pas ça ! s'affola Alistair en agrippant l'échelle. Vous risquez de tomber !

— Vous avez l'air très malade, s'alarma-t-elle. Je comprends mieux l'obstination de Nancarrow. J'aurais dû me douter de quelque chose.

— Je ne suis absolument pas malade, protesta-t-il tandis qu'elle commençait à redescendre.

— Vous avez une mine épouvantable, rétorqua-t-elle en s'arrêtant un instant. Vous ne devriez pas rester à la fenêtre.

— Mademoiselle Oldridge, si vous ne m'expliquez pas la raison de votre visite, je vous promets que je descends vous rejoindre. Sans manteau ni chapeau !

— Il n'en est pas question ! rétorqua-t-elle en remontant immédiatement. J'étais venue pour discuter affaires, mais je n'avais pas songé à quel point cela vous fatiguerait.

— Quelles affaires ? Vous aviez une requête à me soumettre.

— C'était une façon de parler. Je n'avais pas suffisamment réfléchi. Je n'avais pas pensé à votre dette envers lord Gordmor. Il m'est impossible d'exiger que vous choisissiez entre l'honnêteté et votre loyauté envers un ami. Surtout actuellement, alors que vous êtes malade.

— Je vous le répète, je ne suis pas malade.

— Quelque chose ne va pourtant pas, affirma-t-elle en plantant son regard d'azur dans celui d'Alistair.

— En effet, quelque chose ne va pas. Vous ! Moi ! Cela, ajouta-t-il en désignant l'espace qui les séparait. Ce qu'il y a entre nous.

— J'aurais préféré que vous ne me disiez pas cela, murmura-t-elle.

— Je n'en avais pas l'intention. Mais vous…

Il s'interrompit comme elle remontait vivement, puis escaladait l'appui de la fenêtre.

— Ô Seigneur !

Le cœur battant à tout rompre, il la saisit par les épaules et la hissa à l'intérieur.

— Vous auriez pu vous tuer, gronda-t-il tandis qu'elle se dégageait prestement.

— Uniquement si vous m'aviez lâchée, objecta-t-elle d'une voix mal assurée. Vous n'aviez pas besoin de m'aider, je savais ce que je faisais.

— Vraiment ?

— Je suis une campagnarde, pas l'une de ces citadines raffinées auxquelles vous êtes habitué.

— Vous ne leur ressemblez effectivement pas du tout. Vous ne ressemblez à personne. Vous êtes…

Lui qui était d'ordinaire si à l'aise avec les mots se trouvait soudain incapable d'exprimer ce qu'il ressentait. Il eut un geste impuissant, et lâcha :

— Dès que vous êtes là, j'ai l'impression que le monde tourne à l'envers.

Elle se jeta dans ses bras. Le cœur battant, il la serra contre lui.

— Ce n'est pas raisonnable, souffla-t-il, le nez dans son horrible chapeau, mais je suis tellement heureux que vous soyez venue.

— Je n'en pouvais plus. J'ai saisi le premier prétexte…

— Vous m'avez tellement manqué.

— Tant mieux ! J'étais comme une âme en peine depuis votre départ. J'aurais tant voulu que vous alliez jusqu'au bout, dans le bureau, avoua-t-elle en s'écartant légèrement pour le regarder. J'aurais tant voulu que vous dégrafiez mes vêtements sans vous préoccuper des conséquences.

— Vous ne savez pas ce que vous dites.

Lui le savait, et il refusait d'y songer. Il n'était qu'un homme, après tout.

— Mais c'est la vérité, insista-t-elle. Pourquoi faire semblant ? Je me cherche toujours des raisons pour protéger… J'ignore ce que je veux protéger. Ma vanité. Ma fierté.

— Votre honneur.

— Et pour quoi faire ? Vous désirez que je m'en aille, maintenant ? Pourquoi ne m'avez-vous pas demandé de partir avant cet aveu ? murmura-t-elle en se dégageant. Oh, vous êtes un démon.

— Ma chérie…

Il était perdu. Qu'elle lui plante donc un poignard en plein cœur. Ainsi, il cesserait de souffrir.

— Votre chérie… Ne me regardez pas comme ça, enchaîna-t-elle en s'essuyant les yeux. Je ne pleurerai pas, rassurez-vous. Je méprise trop celles qui pleurent pour obtenir ce qu'elles désirent. J'ai simplement eu un moment de découragement. D'exaspération.

— Je donnerais n'importe quoi pour qu'il en aille autrement.

Il y eut un silence tendu, puis :

— Vous souhaiteriez que je ne sois pas une dame, c'est cela ? Et si j'avais été mariée ? dit-elle en retirant ses gants. Si je n'étais pas une vraie dame, après tout ? poursuivit-elle en ôtant son chapeau.

— Vous n'allez pas…

Le chapeau rejoignit les gants sur le parquet.

— Non, implora Alistair.

— J'ai trente et un ans, souffla Mirabel en déboutonnant son manteau, et je ne veux pas me faner avant d'avoir fleuri.

12

L'expression de ce beau visage patricien était inénarrable. Si elle avait été moins nerveuse, Mirabel aurait éclaté de rire. Mais elle tremblait comme une feuille, ses jambes se dérobaient sous elle, et si elle s'arrêtait une fraction de seconde, tout son courage l'abandonnerait.

— Si c'est une plaisanterie, ce n'est pas drôle du tout, articula-t-il.

— Je n'ai jamais été aussi sérieuse de ma vie.

Elle lui avait manqué, il le lui avait dit. Elle ne lui était donc pas indifférente. Peut-être n'éprouvait-il pour elle que du désir, mais qu'importait ?

Elle aussi le désirait.

Cela faisait si longtemps que les hommes la laissaient de marbre. Elle avait étouffé le désir que lui inspirait William et préservé sa virginité et son honneur. Par devoir, elle avait laissé l'homme qu'elle aimait sortir de son existence. Elle ne permettrait pas à l'honneur et au devoir de s'en mêler, cette fois.

Ils étaient seuls et ne se trouvaient ni dans la demeure familiale ni à l'auberge. Personne ne l'avait vue entrer, il n'y avait aucune raison pour qu'on la voie sortir.

Une occasion pareille ne se représenterait pas de sitôt.

Elle refusait de mourir vierge. Elle voulait connaître la passion et le plaisir, elle voulait qu'au moins une fois dans sa vie un homme qui lui plaisait lui fasse l'amour.

— Boutonnez votre manteau, je vous en prie, fit-il en avançant d'un pas, tandis qu'elle battait en retraite. Sinon, c'est moi qui m'en chargerai.

La chambre était beaucoup plus petite que celle d'Oldridge Hall, et ses bagages ajoutés aux meubles et aux objets de marine qui l'encombraient déjà constituaient autant d'obstacles qui l'empêchaient d'atteindre Mirabel. Il ne pouvait pas prendre le risque d'alerter les domestiques en renversant une chaise ou un bibelot, et elle en profitait.

— Vous jouez un jeu terriblement dangereux, plaida-t-il. On risque de nous entendre.

— Eh bien, parlez moins fort.

Elle sauta sur le lit et se débarrassa prestement de son manteau, qu'elle lui jeta à la tête. Il y garda le visage enfoui un instant, avant de le serrer contre sa poitrine.

— Vous trichez, protesta-t-il, la voix rauque. Il a gardé votre… chaleur… votre parfum.

Le cœur de Mirabel bondit dans sa poitrine.

— Ce que vous faites est imprudent. Et déloyal !

— Vous ne me laissez pas le choix, avec votre maudit sens de l'honneur !

— Nous n'avons pas le droit ! Il ne faut *pas*.

— Nous n'aurons plus jamais une telle occasion.

Nous n'aurons plus jamais une telle occasion.

Tandis qu'Alistair s'évertuait à ignorer cette évidence, Mirabel bataillait pour dégrafer sa robe.

Il en serait venu à bout en quelques secondes, mais il serra les poings, et les dents. Le vêtement était boutonné dans le dos, jamais elle n'y arriverait seule.

— Toute ma vie, je n'ai fait que mon devoir, marmonna-t-elle. Je ne le regrette pas. Du moins, pas complètement Mais je sais que vous, je vous regretterai.

— Ma chérie…

— Ne m'appelez pas ainsi !

— Vous m'êtes chère, mais… nous ne pouvons pas. Arrêtez, je vous en supplie ! Comment parler de façon raisonnable si vous continuez à vous déshabiller ?

— J'ai toujours été raisonnable. J'ai toujours fait ce qu'on attendait de moi. Pourquoi ne serais-je pas libre, pour une fois, d'agir comme bon me semble ?

— Pas aujourd'hui…

— Vous avez dit que vous étiez heureux de me voir, que je vous avais manqué, mais quand vous rentrerez à Londres, vous rencontrerez d'autres femmes qui vous aideront à m'oublier. Tandis que moi, je n'aurai personne. Je refuse de ruminer mes regrets jusqu'à la fin de mes jours. Ce moment est le seul que j'aurai jamais.

Abandonnant les boutons récalcitrants, elle agrippa le pilier du lit et se pencha pour retirer sa bottine, qu'elle lança sur le sol. Alistair s'avança encore, résolu à l'empêcher d'aller plus loin.

— N'essayez pas de m'arrêter ! l'avertit-elle. Je suis déjà très nerveuse, et je pourrais hurler.

Il s'immobilisa. Elle était effectivement nerveuse, et peut-être le courage lui manquerait-il avant que sa volonté ne faiblisse et que son sens de l'honneur ne le déserte. Il fallait feindre l'indifférence, comme si le spectacle qui se déroulait sous ses yeux ne le touchait pas.

C'était un jeu auquel il avait toujours excellé.

Il s'assit sur une chaise et croisa tranquillement les bras.

— Fort bien. Retirez tous vos vêtements si cela vous amuse, couchez-vous dans ce lit en tenue d'Ève si cela vous chante. Ce ne sera pas la première fois ni la dernière que je verrai une femme nue. Si je m'ennuie, je pourrai toujours retourner me promener dans le parc.

Il regarda sans broncher la deuxième bottine tomber à ses pieds, suivie des jarretières, et ferma les paupières lorsqu'une chose soyeuse et légère comme une plume se posa sur sa tête.

C'était un bas, constata-t-il, qui avait gardé le modelé parfait de la jambe. Il eut un peu de mal à reprendre son souffle.

Le second bas rejoignit les bottines, suivi d'une culotte de soie ajourée.

Il faisait de son mieux pour tenter de s'absorber dans des pensées philosophiques, mais son esprit refusait de lui obéir et revenait sans cesse à une toison cuivrée qui devait mousser à l'endroit le plus secret et le plus féminin…

Lentement, il leva les yeux.

La splendide chevelure de Mirabel cascadait sur ses épaules. Sa robe toute de guingois était remontée jusqu'à mi-cuisse, tandis qu'elle dégrafait son jupon. Il avait déjà eu l'occasion, lors de leur rencontre, d'apercevoir ses chevilles et ses mollets, d'en admirer le galbe. Mais c'était la première fois qu'il voyait autant de chair nue, et qu'il pouvait la contempler à loisir.

Elle avait un charmant grain de beauté sur le genou gauche, nota-t-il.

— Mademoiselle Oldridge… Mirabel !

— Je ne me suis jamais déshabillée seule. Ce n'est pas facile, s'excusa-t-elle en s'extrayant des plis de son jupon.

— Vous avez des jambes splendides, remarqua-t-il d'une voix étranglée.

— Merci. L'ennui, c'est que personne ne les voit, comme le reste de ma personne, d'ailleurs.

Il comprenait enfin d'où venait le problème.

Mirabel vivait à l'écart de tout, avec un père qui, s'il lui tenait physiquement compagnie, avait la tête ailleurs. Elle travaillait du matin au soir, mais nul ne s'en souciait. Il n'y avait personne pour la féliciter, encore moins plaisanter ou flirter avec elle, personne pour apprécier son esprit, son intelligence et son dévouement.

Pourquoi soigner sa toilette et sa coiffure puisqu'elle était quasiment invisible ?

— Moi, je les vois, rétorqua-t-il en se levant et s'approchant du lit. Vous êtes belle. Je donnerais tout au monde pour vous posséder, mais c'est impossible, car je ne suis pas en mesure de vous épouser.

— Je sais bien que nous ne pouvons pas nous marier ! Vous allez vraisemblablement réussir à construire votre affreux canal, détruire ce que j'ai de plus cher, et je vous haïrai. Si je parviens à faire échouer votre projet, c'est vous qui me détesterez. Pour le moment, nous sommes en paix, mais cela ne durera pas. Si nous voulons faire l'amour ensemble, c'est maintenant ou jamais. Vous aurez d'autres occasions avec d'autres femmes, mais il est peu probable que je rencontre de nouveau un homme qui m'inspire des sentiments aussi forts que ceux que j'éprouve pour vous.

Elle avait parlé calmement, mais ses joues s'étaient empourprées. Et tout ce qu'Alistair savait, c'était qu'il éprouvait un désir égal au sien, et qu'il n'avait pas le droit de la laisser l'implorer ou s'humilier.

Il ne pouvait pourtant pas céder, sinon il se le reprocherait toute sa vie.

Mais il n'était plus un collégien, et il connaissait des moyens de la satisfaire sans la déshonorer. Il en avait largement fait usage avec Judith Gilford lors des rares occasions où ils s'étaient trouvés seuls. Il aurait eu largement le temps de débarrasser sa fiancée de sa virginité, et elle ne s'était guère démenée pour la protéger, mais il avait su se contrôler.

Il avait déjà perdu la tête, mais jamais ses scrupules.

Lentement, il entreprit de déboutonner sa redingote, puis son gilet, qu'il jeta sur les vêtements de Mirabel. Celle-ci retint son souffle lorsque la cravate prit le même chemin.

Il ôta ses chaussures et la rejoignit sur le lit. Elle demeura immobile tandis que son regard remontait de ses chevilles déliées à la courbe suggestive de ses cuisses.

Elle trembla légèrement quand il déposa un baiser sur le grain de beauté au-dessous du genou, et poussa un petit cri de surprise lorsqu'il l'enlaça pour la renverser au creux des oreillers.

Il aurait voulu se montrer patient, l'aimer lentement, avec toute la douceur qu'elle méritait, mais c'était impossible. Comment demander à celui qui a erré dans le désert pendant des jours, des semaines, de ne pas se désaltérer goulûment ? Toutes les femmes qu'il avait connues n'étaient plus que des mirages, seule Mirabel était une réalité.

Son parfum l'enivrait et lui rappelait tout ce qu'il avait cherché à oublier : la douceur de sa chevelure contre sa joue, le goût de sa peau, aussi fraîche que l'aurore, la chaleur de son corps, le battement affolé de son cœur contre sa poitrine, l'ardeur sans fard de son baiser.

Et voilà qu'elle était de nouveau dans ses bras…

Nous n'aurons plus jamais une telle occasion.

Il captura sa bouche, et oublia tout.

Fébrilement, il défit les boutons et les agrafes qu'il s'était juré de ne pas toucher. La robe d'abord, la chemise et le corset ensuite… Il les fit glisser jusqu'à ses hanches, et cessa de respirer.

Il avait imaginé des nuits entières la forme de ses seins, mais jamais il n'aurait rêvé pareille perfection. Les deux globes d'ivoire se dressaient devant lui, pleins, fermes, couronnés de délicats boutons de rose. Il aurait pu contempler pendant des heures, sans jamais se lasser, la ligne parfaite de ce ventre neigeux…

Elle était tout ce qu'il avait toujours désiré, il s'en rendait compte maintenant.

— Mirabel, murmura-t-il.

La merveilleuse. La miraculeuse plutôt…

Il lui effleura la poitrine. Elle frémit sous sa caresse, soupira doucement, et ce soupir si léger lui dit plus que des mots le plaisir qu'elle éprouvait, la confiance qu'elle avait en lui et le désir qui la dévorait.

La main d'Alistair descendit le long du ventre soyeux. Elle se cambra sous sa caresse, comme pour lui demander de continuer, s'abandonnant sans réserve. Son ardeur ne fit que grandir comme il se faisait plus possessif. Elle s'offrait complètement, sans honte ni crainte, et le désir d'Alistair allait croissant.

Il s'empara de sa bouche avec fièvre, comme s'il voulait l'atteindre au cœur, et elle lui rendit son baiser avec une passion égale, enfouissant les doigts dans ses cheveux.

— Mirabel… chuchota-t-il tout contre ses lèvres.

— Oui, oui, oui, souffla-t-elle.

Il la débarrassa fébrilement de ses vêtements, fit de même avec les siens, oublieux de tout ce qui n'était pas cette chair soyeuse et cette bouche de feu. Il n'avait qu'une hâte, explorer des mains et des lèvres chaque centimètre carré de ce corps dont il avait tant rêvé.

Ses scrupules s'effacèrent devant le désir brûlant qui le consumait. Leurs bouches ne faisaient plus qu'une, leurs langues se mêlaient, les mains de Mirabel s'agrippaient à ses épaules. Étroitement enlacés, ils roulèrent sur le côté.

Il se souvenait encore vaguement, dans un coin reculé de son esprit, de ce que l'honneur exigeait de lui, mais il aurait préféré mourir plutôt que de relâcher son étreinte et de renoncer à ce corps si chaud, si doux et si passionné.

Il l'attira plus étroitement contre lui et perçut l'étonnement de la jeune femme lorsqu'elle sentit contre son ventre son sexe érigé.

« Arrête-toi, s'ordonna-t-il. Arrête tout de suite. »

— Ô mon Dieu ! gémit-elle en se plaquant contre sa virilité.

— J'ai envie de toi, chuchota-t-il. Si tu savais à quel point.

— Oui ! Oui, s'il te plaît.

Elle laissa échapper un petit cri étonné quand il glissa la main entre ses cuisses, puis se détendit et s'offrit à sa caresse.

Les doigts d'Alistair s'insinuèrent dans le vallon sous le triangle mousseux pour agacer délicatement la fleur secrète. Là encore, elle commença par se raidir avant de capituler et de l'encourager à aller plus loin. Tandis qu'il la caressait, ses mains fines exploraient ses épaules, son torse, ses bras, et il perdit le peu de conscience qui lui restait.

— Oui ! Ô Seigneur… gémit-elle comme il se faisait plus pressant.

Elle s'arqua soudain, un frisson la secoua et la vague de la jouissance la balaya, puis une autre et une autre encore.

Il se consumait à la même flamme, il devenait fou tandis qu'elle se pressait contre lui et s'emparait de sa bouche.

Elle avait le goût enivrant du péché. Il ne pouvait plus résister, il devait à tout prix se perdre en elle, assouvir cette soif qui le dévorait et la rejoindre dans le plaisir.

— Viens, je t'en prie, le supplia-t-elle.

Sans interrompre leur baiser ardent, il se positionna entre ses cuisses, lui replia les jambes. Ses doigts s'introduisirent plus profondément en elle pour la préparer à l'accueillir. Il tremblait de désir. Elle le réclamait de tout son être, et lui aussi la désirait comme jamais il n'avait désiré personne.

Il allait la pénétrer lorsque la main de Mirabel se referma sur son sexe, aussi brûlante qu'un tison. Un éclair de feu le transperça de part en part, enflammant chacun de ses muscles et chacune de ses artères… et il s'abandonna à la jouissance sur cette chair divine.

Comblé, il roula sur le flanc, attirant Mirabel contre lui.

Elle suivit le commandement de ces bras virils, de ces longues mains si fortes et si douces, s'abandonnant aux ondes délicieuses qui la parcouraient. Elle avait enfin trouvé sa place, nichée dans la chaleur de ce grand corps si solide.

Elle le sentit se raidir lorsque sa main glissa le long de la cuisse athlétique tout contre la sienne, et elle comprit qu'il s'agissait de sa jambe blessée. Sous ses doigts s'étendait un réseau de cicatrices.

— Pardon, souffla-t-elle. Je t'ai fait mal ?

— Non, mon ange, pas du tout. C'est plutôt ce genre de douleur, murmura-t-il en déposant un baiser langoureux au creux de son cou.

Ainsi, il aimait qu'elle le touche. Elle l'avait bien senti, comme si le plaisir qu'il éprouvait faisait écho au sien, comme si leurs corps se reconnaissaient, comme s'ils n'étaient que les moitiés d'un même être qu'on aurait séparé en deux.

Il était trop tôt pour en parler, ce qu'elle venait de vivre était tellement magique… Jamais elle n'aurait imaginé éprouver une telle ivresse à être caressée aussi intimement, à s'abandonner aussi totalement. C'était si merveilleux que c'en était douloureux. Si elle avait su ce qui se produirait quand elle s'était emparée de son sexe, jamais elle ne l'aurait touché.

Elle voulait qu'il la pénètre, qu'il la possède.

Mais c'était sans doute mieux ainsi, pour elle comme pour lui. Ils ne risquaient aucune conséquence fâcheuse.

— C'est cette jambe tyrannique, plaisanta-t-elle. Celle qui réclame toujours l'attention. Laisse-moi la regarder.

— Ce n'est pas joli à voir, mais je suppose que tu t'en moques, fit-il. Tu es une fille de la campagne, tu as certainement vu des animaux mettre bas, et tu dois avoir le cœur bien accroché.

— Les femmes sont bien moins délicates que les hommes.

— Si tu le dis, s'esclaffa-t-il.

Elle déposa quelques baisers dans son cou et sur son épaule, puis examina sa jambe blessée.

La blessure était nettement plus importante qu'elle ne le supposait. Un lacis de cicatrices blanchâtres s'étendait de la hanche jusqu'au-dessus du genou.

— C'est un miracle que tu aies survécu et que tu aies conservé ta patte folle, comme tu dis, fit-elle en se lovant de nouveau contre lui.

Il garda le silence, mais il était sur la défensive, elle le sentait.

— Tu préfères que je change de sujet ?

Il mit un moment avant de répondre, et lorsqu'il le fit, ce fut d'une voix sourde :

— Les médecins voulaient m'amputer. Je me suis débattu comme un forcené. Je... je ne suis pas sûr que j'avais toute ma tête, mais Gordy était là, et il m'a soutenu.

— Tu avais sans doute perdu beaucoup de sang, tu devais être faible et avoir les idées embrouillées.

Pour toute réponse, il enfouit le visage dans la chevelure de Mirabel.

— En outre, procéder à une amputation après une hémorragie importante est très risqué. Je ne sais pas comment tu as rencontré le guérisseur turc, mais il t'a probablement sauvé la vie. Et tu as eu de la chance que lord Gordmor soit à tes côtés.

Ainsi, elle devait son bonheur actuel, cet interlude miraculeux, à l'homme qui cherchait à détruire le monde qu'elle aimait tant.

Elle n'avait pas envisagé les choses sous cet angle...

Elle caressa doucement le torse d'Alistair. Il lui faudrait graver ce corps superbe dans sa mémoire afin que, plus tard...

Dieu du ciel ! s'alarma-t-elle soudain. Depuis combien de temps était-elle ici ?

La douceur de l'instant commença à refluer tandis que la réalité reprenait ses droits.

— Il faut que je parte, souffla-t-elle

Il se contenta de resserrer son étreinte.

— Je ne peux pas passer l'après-midi ici… encore que je le regrette.

— Nous devons d'abord avoir une petite conversation.

— Une autre fois.

— Il faut que nous parlions de nous.

— Il n'y aura jamais de « nous ».

— Nous devons parler mariage, s'entêta-t-il.

Le cœur de Mirabel s'arrêta de battre. Elle ferma les yeux.

— Je suis une fille de la campagne, comme tu l'as dit très justement. Je sais comment les animaux se reproduisent. Il n'y a pas de danger que je sois enceinte.

Il eut un rire bref.

— Ce n'est pas faute d'avoir essayé ! Mais tu… Bon sang, avec toi, je me contrôle à peu près autant qu'un collégien en chaleur !

— Je ne regrette rien, répliqua-t-elle en lui caressant la joue, et toi, tu n'as rien à te reprocher. Tu n'as pas essayé de me séduire, je savais parfaitement ce que je faisais.

— Peu importe. Moi aussi, je savais ce que je faisais – du moins, je le croyais. Je ne voulais pas aller aussi loin.

— Moi, si.

— Cela ne change rien.

— Tu ne comptes pas me servir un autre discours sur l'honneur et la vertu, j'espère ?

— Il ne s'agit pas seulement d'honneur, mais aussi d'affection. J'ai beaucoup d'affection pour toi.

Le souvenir douloureux de William courant vers elle à travers ses champs dévastés et la prenant dans ses bras remonta brutalement à la surface *Je t'aime ! Tu ne peux pas gâcher nos deux vies. Ne m'oblige pas à repartir sans toi !*

Elle l'aimait profondément, mais elle avait tenu bon. Ce qui était en jeu était trop important.

Après toutes ces années d'efforts, elle ne pouvait sacrifier tout ce qui lui était cher, l'œuvre de sa mère et la sienne, pour ce qui n'était sans doute qu'une amourette.

Elle tenta de se dégager, mais il la serra plus étroitement.

— Vous savez...

— Tu, corrigea-t-il.

— Vous savez bien qu'un mariage est hors de question, déclara-t-elle fermement. D'ici peu, nous mènerons un combat sans merci l'un contre l'autre, et j'utiliserai toutes les armes à ma disposition. Ce qui vient de se passer n'était qu'une parenthèse, si agréable soit-elle. Agréable n'est pas le mot, rectifia-t-elle avec honnêteté. C'était... merveilleux. Et, moi aussi, j'ai beaucoup d'affection pour vous. N'importe quelle femme en éprouverait, du reste... Mais cela ne change rien.

Il lui baisa le front, et elle faillit fondre en larmes.

— Je refuse de croire que la situation est sans issue. Nous n'avons même pas eu le temps d'en parler.

— J'ai étudié le problème sous tous ses aspects : il n'y a qu'un tracé possible pour ce canal.

— Il existe certainement une solution acceptable pour tous.

— Le résultat sera le même. Notre région sera défigurée à jamais. Pour un étranger, Longledge Hill n'est qu'une campagne très ordinaire, mais pour moi, c'est un coin de paradis.

— Je comprends parfaitement, mon ange, dit-il doucement.

Elle le repoussa avant d'éclater en sanglots et, cette fois, il accepta de la lâcher.

— Attends un instant, soupira-t-il en se levant à son tour.

Elle se détourna pour ne pas voir ce corps magnifique tandis qu'il lui apportait une bassine d'eau et une serviette. Elle fit une toilette rapide, rassembla ses vêtements et entreprit de se rhabiller maladroitement.

— Moi aussi, je te comprends, dit-elle dès qu'elle sentit que sa voix ne menaçait plus de la trahir. Je connais ton honnêteté et ta loyauté, je sais que...

— Je n'ai pas fait preuve de beaucoup d'honnêteté en te séduisant, marmonna-t-il.

— C'est moi qui te l'ai demandé. Qui l'ai *exigé*, plutôt.

— Ne raconte pas de sottises.

Il lui tendit ses jarretières, puis se ravisa et les lui enfila lui-même. Au passage, il déposa un baiser sur le grain de beauté de son genou, et elle dut lutter pour ne pas jeter ses bonnes résolutions par-dessus les moulins.

— Ce n'est pas ta faute, s'entêta-t-elle. J'ai tout fait pour te séduire. C'était malhonnête de profiter ainsi d'un malade, mais je ne suis pas aussi scrupuleuse que tu le penses. Tu peux m'aider, s'il te plaît ?

Il lui laça son corset, arrangea et boutonna sa robe avec une maestria surprenante. La coiffure lui réclama plus de temps, mais le résultat était bien supérieur à ce qu'avait jamais obtenu la femme de chambre de Mirabel, qui se demanda, avec un pincement au cœur, combien d'amantes il avait ainsi rhabillées et surtout déshabillées.

Elle se dirigeait vers la fenêtre quand il la retint par le bras.

— Il n'y a pas que le canal, fit-il. Si, à cause de moi, ta réputation était flétrie…

— Ne vous inquiétez pas, répliqua-t-elle avec une insouciance qu'elle était loin d'éprouver. Nous ne sommes pas à Londres, où un petit cercle de commères fait la pluie et le beau temps. Mes voisins ne sont pas si pointilleux, et il faudrait que je commette un crime horrible pour qu'ils me tournent le dos. Être soupçonnée d'une liaison avec vous pourrait même accroître mon prestige !

Il ne paraissait pas convaincu et n'était visiblement pas prêt à la laisser partir.

— Je ne vois d'ailleurs pas pourquoi ils auraient des soupçons, à moins que vous ne m'empêchiez de rentrer à l'heure.

— Si jamais ils en ont, je le saurai, et je ferai ce qu'il faut.

Il essaierait en tout cas, elle n'avait aucun doute là-dessus. Et le sort voulait que le chevalier sans peur et sans reproche que la destinée lui envoyait veuille aussi détruire tout ce qu'elle aimait, comme l'affreux dragon des contes de fées.

Elle afficha un sourire enjoué pour rétorquer :

— Si les gens ont des soupçons sur ma vertu, ils me surveilleront histoire de vérifier que je sombre complètement dans la débauche. Quand il deviendra évident que je n'attends pas un bâtard du fils du comte de Hargate, ils s'intéresseront à autre chose. Au cochon de M. Sorley, ou aux tulipes du pasteur, à moins que la bonne de Mme Earnshaw ne croise un fantôme dans la grange… Il faut que je parte, à présent, répéta-t-elle en lui caressant la joue.

Il la lâcha et se détourna tandis qu'elle enjambait l'appui de la fenêtre.

Elle ne regarda pas en arrière.

Elle aurait toute la vie pour le faire.

13

Même s'il savait qu'on ne pouvait rien cacher à son valet de chambre, Alistair fit une tentative. Il s'habilla, remit rapidement de l'ordre dans la pièce et entreprit de brosser la courtepointe pour effacer l'empreinte des souliers de Mirabel.

Il s'activait énergiquement lorsqu'il entendit derrière lui la toux discrète de Crewe.

— Si je puis me permettre, monsieur, une éponge humide me semblerait plus appropriée.

Avec un soupir, Alistair s'écarta et laissa faire son fidèle serviteur.

— Vous avez boutonné votre gilet de travers, et une épingle à cheveux est restée piquée dans votre manche droite, remarqua Crewe d'un ton neutre.

Alistair reboutonna correctement son gilet et enleva l'épingle. Il devait y en avoir d'autres éparpillées dans les oreillers, mais il pouvait compter sur l'efficacité de Crewe pour faire disparaître la plus infime trace compromettante. Quand elles viendraient préparer son lit pour la nuit, les femmes de chambre ne remarqueraient rien.

Les femmes de chambre ! Et si quelqu'un était monté ?

— Crewe, aucun domestique…

— Personne n'est monté à cet étage depuis plus de deux heures, monsieur. Lorsque j'ai compris que vous ne souhaitiez pas être dérangé, je suis allé demander aux serviteurs du capitaine Hugues quelques conseils pratiques. Ils ont eu la gentillesse de me donner leurs recettes personnelles pour l'entretien du cuir et de l'argenterie. Nous avons également eu une conversation du plus grand intérêt sur les mérites respectifs de l'esprit de vin et du savon agrémenté de blanc d'Espagne pour nettoyer la passementerie.

En un mot, il avait éloigné les autres domestiques.

Si seulement il avait fait preuve d'un peu moins de tact, s'il était entré avant qu'il ne perde la tête, songea Alistair, il lui aurait évité de commettre une sottise qui surpassait les précédentes.

Mais le rôle de Crewe n'était pas de réfléchir à la place de son maître, et quand celui-ci avait perdu tout sens de l'honneur, il avait simplement fait le nécessaire pour protéger la réputation de la dame concernée.

— Vous êtes le plus intelligent et le plus loyal de tous les valets de chambre, Crewe. Une véritable perle !

— Ce n'est pas difficile de servir un bon maître, et ils sont plus rares qu'on ne le pense, vous savez. Peut-être pas si rares dans cette région, dirait-on. Le personnel du capitaine Hugues n'arrête pas de chanter ses louanges et lui est dévoué corps et âme, et j'ai quant à moi constaté à quel point les propriétaires d'Oldridge Hall étaient gentils et généreux.

Une fois le lit refait, le brave Crewe inspecta soigneusement le tapis, où il découvrit trois épingles à cheveux égarées, un bouton de bottine cassé et un ruban.

Pendant qu'il s'activait ainsi, son maître avait pris une décision.

Deux heures plus tard, tandis que le capitaine s'efforçait d'avoir une conversation sensée avec M. Oldridge, l'Honorable Alistair Carsington et son serviteur chevauchaient en direction de Matlock Bath.

Le temps qu'elle atteigne Oldridge Hall, Mirabel avait compris pourquoi les jeunes filles devaient préserver aussi jalousement leur virginité jusqu'à la nuit de noces.

Elle avait vu des animaux s'accoupler, et croyait naïvement que ce qui se passait entre un homme et une femme était du même ordre. Elle se rendait compte maintenant qu'elle avait ignoré l'aspect le plus important de la question.

Les animaux ne faisaient pas l'amour, ils copulaient.

Dans sa candeur, elle s'était imaginé qu'il en serait de même, et qu'elle éprouverait un plaisir purement physique qui soulagerait le manque qui la torturait depuis sa rencontre avec Alistair.

Jamais elle n'aurait deviné que la jouissance ne ferait qu'attiser sa passion et redoubler son désir. Jamais elle n'aurait pensé qu'il lui serait aussi difficile de dire « non » quand Alistair avait parlé mariage, ni qu'il lui serait aussi pénible de le quitter.

Elle se rendait compte à présent qu'elle avait commis une erreur, mais il était trop tard pour revenir en arrière.

Elle avait eu ce qu'elle voulait ou, plutôt, ce qu'elle avait cru vouloir : une expérience, un souvenir.

Avec le temps, elle apprendrait à se remémorer le passé avec plaisir. Elle se souviendrait qu'un homme – non, pas simplement un homme, un chevalier sans peur et sans reproche – avait fait d'elle une héroïne de conte de fées.

C'était plus qu'elle n'avait jamais osé espérer.

Quand elle pénétra chez elle, elle était bien décidée à voir le bon côté des choses, mais pas encore prête à affronter Mme Entwhistle. Elle se réfugia donc dans son bureau.

C'était une erreur.

À peine assise à sa table de travail, elle se remémora leur première étreinte, la chaleur et la force des bras qui l'avaient enlacée…

Elle se leva, s'approcha de la fenêtre et songea à la raison de sa visite chez le capitaine.

Quand elle avait voulu expliquer à M. Carsington les doléances des femmes du voisinage, elle avait sous-estimé un facteur primordial : la gratitude de ce dernier envers lord Gordmor.

Comment pourrait-il expliquer tranquillement à celui qui lui avait sauvé la vie qu'il renonçait à défendre sa cause ? Il ne pouvait tout de même pas lui dire : « Désolé, mais hormis une vieille fille assoiffée d'amour, personne n'ose s'opposer à moi. Vas-y toi-même, ils n'auront aucun scrupule à vous envoyer promener, ton canal et toi. »

Lord Gordmor s'imaginerait que l'accident avait rendu son ami complètement fou.

— Fou, murmura-t-elle. Avec des insomnies, des crises d'amnésie, une fatigue nerveuse, comme avait dit le médecin.

Sans réfléchir davantage, et avant que sa conscience ne l'arrête, elle revint s'asseoir à son bureau et rédigea deux lettres d'une plume résolue. Elle se mit ensuite en quête de son père pour qu'il les signe.

M. Oldridge, l'informa Benton, devait être dans les environs. Il avait reçu le matin même une plante rare qui lui donnait beaucoup de soucis.

Elle trouva effectivement son père dans la serre la plus chaude. Toute son attention allait à un végétal en piteux état, tandis que le capitaine Hugues déployait des efforts méritoires pour accomplir l'impossible : entretenir avec lui une conversation.

— Papa, peux-tu me signer ces deux lettres ? demanda-t-elle après avoir salué le capitaine.

— Bien sûr, ma chérie. Un instant, s'il te plaît.

Avec son père, un instant pouvait durer des heures, voire l'éternité, elle était bien placée pour le savoir.

— C'est très urgent, papa. Ces deux lettres doivent partir immédiatement.

— Grands dieux ! Il est arrivé quelque chose de grave ?

— Ne t'inquiète pas, j'ai la situation en main. Il te suffit de signer. Ce ne serait pas convenable que je le fasse à ta place.

M. Oldridge gribouillait sans cesse des notes à propos de ses plantes, aussi avait-il toujours une plume et de l'encre à portée de main. Cependant, contrairement à son habitude, au lieu de parcourir les deux missives d'un œil distrait avant de les parapher, il les lut attentivement.

Quand il eut terminé, il scruta sa fille, l'air aussi préoccupé que lorsqu'il examinait sa plante.

— Je ne sais pas si...

Il n'eut pas le temps de terminer sa phrase, car Dobbs, un valet de pied du capitaine, fit irruption dans la serre, hors d'haleine.

— Je vous demande pardon, messieurs, mademoiselle, c'est M. Nancarrow qui m'envoie ! Il m'a demandé d'aller trouver le capitaine le plus vite possible. Il...

— Venez-en au fait, coupa Hugues. Que se passe-t-il ?

— C'est M. Carsington, mon capitaine. Il s'est enfui.

— Tiens donc, marmonna M. Oldridge en signant la lettre.

Incrédule, Mirabel attendait des précisions sans mot dire.

— Vous avez perdu l'esprit ? gronda le capitaine. Cet homme n'est pas en état de s'enfuir. Il a dû aller se promener et se perdre, à moins qu'il ne se soit évanoui.

— Pardon de vous contredire, mon capitaine, mais il est parti avec M. Crewe. À cheval.

— Et personne n'a tenté de l'en empêcher ? Nancarrow serait-il devenu infirme ou idiot ? Pourquoi ne m'a-t-il pas envoyé chercher aussitôt ?

— C'est ce qu'il a fait, mon capitaine. On vient juste de s'en apercevoir. C'est le garçon d'écurie qui nous a avertis. Au début, on a cru qu'il plaisantait, mais quand je suis monté dans la chambre de M. Carsington, j'ai vu que ses bagages étaient bouclés et que la fenêtre était ouverte.

— La *fenêtre* ? Vous n'allez tout de même pas me raconter qu'il a confectionné une corde avec ses draps ?

— Non, mon capitaine. M. Vince s'est servi de la grande échelle ce matin pour vérifier la gouttière, et il a dû oublier de la rentrer, parce qu'elle était juste sous la fenêtre de M. Carsington.

La seconde missive en provenance d'Oldridge Hall fut remise par courrier spécial au domicile de lord Gordmor avant le chant du coq. Elle tira le maître de maison d'un sommeil aussi profond que paisible.

Il déchira fébrilement l'enveloppe et, quand il eut terminé sa lecture, laissa échapper une bordée de jurons. Après avoir sauté à bas du lit, il sonna son valet de chambre et lui ordonna de faire ses bagages.

— Où allons-nous, milord ? s'enquit le domestique, impassible en dépit de l'heure indue.

— Au bout du monde, gémit son maître. Dans le Derbyshire.

Lord Gordmor comptant rester un certain temps dans ces contrées reculées, il faudrait plusieurs heures à ses domestiques pour préparer ses malles.

En fin de matinée, le vicomte rendit donc visite à sa sœur, qui finissait son petit-déjeuner. Les nouvelles qu'il lui apportait achevèrent de la réveiller, et la litanie de commentaires dont elle le gratifia ensuite aurait pu se résumer à : « Je te l'avais bien dit. »

— Tu ne m'as jamais dit que l'état d'Alistair risquait de s'aggraver, protesta-t-il comme elle reprenait son souffle.

— J'ai toujours su qu'il n'était pas l'homme de la situation. Tu refuses de l'admettre, et personne n'ose aborder franchement le sujet, mais il n'est plus lui-même depuis Waterloo. À part ses costumes, il ne s'intéresse plus à rien, pas même aux femmes. J'ai toujours pensé qu'il souffrait d'une espèce de neurasthénie, mais personne ne m'écoute.

— Je ne me souviens pas que tu en aies jamais parlé !

— Maintenant qu'il est loin de chez lui et de ses amis, entouré de gens qui ne te portent pas dans leur cœur, il est normal qu'il aille mal... Bien, s'interrompit-elle devant l'expression de son frère, je n'en dirai pas plus, mais je me réjouis que tu consentes enfin à t'occuper toi-même de ce canal. J'espère juste qu'il n'est pas trop tard.

Douglas Gordmor se rendit ensuite chez lord et lady Hargate, où il ne trouva que la maîtresse de maison, qui le reçut immédiatement.

— Vous êtes venu me parler d'Alistair, devina-t-elle après qu'ils eurent échangé les politesses d'usage. Ce pauvre M. Oldridge m'a paru très inquiet, mais il n'a qu'une fille. Il ne connaît rien aux garçons, et je suis certaine que ses craintes sont exagérées.

Devant tant d'insouciance, Douglas subodora que leur correspondant avait dû s'adresser aux parents de son ami en termes beaucoup moins directs et précis qu'à lui.

— Vous avez certainement raison, mais je ne serai pas tranquille tant que je n'aurai pas moi-même évalué la situation. J'ai décidé de partir séance tenante pour le Derbyshire.

— Êtes-vous tout à fait rétabli ? s'inquiéta-t-elle. Je vous trouve bien pâle. Remarquez, quand on est resté alité plusieurs jours... Vous devez vous tracasser pour votre projet de canal, j'imagine.

— Je voulais me rendre là-bas de toute façon, et seule cette indisposition m'en a empêché. Comme je ne savais pas combien de temps elle durerait, j'ai demandé à Alistair de me remplacer.

— Et chaque jour compte, ai-je cru comprendre. Si le Parlement ne se prononce pas avant la fin de la session, vous serez obligé d'attendre une année supplémentaire, car il n'y aura peut-être pas de session d'automne.

— Et il est préférable de commencer les travaux à la belle saison.

Chaque nouveau délai augmentait le coût du projet, qui menaçait de devenir prohibitif.

— Avant de partir, Alistair m'a expliqué le dossier dans ses moindres détails, expliqua la comtesse. J'étais tellement heureuse de le voir aussi enthousiaste. Je craignais qu'il ne retrouve jamais l'envie de vivre…

— Il avait besoin d'un défi à relever. Un projet qui ranime son esprit combatif.

Lady Hargate le considéra un instant, puis :

— Cela dit, vous préférez ne pas le laisser aller seul à ce combat.

— Je l'admets, milady. Mais il faut avouer que l'enjeu est de taille, pour lui comme pour moi.

Ce projet de canal avait non seulement réveillé l'esprit combatif d'Alistair, mais il lui avait aussi insufflé une véritable frénésie.

Il avait passé le vendredi, jour de son retour à l'auberge, penché sur les cartes de la région à noircir des pages entières de notes.

Le samedi, il était parti inspecter les mines de son ami, afin de se rendre compte par lui-même de la configuration du terrain.

Le dimanche, il avait assisté à l'office dans l'église du village et avait imploré la divine Providence de lui venir en aide, car il n'avait toujours pas trouvé de solution satisfaisante pour toutes les parties.

Il s'attarda après le départ des autres paroissiens, et ses pas le menèrent jusqu'au petit cimetière où il déambula en lisant les inscriptions sur les tombes.

Il ne cherchait rien ni personne en particulier. Il savait que les Oldridge avaient une chapelle dans leur domaine, où la famille devait être enterrée, mais le calme de ce modeste cimetière de campagne l'apaisait.

Il s'arrêta un long moment devant la pierre tombale d'un soldat qui s'était illustré à Waterloo. Cela faisait longtemps qu'il ne se demandait plus pourquoi la mort avait emporté tel ou tel alors qu'elle l'avait épargné.

Il savait qu'il n'y avait pas de raison ni de justice. Il était bel et bien vivant, contrairement à ce pauvre diable, et il se devait de donner un sens à sa vie.

Plus déterminé que jamais, il retourna à l'auberge où, faisant fi des consignes du Dr Woodfrey une fois encore, il lut de la première à la dernière page les journaux que Crewe lui avait apportés, avant d'écrire une demi-douzaine de lettres.

Lundi 2 mars

Peu avant 10 heures, Mirabel se rendit à la poste de Matlock Bath, puis à la bibliothèque publique. Les deux demoiselles qui régnaient sur ces établissements étant capables de faire circuler une nouvelle plus vite que n'importe quel messager, elle était certaine qu'avant la fin de la matinée, nul n'ignorerait sa visite et que chacun se perdrait en conjectures.

Elle gagna ensuite l'auberge, où elle fit décharger les paniers et les paquets qui encombraient sa voiture avant de faire appeler Crewe.

— Inutile de vous demander comment va votre maître, je sais que vous prenez soin de lui mieux que personne, et que vous veillez à ce qu'il suive les instructions du Dr Woodfrey à la lettre, déclara-t-elle au valet de chambre.

— Eh bien, à ce sujet, mademoiselle…

— Je le sais, coupa-t-elle, et vous ne devez pas avoir la tâche facile. Je suis juste venue lui apporter ce que les dames de Longledge m'avaient remis pour lui, expliqua-t-elle en désignant les colis empilés dans le hall. Il y a un peu de tout, des confitures, des biscuits, un cordial pour les maux de tête, un sirop de carottes contre je ne sais plus quoi, mais c'est écrit dessus. Vous trouverez également un élixir contre les flatulences, des pilules balsamiques excellentes pour les crises d'épilepsie comme pour l'asthme, selon les dosages, et j'en oublie. Il y a une liste explicative, rassurez-vous.

— Vraiment, mademoiselle, nous ne remercierons jamais assez ces dames !

— S'il ne sait pas quoi faire, M. Carsington pourra toujours ouvrir une pharmacie quand il rentrera à Londres.

— Je vous remercie de cette suggestion, mademoiselle, déclara une voix grave derrière elle.

Mirabel fit volte-face.

Appuyé sur une canne à pommeau d'argent, le héros de Waterloo lui souriait, son chapeau à la main.

Il était, comme à son habitude, d'une élégance irréprochable. Son manteau vert bouteille tombait à la perfection, sa cravate était nouée avec une négligence étudiée, et son pantalon paraissait avoir été moulé sur ses jambes…

Un flot d'images et de sensations la submergea : ces longues jambes athlétiques mêlées aux siennes, ces bras vigoureux l'enlaçant, ces mains si habiles qui exploraient avec tant de douceur les replis les plus secrets de son corps… ces lèvres brûlantes dans son cou… Les tendres paroles qu'il lui chuchotait à l'oreille…

— Des flatulences ? Des crises d'épilepsie ? Croyez-vous que ce soit bien nécessaire ? fit-il en haussant les sourcils tandis qu'elle rougissait jusqu'à la racine des cheveux.

— Les premières sont souvent, d'après ces dames, la conséquence d'une immobilité prolongée. Je pense que les secondes sont leur interprétation de ce que le Dr Woodfrey avait appelé une fatigue nerveuse.

— Mes nerfs vont très bien, et je me porte à merveille, je vous assure.

— Vous avez pourtant les yeux cernés.

Mirabel esquissa le geste de lui caresser la joue, se ravisa à temps et crispa les doigts sur son réticule.

— Cela n'a rien à voir. Je préférerais que…

Il s'interrompit, jeta un coup d'œil autour de lui. Crewe avait disparu comme par magie, mais le garçon de courses de l'auberge chargé de rentrer les paquets s'attardait dans le hall, tandis qu'une servante époussetait avec un soin exagéré les gravures qui décoraient les murs. Alistair « préféra » donc s'enquérir de la santé de M. Oldridge et de Mme Entwhistle.

— Je ne veux pas vous retarder, mademoiselle, je sais que votre temps est précieux, claironna-t-il quand elle eut répondu qu'ils allaient tous deux fort bien. Je ferai un bout de chemin avec vous si vous le permettez. J'envisageais d'aller admirer les chutes pétrifiantes. On m'a dit que c'était un spectacle à ne pas manquer.

Mirabel le lui confirma à haute et intelligible voix.

— Rassurez-vous, je vais très bien, murmura-t-il dès qu'ils furent hors de portée des oreilles indiscrètes. Si j'ai mauvaise mine, c'est que je dors mal. Je fais toujours les mêmes cauchemars et, à présent, une femme hante également mes nuits.

Mirabel avait beau souhaiter de tout son cœur qu'il dorme d'un sommeil réparateur, savoir qu'il pensait à elle l'emplit de joie. Dieu qu'elle aurait aimé être à ses côtés pour apaiser ses cauchemars ! Elle l'aurait pris dans ses bras et…

Allons, de toute façon, sa famille ou lord Gordmor n'allait pas tarder à venir le chercher. Bientôt, il serait loin d'elle à tout jamais.

Après son départ, elle redeviendrait elle-même.

Du moins l'espérait-elle.

— Vous devriez essayer les thermes. En cette saison, vous auriez tout l'établissement pour vous, et le propriétaire serait aux petits soins.

— Très bien, je suivrai votre conseil, soupira-t-il. De toute façon, j'ai décidé de visiter les boutiques, les musées et les curiosités locales. J'y recueillerai les potins, ce qui me donnera peut-être une idée pour résoudre ce problème de canal.

Mirabel avait eu beau se creuser la tête, envisager la question sous tous les angles, elle n'avait trouvé aucun compromis acceptable pour toutes les parties. Un canal devait s'écouler sur des terrains le plus plats possible, et ceux sélectionnés par lord Gordmor étaient les seuls à ne pas présenter d'importants dénivelés.

Si elle voulait empêcher la réalisation de ce projet, elle n'avait pas le choix : elle devait se débarrasser d'Alistair Carsington.

Mieux valait qu'il parte. C'était préférable pour tout le monde. Pour elle, en tout cas.

Elle ne s'attendait pas à le voir. Elle était venue tôt exprès – du moins elle avait tenté de s'en persuader.

Quelle menteuse !

Elle aurait parfaitement pu envoyer un domestique avec les paquets. Non, elle espérait entendre la voix d'Alistair ou l'apercevoir…

Et cela ne lui aurait pas suffi, elle le savait. Rien de ce qui était possible ne lui aurait suffi.

Elle se torturait inutilement en restant avec lui.

Elle devait le planter là, retourner vaquer à ses prétendues occupations.

Plongeant son regard d'azur dans les yeux mordorés de son compagnon, elle déclara :

— Cela fait longtemps que je ne suis pas allée aux chutes pétrifiantes. J'y ai perdu un gant la dernière fois. Je me demande s'il est toujours incrusté dans la pierre.

14

Alistair avait entendu parler des curiosités de la région bien avant sa visite dans le Derbyshire. Les eaux de Matlock Bath n'étaient pas célèbres uniquement pour leurs vertus thérapeutiques, elles étaient également renommées pour leur action pétrifiante.

N'importe quel objet immergé se voyait rapidement recouvert d'un dépôt calcaire qui le solidifiait, tout en gardant sa forme, et cette propriété était abondamment exploitée pour l'édification des visiteurs.

Le gant de Mirabel avait disparu depuis longtemps, mais beaucoup d'autres objets tout aussi remarquables l'avaient remplacé, et le gardien se fit un plaisir de montrer au fils du comte de Hargate, entre autres merveilles, un balai, une perruque et un nid d'oiseau pétrifiés.

Mlle Oldridge persuada son compagnon de sacrifier ses gants, qui présenteraient à n'en pas douter le plus grand intérêt pour les futurs visiteurs.

— Le grand-duc Nicolas de Russie est venu à Matlock Bath il y a eu deux ans en février, expliqua-t-elle, tandis qu'il prenait le chemin du retour. Comparée à celle de son pays, la température a dû lui paraître printanière, j'imagine. L'année précédente, nous avions eu deux archiducs autrichiens. Mais pour les gens du cru, ce ne sont que des étrangers, tandis que le gardien parlera de votre visite jusqu'à la fin de ses jours avec le plus grand respect. Quand on saura que les chutes pétrifiantes de Matlock Bath conservent une paire de vos gants, les curieux afflueront pour contempler ces précieuses reliques.

Elle affichait ce sourire lumineux qu'il aimait tant, et une flamme malicieuse étincelait au fond de ses yeux. Il faillit la prendre dans ses bras et l'embrasser à perdre haleine.

— C'étaient de très beaux gants, je n'en retrouverai jamais de semblables, fit-il en affectant d'être chagriné. Crewe ne me le pardonnera pas, mais si un tel sacrifice profite à votre région, je ne m'en plaindrai pas.

— Tout ce que vous voudrez bien parrainer connaîtra un succès immédiat, croyez-moi. La noblesse étrangère se fait aussi commune que les insectes, de nos jours, tandis qu'un héros tel que le fils de lord Hargate…

— Je n'ai rien d'un héros, assura-t-il, se forçant à garder un ton léger. Ce sont des sottises.

— Ce ne sont pas des sottises, protesta-t-elle en s'immobilisant. Comment pouvez-vous penser une chose pareille ?

Ils avaient atteint la promenade très fréquentée qui menait des thermes à l'auberge, où n'importe qui pouvait les voir et surtout les entendre. Alistair savait qu'il aurait dû faire ses adieux à Mirabel et retourner chez Wilkinson, mais maintenant qu'elle avait abordé le sujet, il lui fallait absolument poursuivre cette conversation.

S'il y avait une personne au monde qui pouvait, qui devait le comprendre, c'était bien elle.

Il se souvenait de ce qu'elle lui avait dit à propos de sa jambe blessée. Elle lui avait trouvé de bonnes raisons de refuser l'amputation, mais il aurait quant à lui préféré que son refus ait des justifications logiques, comme celles qu'elle avait énumérées, et ne soit pas le fruit de la terreur qui l'avait saisi, cette peur panique qu'il ne se pardonnait pas.

C'était là son secret le plus intime.

Son prétendu héroïsme étant de notoriété publique, il y était confronté quotidiennement. C'était une épine plantée dans sa chair qui s'enfonçait plus profondément jour après jour. Peut-être que si une personne au moins, celle qui lui était le plus chère, en l'occurrence, connaissait la vérité, il le supporterait mieux. Il était trop tôt pour tout lui avouer, mais il pouvait au moins essayer de lui en dévoiler une partie.

Il regarda autour de lui, mais il n'y avait aucune possibilité de s'isoler sans susciter les commérages. Mirabel dut deviner sa pensée, car elle vola à son secours.

— Avez-vous vu le panorama sur Matlock Bath depuis la colline ? s'enquit-elle.

Elle désigna le chemin qui conduisait à Abraham Heights et l'y précéda. Dès qu'ils furent à l'abri des regards indiscrets, elle lâcha :

— Je ne comprends pas pourquoi il vous faut absolument revivre toutes les nuits la bataille de Waterloo. J'aimerais connaître un sirop ou une potion capables de vous plonger dans un sommeil paisible. Mon père pense que vous devriez prendre du laudanum. Il a sans doute raison. Je vous conseille d'en parler à un apothicaire. Peut-être que si vous ne faisiez plus ces cauchemars, le sujet ne vous mettrait pas dans un tel état.

Il n'y avait pas que la bataille qui l'empêchait de dormir, mais le moment était mal choisi pour lui dire combien elle lui manquait et combien la mélodie de sa voix, son parfum, la douceur de ses caresses l'obsédaient.

— Ce qui me met dans un état lamentable, c'est de passer à tort pour un héros. Pendant longtemps, je l'ai supporté parce que je ne me souvenais de rien. J'étais bien obligé de me fier à ce que l'on me racontait sur ce qui s'était passé ce jour-là. Maintenant que la mémoire m'est revenue, je ne supporte pas que vous ayez une fausse idée de moi. J'attache beaucoup d'importance à votre opinion à mon sujet – à votre affection aussi, encore que je ne doive pas en parler. J'y attache trop de prix pour tolérer que vous me preniez pour ce que je ne suis pas.

— Ce que vous n'êtes pas ? répéta-t-elle, sidérée. Mais votre héroïsme est attesté par beaucoup de témoins oculaires !

— Je n'ai rien accompli d'extraordinaire. D'autres ont fait autant, sinon plus. J'ai connu des soldats qui avaient suivi Wellington pendant des années et se sont comportés avec une bravoure exemplaire. Si vous aviez entendu leur histoire, vous comprendriez pourquoi être considéré comme un héros me met en rage.

Elle continua à marcher sans mot dire. Alistair aurait voulu lui révéler toute la vérité, lui raconter ce qui s'était passé dans cette infirmerie. Peut-être finirait-il par en trouver le courage. À condition qu'elle lui en laisse le temps.

Il descendrait pas à pas de son piédestal.

Le silence de sa compagne l'inquiétait. Il s'en voulait maintenant d'avoir trop parlé. Peut-être avait-il perdu son estime et son affection.

— La semaine dernière, j'ai reçu une lettre de ma tante Clotilde, qui m'a relaté par le menu vos tumultueuses idylles, sans rien expurger, dit-elle enfin. Elle m'a tout raconté, l'émeute que vous aviez provoquée, le pamphlet contre cette dame qui avait fait renvoyer la jeune fille que vous aimiez, les dettes, les procès… J'ai compris pourquoi votre père trouvait que vous lui coûtiez cher.

Alistair se sentit soudain très las. Le moment était donc venu d'assumer les conséquences de ses frasques d'antan. Son passé le rattrapait et il était temps de régler la facture. Ses erreurs allaient lui coûter l'amour de Mirabel, sans parler du canal.

— Je suppose que c'est le prix à payer quand on a une nature généreuse et un caractère bien trempé, continua-t-elle. La presse s'est jetée sur vous parce que vous constituiez un excellent sujet, abstraction faite de vos exploits militaires, dont vous avez toutes les raisons d'être fier.

— Un excellent sujet ? répéta-t-il.

— Il y a d'abord eu ce scandale à Londres, vos fiançailles rompues à cause de cette courtisane, puis ce père indigné qui vous envoie à l'étranger. Comme *auxiliaire diplomatique*. Lord Hargate n'a jamais voulu que vous combattiez, n'est-ce pas ?

— Certainement pas. Il me juge trop indiscipliné et rebelle pour faire un bon soldat.

— Sauf que vous n'étiez pas disposé à attendre tranquillement à Bruxelles que les autres aient fini de se battre, poursuivit-elle. Personne ne sait comment vous vous êtes débrouillé, pourtant, vous avez réussi à vous tailler une place dans l'armée et à vous retrouver au plus fort de la bataille.

— L'armée avait besoin d'hommes. Des camarades d'école m'avaient recommandé, et je suis extrêmement têtu. Il était plus facile de m'enrôler que de se débarrasser de moi.

— Quoi qu'il en soit, vous vous êtes révélé un soldat hors pair. Vous avez combattu avec bravoure et, au risque de votre vie, vous avez secouru beaucoup d'hommes de tous grades. Blessé, vous avez courageusement supporté la souffrance. Et puis, il y a eu le terrible épisode de lord Gordmor parcourant en pleine nuit le champ de bataille pour vous retrouver au milieu des cadavres et des mourants, et votre guérison miraculeuse. Vous voyez, votre histoire est digne d'un roman.

Alistair voyait enfin le tableau dans son ensemble. Comme dans un théâtre, il rejouait mentalement chaque scène. Sans oublier la conclusion : sa famille au grand complet traversant la Manche pour ramener au pays le fils prodigue.

Il éclata de rire, partagé entre le soulagement et l'embarras.

— Une fois encore, vous êtes la première à oser me dire de telles choses en face, observa-t-il. Même mon meilleur ami n'aborde pas le sujet. Et pourquoi le ferait-il quand mes frères, qui ne perdent pourtant jamais une occasion de me rabaisser, se taisent aussi ?

— Peut-être ne se sont-ils jamais rendu compte à quel point cette histoire vous hantait.

— Ma famille n'en parle jamais, pas devant moi en tout cas. Mais je reconnais que j'ai fait le nécessaire pour les en dissuader.

Il leva les yeux et, pour la première fois, remarqua le paysage qui les entourait.

Ce qu'il découvrit le laissa sans voix.

Des amas de rochers hérissaient la colline, d'énormes concrétions se dressaient çà et là tels des obélisques tronqués, couverts de ces mousses et de ces lichens qui passionnaient tant M. Oldridge. Des arbres torturés et d'épais buissons s'accrochaient aux pentes abruptes, tandis qu'au loin murmurait un ruisseau.

Au printemps, le spectacle devait être digne de ces estampes japonaises tant prisées des amateurs d'art.

Partout autour d'eux, les rocs formaient une sorte d'amphithéâtre qui les isolait complètement du reste du monde.

— On appelle cet endroit « Les rochers des amants ». En pleine saison, il y a foule, expliqua Mirabel, qui s'était assise sur l'un de ces curieux obélisques.

— Vous aimez beaucoup ce lieu, n'est-ce pas ?

— Pas uniquement celui-ci. Je fais partie de cette colline, et elle fait partie de moi. Ma mère m'a dit qu'elle était tombée amoureuse de cette partie du Derbyshire en même temps que de mon père. C'est ici que j'ai mes premiers souvenirs. Nous y venions souvent quand j'étais enfant. Nous explorions aussi les grottes, nous allions aux bains et aux chutes pétrifiantes, et même jusqu'à Chatsworth. Nous ne nous lassions jamais de ces paysages ! Nous les dessinions souvent. Mon père s'intéressait déjà à la botanique, quoique de façon plus mesurée, et maman a réalisé pour lui de magnifiques dessins de plantes et de fleurs.

— Votre père l'aimait beaucoup, devina Alistair en s'asseyant près d'elle.

Elle acquiesça en silence, les yeux brillants de larmes.

— Si vous lui ressemblez, je comprends qu'il se soit fermé au monde depuis sa mort. Les quelques jours pendant lesquels je ne vous ai pas vue m'ont paru une éternité désolée.

— Nous ne sommes pas ici pour que vous me fassiez la cour, s'écria-t-elle en se levant d'un bond. J'aurais dû m'arrêter au premier point de vue, comme j'en avais l'intention. Je ne sais pas pourquoi, j'ai tendance à faire exactement le contraire de ce que je devrais.

— L'amour pousse les gens à se comporter étrangement, répliqua Alistair qui se leva à son tour, avec quelques difficultés, car sa jambe commençait à se ressentir de l'humidité ambiante.

— Je ne suis pas amoureuse de vous ! s'insurgea-t-elle. Ce n'est qu'une foucade. Ce genre d'égarement arrive parfois aux vieilles filles en mal d'affection.

— Vous n'avez rien d'une vieille fille, et vous êtes parfaitement saine d'esprit. Peut-être n'éprouvez-vous aucun sentiment profond à mon égard, mais en ce qui me concerne, je suis fou amoureux de vous, Mirabel.

— Eh bien, je vous conseille de refréner votre passion, parce qu'elle est sans espoir, répliqua-t-elle d'un ton glacial.

Alistair s'était attendu à tout, sauf à cela. Toute la chaleur, la confiance et l'affection qui émanaient d'elle quelques secondes auparavant avaient disparu.

Atterré, il la regarda s'éloigner à pas pressés.

Au cas où ce congé glacial n'aurait pas découragé Alistair de la suivre, Mirabel emprunta un sentier très escarpé, qu'il aurait beaucoup de mal à descendre avec sa canne si jamais il le repérait.

Elle ne voulait surtout pas pleurer. Dans quelques minutes, elle déboucherait sur la promenade, et si elle y arborait des yeux rougis, la nouvelle ferait le tour de Matlock, et les commérages iraient bon train.

Elle aurait toute la vie pour pleurer. Après le départ d'Alistair.

Au moins, elle avait été claire.

Si elle avait agi de la même façon avec William Poynton, il ne l'aurait pas suivie jusqu'à Longledge Hill, et cela leur aurait épargné bien du chagrin.

Mieux valait ne pas essayer de ménager l'être aimé, cela ne servait qu'à retarder inutilement la séparation et à rendre la rupture encore plus douloureuse.

Elle n'aurait même pas dû laisser le temps à M. Carsington d'exprimer ses sentiments, et mettre tout de suite les choses au point. Une fois de plus, elle s'était montrée faible. Elle avait voulu profiter encore quelques instants de sa présence.

Je suis fou amoureux de vous, Mirabel.

Qui aurait cru que ces mots, les plus doux qu'une femme puisse rêver d'entendre, puissent faire si mal ?

Cela dit, l'un comme l'autre finiraient par guérir et oublier. Avec le temps.

En attendant, ce qui était en jeu était autrement plus important que ses problèmes de cœur.

Elle n'avait pas le choix, elle devait à tout prix se débarrasser de lui.

Il ne fallut qu'une minute à Alistair pour se ressaisir, mais ce fut une minute de trop.

Il eut beau se lancer à la poursuite de Mirabel aussi rapidement que sa jambe le lui permettait, il ne vit nulle part son affreux chapeau gris.

Il ne l'aperçut que lorsqu'il eut atteint la promenade. Elle était déjà montée en voiture et s'éloignait au petit trot.

Il se rua à l'intérieur de l'auberge et percuta un valet.

— Pardon, monsieur, mais il y a...

— Faites seller mon cheval, ordonna-t-il. Dépêchez-vous !

— Oui, monsieur, mais...

— Mon cheval, avec une selle sur le dos ! Et plus vite que ça ! tonna Alistair. Vous n'y voyez pas d'inconvénient, j'espère ?

Terrorisé, le valet sortit au pas de course.

— Et qu'est-ce qui est tellement urgent, si je ne suis pas indiscret ? demanda une voix familière.

Douglas Gordmor, aussi crotté qu'un garçon de ferme, se tenait dans l'encadrement de la porte menant à ses appartements.

— Tu as l'air de revenir d'un champ de bataille, remarqua Alistair, une fois remis de sa surprise. Tu m'expliqueras plus tard ce qui t'amène ici, je suis extrêmement pressé. Prends donc un bain et installe-toi confortablement en m'attendant, nous bavarderons à mon retour.

— Pas question, mon cher ! Il faut que nous ayons une petite conversation maintenant.

— Plus tard ! Je dois d'abord régler une question de la plus haute importance.

— Mon vieux, je viens de faire trois cents lieues en chaise de poste. Un ivrogne qui conduisait un phaéton nous a poussés dans le fossé samedi soir, à dix lieues de tout endroit habité. Nous avons passé pratiquement toute la journée du lendemain à chercher un charron qui accepte de travailler le jour du Seigneur et de réparer notre voiture. En un mot, je n'ai pratiquement pas fermé l'œil depuis que j'ai reçu la lettre du vieux Oldridge – ou plutôt de sa fille, semble-t-il.

Alistair, qui avait déjà tourné les talons pour foncer aux écuries et seller lui-même un cheval si nécessaire, s'arrêta net.

— Une lettre d'Oldridge Hall ? s'étonna-t-il. Ce samedi ? Il y a trois jours ?

— Exactement. Je suis heureux de constater que ton accident cérébral ne t'a pas privé de ton talent pour l'arithmétique.

— Mon accident cérébral… Je vois, murmura Alistair, qui avait compris de quoi il retournait. Et quelles autres intéressantes nouvelles Mlle Oldridge t'a-t-elle annoncées ?

Les deux hommes se retirèrent dans le petit salon où lord Gordmor remit à Alistair la lettre qu'il avait reçue d'Oldridge Hall.

Ce dernier la lut avec attention tandis que son ami engloutissait une collation bienvenue.

Alistair connaissait bien l'écriture de M. Oldridge pour avoir vu de nombreuses notes de sa main. Elle n'avait aucun rapport avec les gracieux jambages couvrant les deux faces du feuillet qu'il avait sous les yeux. Le style, très littéraire, n'était pas non plus celui du vieux botaniste.

Cette missive était de Mirabel, indubitablement.

Il reconnaissait sa grâce, sa vivacité, son imagination débordante. Ainsi que son esprit, plus acéré qu'une lame, et tout aussi peu bienveillant en l'occurrence.

Elle avait traduit l'expression « fatigue nerveuse » du Dr Woodfrey par « effondrement nerveux » et le choc à la tête était devenu un « accident cérébral ». Elle comparait les insomnies d'Alistair au somnambulisme de lady Macbeth et à l'agitation de Hamlet, sous-entendant qu'il sombrait peu à peu dans la folie.

Elle terminait en se servant habilement des doutes exprimés par le malade sur les compétences du Dr Woodfrey et en recommandant que ce cher M. Carsington soit rapidement examiné « par les plus grands spécialistes londoniens des maladies cérébrales ».

Peut-être se trompait-elle. Elle s'en remettait à la sagesse de lord Gordmor, mais avouait qu'à sa place, elle hésiterait à laisser ses affaires entre les mains d'un homme mentalement dérangé.

Alistair, qui avait lu la lettre une première fois avec une indignation incrédule, la relut ensuite avec une admiration grandissante pour l'habileté de son auteur.

Il la replia enfin et la glissa machinalement dans la poche de son gilet, ce que son ami ne manqua pas de remarquer, à en juger par son air perplexe.

— Visiblement Oldridge, ou plutôt sa fille, a dramatisé, mais tu devrais tout de même consulter un spécialiste à Londres, suggéra Douglas. Nous savons tous deux qu'après Waterloo tu as souffert de certains troubles, et ta chute n'a pas dû les arranger.

— J'ai eu une forte fièvre et j'ai déliré quelque peu, rectifia Alistair d'un ton crispé. Cela n'a rien d'extraordinaire.

— Mais une fois la fièvre passée, tu avais tout oublié de la bataille. Tu ne te souvenais plus comment tu avais été blessé, ni même d'avoir combattu. Tu ne m'aurais pas cru si je ne t'avais pas amené des témoins pour te raconter ce que tu avais fait.

— Tu t'en étais rendu compte ?

— Bien entendu ! Je te connais depuis que nous sommes enfants, je sais quand tu ne vas pas bien. Il ne t'est pas venu à l'esprit que cette chute dans la rivière avait peut-être endommagé une partie de ton cerveau déjà fragile ?

— Je souffrais simplement d'amnésie, dit Alistair.

— Simplement ?

— Oui. Et il se trouve que ce coup sur la tête m'a *rendu la mémoire*.

— Il n'empêche, mon vieux, que tu as l'air à peu près autant dans ton assiette que lorsque nous t'avons porté jusqu'à la tente du chirurgien, Zorah et moi.

— C'est à cause de mes insomnies.

— Parce que tu souffres aussi d'insomnies ?

— Je ne suis pas fou !

— Je n'ai jamais dit cela, se défendit Gordmor. Néanmoins…

— Tu n'aurais jamais pensé à une maladie mentale si Mlle Oldridge ne te l'avait suggéré dans sa lettre, s'impatienta Alistair. Tu ne vois pas qu'elle te manipule ? Elle veut à tout prix se débarrasser de moi.

— Pas possible ! D'habitude, les femmes s'accrochent à toi comme les huîtres à leur rocher. Même Judith Gilford t'aurait pardonné si tu lui avais fait un peu de charme, surtout après Waterloo.

— Je me suis conduit d'une manière inqualifiable envers elle. J'ai honte quand j'y pense.

— Elle était impossible, tu le sais aussi bien que moi.

— Ce n'était pas une raison pour la tromper avec une autre, ni pour l'humilier en rendant publique cette liaison. Je comprends que Mlle Oldridge ne me fasse pas confiance pour représenter loyalement ses intérêts !

— Je te demande pardon ? fit lord Gordmor en reposant sa chope de bière. Ai-je bien entendu ? *Ses* intérêts ?

— Les intérêts de tous, rectifia Alistair. Elle parle au nom de tous les opposants de Longledge Hill parce qu'ils sont trop impressionnés par le nom de mon père et ma réputation de héros pour oser s'exprimer eux-mêmes.

— Si je comprends bien, rétorqua Douglas, quelque peu abasourdi, tu es en train de me dire que Mlle Oldridge est la seule qui ait formulé des objections au percement du canal ? Notre seul opposant est une femme, qui n'a pas le droit de vote et ne contrôle pas un seul siège à la Chambre des communes.

— Elle n'est pas la seule à s'opposer à nous, Douglas ! C'est la seule qui ait le cran de formuler ses objections à voix haute.

— Nous ne sommes pas là pour aider les timides à s'exprimer, mon vieux. Nous sommes ici pour creuser un canal et, pour le moment, la seule opposition émane d'une femme. Autant dire qu'il n'y a aucune opposition. Il faut battre le fer pendant qu'il est chaud !

— Nous ne sommes pas prêts. Ce crétin de Woodfrey m'a obligé à rester claquemuré pendant deux semaines. Je n'ai pas pu voir qui que ce soit. Je n'ai même pas entamé les discussions avec les propriétaires des terrains.

— Mais nous n'avons pas besoin de discuter avec eux !

— Douglas, ces gens ne sont pas des ennemis. Nous ne sommes pas là pour les soumettre. Nous devons chercher un compromis acceptable pour tous.

— Tu es mon meilleur ami, Alistair, mais je ne peux pas gâcher une occasion en or à cause des tiraillements de ta conscience, du coup que tu as reçu sur la tête ou de Dieu sait quoi. Les enjeux sont trop importants. Si tu étais toi-même, cela te semblerait évident. Jc n'ai, hélas, pas le temps d'attendre que tu redeviennes toi-même. Je m'en vais de ce pas publier une annonce dans les journaux locaux pour convoquer la réunion d'un comité de patronage du canal.

Alistair le fixa, atterré.

— Et… quand aura lieu cette réunion ?

— Mercredi en huit. L'annonce paraîtra ce mercredi-ci dans le *Mercure du Derbyshire*. Ainsi, personne ne pourra se plaindre de ne pas avoir été averti. J'espère seulement que mercredi n'est pas trop tard.

15

La mère de Mirabel n'était pas enterrée dans le cimetière de Longledge, mais dans le caveau familial, situé sur leurs terres.

Le petit temple circulaire avait été bâti au début du siècle dernier dans le style palladien, sur une éminence à bonne distance de la maison. On y accédait par un pont en dos-d'âne qui enjambait une rivière artificielle créée à peu près à la même époque.

Mirabel appréciait par-dessus tout cet endroit du domaine. La beauté du paysage avait le pouvoir d'apaiser ses tourments, si puissants soient-ils. Aussi s'y était-elle précipitée dès son retour de Matlock Bath.

— Oh, maman, qu'est-ce que je peux faire ? implora-t-elle.

Elle n'attendait, bien entendu, pas de réponse, mais elle ne s'était confiée que parce qu'elle n'avait pas âme qui vive à qui ouvrir son cœur. Elle raconta donc, sans rien omettre, à sa mère et à ceux de ses ancêtres qui voudraient bien lui prêter une oreille attentive tout ce qui s'était passé ces dernières semaines.

Elle avait fait le tour du petit monument pour contempler l'endroit où lord Gordmor comptait faire passer son canal, et ne vit donc pas la haute silhouette qui attachait son cheval à côté du sien à la balustrade du pont.

Le bruit des pas sur le marbre des dalles lui arracha un sursaut. Elle fit volte-face, et son cœur manqua un battement.

Se ressaisissant promptement, elle afficha son expression la plus froide et la plus hautaine.

— M. Carsington, salua-t-elle sèchement.

— Espèce de petite peste !

Ses yeux d'ambre étincelaient, et l'air parut se charger d'électricité, comme avant un orage. Sa colère était palpable, et Mirabel dut lutter pour ne pas battre en retraite. Seule la fierté l'en empêcha.

— Peu m'importe ce que vous pensez de moi, attaqua-t-elle d'un ton de défi. Vous ne m'êtes rien.

— Vous êtes la pire menteuse que j'aie jamais connue, rétorqua-t-il en s'avançant.

Elle réagit une fraction de seconde trop tard. Il referma les bras autour d'elle. Éperdue, elle tourna la tête. S'il l'embrassait, toutes ses belles résolutions fondraient comme neige au soleil.

Mais il ne chercha pas à l'embrasser. Il se contenta de l'immobiliser contre lui, l'empêchant de faire le moindre mouvement.

— Alors, il paraît que je suis somnambule et que je parle tout seul ? Comme vous avez des doutes sur les compétences de Woodfrey, il vaudrait mieux que je sois examiné par un *spécialiste des maladies cérébrales* ? Et vous hésiteriez à laisser vos affaires entre les mains d'un homme *mentalement dérangé* ? Cela dit, en ce qui concerne vos affaires, vous ne les laisseriez pas entre les mains de qui que ce soit. Pour votre corps, c'est une autre histoire, apparemment !

Si Mirabel s'était débattue, il ne l'aurait pas retenue ; il était beaucoup trop galant pour contraindre une femme, même en pareilles circonstances.

Mais elle n'avait aucune envie qu'il la lâche.

Il lui avait volé son cœur, morceau par morceau, depuis leur première rencontre. Bientôt, elle ne s'appartiendrait plus. Elle savait qu'elle allait souffrir beaucoup plus que lors de sa séparation d'avec William, mais le souvenir de moments comme celui-ci lui permettrait de supporter la douleur.

— Je suis désolée, murmura-t-elle contre son manteau.

Alistair dut l'entendre, car il l'écarta de lui et la dévisagea.

— La lettre à Gordmor constituait une véritable trahison, Mirabel. Si je ne commençais pas à vous connaître, je penserais que vous m'avez séduit uniquement pour me rendre fou.

— Certainement pas, s'insurgea-t-elle. Tout ce que je vous ai dit ce jour-là était parfaitement vrai, je vous le jure.

— Vous m'avez dit que vous éprouviez des sentiments pour moi.

— Parfaitement, et qu'est-ce que cela change ? Cela n'empêchera pas votre maudit canal de se faire. Et c'est *là* qu'il devrait passer ! s'écria-t-elle, au bord des larmes, en montrant la vue qui s'étendait devant eux. Vous allez ruiner le travail de ma mère, et le mien. Et chaque fois que je viendrai ici, je l'aurai sous les yeux, et cela me fera toujours aussi mal !

— Le travail de votre mère ?

Elle acquiesça en silence, incapable d'articuler un mot. Elle ne voulait surtout pas pleurer devant lui. Les larmes étaient réservées à l'intimité, et de toute façon, elles mettaient les hommes mal à l'aise, quand elles ne les irritaient pas, ou les deux à la fois.

Alistair la lâcha et s'éloigna de quelques pas pour contempler le paysage qui s'étendait devant eux.

— C'est elle qui a dessiné ce parc ? questionna-t-il en revenant lui prendre la main.

— Ma mère était une artiste. Si elle avait été un homme, elle serait devenue un paysagiste aussi célèbre que Capability Brown.

Elle n'avait pas besoin d'en dire plus.

Alistair avait tout compris. Mais raconter l'histoire de ce paysage, qui était aussi la sienne, lui faisait apparemment du bien.

Elle lui expliqua comment le domaine avait évolué au cours des ans, comment il s'était radicalement transformé près d'un siècle auparavant, lorsque le mausolée avait été édifié, et comment le terrain avait été remodelé dans le style naturaliste dont Lancelot Brown, surnommé Capability Brown, était le maître incontesté.

Le résultat n'avait pourtant jamais donné entière satisfaction aux maîtres des lieux et, avec le temps, on avait laissé certains éléments se détériorer, soit parce qu'ils ne s'harmonisaient pas avec l'ensemble, soit parce qu'ils s'étaient révélés peu pratiques.

Alicia Oldridge avait continué de transformer le parc au fil de ses vingt années de vie conjugale. Elle était morte avant d'avoir achevé sa tâche, mais elle avait communiqué ses rêves et son enthousiasme à sa fille dès que celle-ci avait été en âge de les comprendre et de les partager.

— C'est elle qui a créé ce paysage. Il y avait un petit kiosque au-dessus du pont, à mi-colline. Elle l'a fait déplacer pour qu'il soit niché au milieu des arbres et qu'on le découvre au détour du chemin qui serpente le long de la rivière, expliqua Mirabel.

Elle lui décrivit avec tant de précisions l'état d'origine du domaine qu'il avait l'impression de l'avoir connu. Elle lui détailla si minutieusement toutes les modifications qu'elle y avait apportées en suivant les plans de sa mère qu'il n'eut aucun mal à en saisir les subtilités et à en apprécier la grâce et la délicatesse.

Lorsqu'ils eurent fait le tour du petit temple et qu'ils eurent embrassé la totalité du paysage, elle parut s'abandonner à une profonde rêverie.

Alistair l'observait discrètement lorsqu'il vit les coins de sa bouche si tentante frémir.

— Je donnerais tout l'or du monde pour savoir ce qui se passe dans votre si industrieuse petite tête, avoua-t-il.

— Je cherchais le moyen le plus efficace de me débarrasser de vous, mais mon cerveau refuse de coopérer. Dès que j'essaie de me concentrer, je vous imagine… nu.

Il tourna brusquement la tête.

— Vous *quoi* ?

— Je vous imagine nu.

Ces derniers jours, il avait fait tous les efforts possibles et imaginables pour ne pas trop penser à ce corps magnifique qu'il avait tenu dans ses bras, et il y était plus ou moins bien parvenu.

Quand il l'avait enlacée, un peu plus tôt, il avait réussi à se retenir de l'embrasser, à ne pas lui ôter ne serait-ce qu'un gant, alors qu'il aurait tout donné pour goûter à nouveau la saveur de sa bouche si sensuelle et de sa peau satinée, pour sentir sur son corps ses mains si douces…

Sur le moment, il avait été très fier de sa force d'âme, mais les paroles de Mirabel avaient instantanément ruiné tous ses efforts. À présent, il la revoyait debout sur le lit, ses jupes remontées jusqu'en haut des cuisses… Et ce délicieux grain de beauté au-dessus du genou… Et allongée à ses côtés, sa poitrine d'albâtre offerte à ses caresses, les boucles si douces de sa toison moussant au creux de ses cuisses…

Il se rappelait le goût de sa peau, son parfum, se remémorait sa passion, son abandon…

— Quand nous serons mariés, vous pourrez me voir nu aussi souvent que vous le voudrez, assura-t-il en carrant les épaules. En attendant, il est préférable que nous n'abordions pas ce sujet.

— Nous ne nous marierons jamais, objecta-t-elle.

— Bien sûr que si. Cela prendra peut-être un peu de temps, mais nous nous marierons. Dans l'intervalle, je vous serai reconnaissant de ne pas vous déshabiller devant un autre homme.

— Ce n'est pas dans mes habitudes, vous savez. C'est seulement avec vous…

— C'est précisément ce que je disais. Seulement avec *moi*. C'est l'avantage du mariage. On peut faire entre époux ce qu'on ne fait avec personne d'autre et ce aussi souvent qu'on le veut.

— Cela n'a pas eu l'air de beaucoup gêner lady Thurlow.

Comment diable sa maudite tante avait-elle eu vent de cette liaison ? se demanda-t-il. Elle n'était pas de notoriété publique. Du reste, à quoi pensait cette dame pour aller raconter ce genre d'histoires à une jeune fille innocente ?

— Ce n'est pas la peine de me jeter à la figure mes errements passés, mon père s'acquitte remarquablement de cette tâche, riposta-t-il. Et puis, je me suis amendé depuis. Sinon, j'aurais déjà profité de l'occasion. Nous sommes seuls, dans un endroit isolé.

C'était parfaitement exact, à un détail près : il n'avait aucune envie de s'amender. Il voulait saisir toutes les occasions qui s'offriraient à lui et était bien décidé à faire le nécessaire pour que Mirabel lui appartienne. Et au diable l'honneur !

Il franchit la distance qui les séparait, l'attira dans ses bras, et l'embrassa.

Elle capitula instantanément. Ses lèvres si douces s'épanouirent sous les siennes et elle prit son visage entre ses mains comme pour le retenir, comme s'il n'était pas déjà indissolublement lié à elle.

Il dénoua fébrilement les rubans de son horrible chapeau et le jeta au loin avant d'enfouir les doigts dans sa chevelure. En riant, elle en fit autant avec son chapeau à lui, et ce rire étouffé tout contre sa bouche résonna aux oreilles du jeune homme comme l'appel des sirènes à celles d'Ulysse.

Écartant les pans de sa cape, il laissa ses mains courir sur ses seins, sa taille, ses hanches, s'attarda sur la courbe voluptueuse de sa croupe.

Elle ondulait sous ses caresses, l'implorant de pousser son avantage, le rendant fou de désir.

La poussant contre un pilier, il reprit sa bouche avec une passion farouche, tout en écartant fébrilement les trop nombreux obstacles qui lui barraient la route. Il repoussa l'affreuse pèlerine grise, qui tomba sur le sol, dégrafa le corsage et interrompit son baiser pour enfouir le visage dans le cou de la jeune fille. Ses lèvres descendirent doucement le long de l'épaule de neige, jusqu'à la naissance des seins.

Il remonta la jupe et les jupons, glissa la main entre les cuisses satinées, jusqu'à la fente de la culotte de soie. Elle se déhancha pour venir à sa rencontre.

— Non, je t'en prie, gémit-elle en riant à moitié. Oui ! Oh, oui !

Alistair tomba à genoux pour chercher des lèvres son jardin secret.

— Oh ! Mais c'est très vilain, ça, souffla Mirabel.

Il lui fit l'amour de la langue et des lèvres. Une ivresse insidieuse le gagna à mesure que le plaisir la secouait, vague après vague, emportant le peu de raison et les derniers principes qui lui restaient.

Il se releva, fou de désir, tandis qu'elle attendait, pantelante, qu'il la fasse enfin sienne.

Mais à peine avait-il défait le premier bouton de son pantalon qu'une rafale de vent glacial s'engouffra entre les colonnes de la rotonde, le ramenant à la réalité.

Brutalement, il se rappela où ils se trouvaient : dans le mausolée où la mère de Mirabel reposait de son dernier sommeil.

Il laissa retomber ses jupes, appuya le front contre celui de sa compagne le temps de se calmer. Quand il put enfin parler, ce fut d'une voix incroyablement rauque.

— Mes belles résolutions ne sont pas aussi solides que je le croyais. J'étais certain de pouvoir résister à la tentation.

— J'espérais que tu ne résisterais pas, avoua-t-elle. Mais je n'aurais jamais imaginé qu'on puisse faire quelque chose d'aussi scandaleux.

Il s'écarta, plongea son regard dans le sien.

— Tu aimes taquiner le danger, à ce que je vois.

— Non, pas du tout ! se défendit-elle. Je suis toujours si prudente et raisonnable. Sauf avec toi. Tu me rends tellement… heureuse, ajouta-t-elle en détournant les yeux. Non, ce n'est pas le mot. J'ai le cœur plus léger dès que tu es là, comme si j'étais de nouveau une petite fille.

Alistair avait le cœur serré. Il ne désirait qu'une chose, faire son bonheur, or il ne lui apportait que des soucis. Par deux fois, il avait été bien près de la déshonorer. Ce maudit projet de canal, qui risquait de ruiner tout ce qu'elle avait entrepris depuis dix ans, était le seul moyen dont il disposait pour acquérir l'indépendance économique qui lui permettrait de demander sa main.

— Tu veux dire que je te fais faire des bêtises ?

— Oui, aussi, acquiesça-t-elle en riant. Et tu n'aurais jamais dû venir ici. Tu aurais dû prendre au pied de la lettre ce que je t'ai dit tout à l'heure et préparer ton retour à Londres.

— Tu ne m'avais pas laissé d'autre solution.

— J'espérais rendre la situation moins pénible pour toi comme pour moi. Mon Dieu, regarde ce que tu as fait ! s'exclama-t-elle, prenant soudain conscience du désordre de sa toilette. J'aimerais bien que ma femme de chambre soit moitié aussi rapide que toi. Tu prétends que tu n'as pas eu plus de sept ou huit aventures, mais j'ai du mal à le croire. On dirait que tu n'as jamais rien fait d'autre qu'habiller et déshabiller des femmes.

En un tournemain, il referma le corsage et l'agrafa comme il fallait avant de poser sur ses épaules la pèlerine grise.

Il n'essaya pas de retrouver toutes les épingles à cheveux éparpillées au sol, et arrangea du mieux qu'il put l'abondante chevelure sous le hideux chapeau.

— Dès que nous serons mariés, je te jure que je brûlerai toute ta garde-robe jusqu'au dernier mouchoir.

— Nous ne nous marierons pas. J'ai un faible pour toi, mais… Je suis follement éprise de toi, corrigea-t-elle devant la mine éloquente d'Alistair, mais je n'en oublie pas pour autant la raison de ta venue ici.

— Je ne te demande pas de l'oublier, je te demande seulement de ne pas me sous-estimer. Je suis sûr qu'une solution existe, et je la trouverai.

— Tu crois que je ne l'ai pas cherchée ? soupira-t-elle. Je connais Longledge Hill beaucoup mieux que toi, et j'ai retourné la question dans tous les sens. S'il existait une seule issue, crois-tu que j'aurais écrit cette lettre à lord Gordmor ?

— Il aurait mieux valu que tu me fasses confiance et que tu ne lui écrives pas, parce qu'à présent, le temps nous est compté.

— J'imagine que ton ami va s'empresser de réunir un comité de patronage du canal. S'il a deux sous de bon sens, il enverra l'annonce aux journaux dès aujourd'hui afin d'être sûr qu'elle paraisse dans le *Mercure du Derbyshire* de ce mercredi.

Elle avait tout deviné, en véritable femme d'affaires !

Elle était parfaitement capable de s'occuper de ce genre de dossier, il aurait dû s'en douter. La loi exigeait que la réunion du comité de parrainage soit annoncée dans la *Gazette* de Londres ainsi que dans les journaux locaux et, de toute évidence, elle le savait. Peut-être était-ce ce qu'elle étudiait l'autre jour dans son bureau. Peut-être avait-elle commencé à dresser ses plans pour une bataille juridique qui pouvait s'avérer interminable.

Il se refusa à la questionner.

Il se devait de rester neutre. Mais comment faire pour ne favoriser ni elle ni Douglas ?

— Il ne veut pas perdre une minute, risqua-t-il, mais tu peux me faire confiance pour que tout se passe correctement et que personne ne soit lésé.

— Si tu veux que tout se passe correctement, tu ferais mieux de rentrer à Londres. Je pensais que tu serais déjà en chemin.

— Dans une camisole de force !

— Je comprends mieux pourquoi tu rêves sans cesse de guerre, observa-t-elle. Tu passes ton temps à livrer bataille contre toi-même. Tu ne peux pas défendre à la fois les intérêts de lord Gordmor et les miens. Ils sont à l'opposé. Cela fait dix ans que je m'occupe de mes affaires et de celles de mon père, ajouta-t-elle en prenant les mains d'Alistair dans les siennes, et ce ne sont pas les premières difficultés que je rencontre. Je ne suis pas une oie blanche sans défense.

— Je sais, mais cela ne signifie pas que l'homme qui t'aime ne peut essayer de t'aider.

— Je suis incapable de me battre convenablement si tu restes ici. Ta présence me fait perdre mes moyens. Si tu veux me donner une chance de gagner, il faut que tu partes.

— Tu voudrais que je prenne la poudre d'escampette à la première difficulté ?

— Si lord Gordmor est un ami aussi dévoué que tu le prétends, ta santé doit lui tenir à cœur, et lui aussi insistera pour que tu rentres à…

— Bon sang, Mirabel, je t'ai déjà dit que j'avais le don de me mettre dans des situations inextricables. J'ai vingt-neuf ans, et je n'ai encore jamais réussi à m'en sortir seul. J'en ai assez de voir les autres se battre à ma place et de me sentir aussi bête qu'inutile.

— Tu n'es ni bête ni inutile, je ne sais pas ce qui te fait dire ça. Il nous arrive à tous de trébucher sur un obstacle. La vie est pleine d'embûches !

— Je compte bien aplanir celle-ci.

Elle sourit – un sourire radieux qui illumina son visage.

— Tu finirais presque par me convaincre ! lâcha-t-elle. Très bien, fais ce qu'il te plaît. Pars ou reste, à ta guise.

— Je ne vais certainement pas partir.

— Comme tu voudras.

Elle recula de quelques pas, leva le menton, et reprit d'un ton poli :

— Pour l'heure, tu es l'émissaire de lord Gordmor. Auriez-vous la bonté, cher monsieur, de lui dire que je représente mon père, qui refuse qu'un canal traverse ses terres, qui s'oppose farouchement à tout projet de voie d'eau à Longledge et qui combattra un tel projet par tous les moyens à sa disposition, y compris devant le Parlement ? Vous pouvez également ajouter que ces moyens sont loin d'être insignifiants. Puis-je compter sur vous ?

Ce brusque changement de ton, cette froideur et ce retour au vouvoiement désarçonnèrent Alistair. Un instant seulement. Il commençait à avoir l'habitude des coups bas, et se ressaisit bien vite.

— Vous pouvez compter sur moi, mademoiselle, assura-t-il en s'inclinant. Autre chose ?

— Pas pour le moment. Si quelque chose me vient à l'esprit, je vous le ferai savoir.

Le petit geste de la main dont elle conclut sa phrase pouvait difficilement passer pour le tendre adieu d'une amoureuse mais, après tout, il avait insisté pour qu'elle le considère comme son interlocuteur en affaires, il ne pouvait donc s'en prendre qu'à lui-même.

S'il voulait de tendres adieux, il n'avait qu'à les mériter et l'épouser.

Mais pour épouser Mirabel, il fallait qu'il ait de quoi faire vivre une famille, et donc qu'il aide Douglas à rentabiliser ses mines. On en revenait toujours à ce maudit canal !

Il prit donc congé dans les formes et salua Mlle Oldridge avec toute la courtoisie requise, avant de tourner les talons. Mais il n'avait pas fait trois pas qu'il pivota brusquement, revint vers elle et la prit dans ses bras pour lui donner un baiser aussi bref que passionné.

Après quoi, il la planta là, vacillante, et descendit la colline.

Il ne se retourna pas, mais il arborait un sourire narquois.

À l'auberge, il trouva lord Gordmor attablé devant une pinte de bière dans la petite salle à manger réservée aux hôtes de marque. Il se joignit à lui et lui délivra le message de Mlle Oldridge.

— Je m'attendais à pire, remarqua calmement Douglas. Souviens-toi, quand tu as quitté Londres, nous pensions avoir tous les propriétaires contre nous. En fait, nous n'avons qu'un seul adversaire. Cela dit, j'insiste pour que tu regagnes la capitale.

— Il n'en est pas question.

— Tu es tiraillé entre des intérêts contraires, insista son ami. Je te connais assez pour savoir où cela te mènera. Tu vas essayer de contenter tout le monde, et cela te rendra fou. Je ne t'ai pas tiré d'un tas de cadavres à Waterloo pour te laisser perdre la raison dans le Derbyshire. Et puis, maintenant que je suis ici, j'ai besoin d'un représentant à Londres. C'était d'ailleurs ce que nous avions prévu initialement si tu te souviens.

— J'ai toujours eu une vie compliquée, rétorqua Alistair. Il est grand temps que j'apprenne à me débrouiller seul.

— Et que proposes-tu ? Tu es tombé amoureux d'une femme qui est décidée à détruire notre projet. Je me trompe ?

— Non, tu ne te trompes pas. J'admets que cela complique la situation, mais je suis bien décidé à trouver une solution.

— Comment ?

— Je ne sais pas encore, mais j'y arriverai.

— Alistair !

— Je trouverai.

Gordmor le considéra un instant, puis, haussant les épaules :

— Je ne sais pas ce qui m'a pris de vouloir discuter avec un Carsington. Fais comme bon te semble. De toute façon, je n'ai rien à perdre. Toi, en revanche, tu risques de perdre l'esprit, mais certains s'en passent très bien, après tout. Et si tu réussis, tu nous épargneras beaucoup de tracas et de dépenses. Plus cette affaire dure, plus cela nous coûte cher.

Alistair comprenait parfaitement la hâte de son ami. Tout nouveau délai donnait le temps à leurs opposants de trouver des arguments, et aux propriétaires d'augmenter leurs exigences financières. Et ils pouvaient compter sur Mirabel pour les y encourager.

— Quoi qu'il arrive à la réunion de mercredi, il faudra pousser nos pions rapidement, reprit Douglas. Sinon, ta dulcinée risque de nous noyer sous une montagne de pétitions et de recours en tout genre.

Alistair en était bien conscient. Il savait que Mirabel avait déjà pris contact avec des hommes de loi. Dès que le débat parlementaire s'engagerait, ils produiraient une armée de témoins pour réfuter tous leurs arguments. Pendant ce temps, la liste des doléances des propriétaires s'allongerait, et leurs demandes d'indemnisations grimperaient en flèche. Ainsi que le nombre de pattes à graisser…

Cela coûterait une fortune et prendrait des siècles. Or ni Douglas ni lui ne pouvaient se le permettre.

Il lui restait donc moins d'une dizaine de jours pour empêcher la femme qu'il aimait de ruiner son ami, ses frères cadets et ses ultimes espoirs d'avenir.

Le mardi après-midi, Thomas Jackson, le secrétaire particulier de lord Gordmor et son homme de confiance, arriva à Stoney Middleton, un village situé sur les hauteurs de Longledge Hill, à une quinzaine de lieues de Matlock Bath.

Jackson avait servi sous les ordres du vicomte pendant les guerres napoléoniennes, et il était heureux de continuer en temps de paix. Il était aussi dévoué à lord Gordmor que Caleb Finch, le régisseur de celui-ci, était dévoué à Caleb Finch. Malheureusement, Thomas s'imaginait que la loyauté de Caleb était de la même étoffe que la sienne. Aussi était-il persuadé que la présence de Finch en ces lieux n'avait d'autre but que de servir les intérêts de leur maître.

Il retrouva donc le régisseur en début de soirée à la taverne de *L'Étoile rouge* afin d'obtenir son aide pour la promotion du canal.

— Sa Seigneurie veut accorder aux mineurs une journée de congé pour qu'ils viennent à la réunion, expliqua Jackson tandis qu'ils attaquaient un plantureux dîner. Il souhaite que les deux ou trois qui s'expriment le mieux prennent la parole pour expliquer l'intérêt du canal, dire comment il améliorera leurs conditions de vie, à eux et à tous ceux qui dépendent d'eux, leurs femmes, leurs enfants et leurs vieux parents.

— Aucun n'est capable de s'exprimer intelligiblement, rétorqua Caleb Finch. Et il n'y en a pas un seul qui ait à la fois une femme, des enfants et ses vieux parents. Les vieux sont morts et enterrés depuis longtemps, paix à leurs âmes. Quant aux bébés, beaucoup meurent en bas âge de malnutrition ou par manque de soins médicaux.

Il débita une longue litanie de griefs à l'encontre du contremaître de la mine, qu'il rendait responsable de la misère des ouvriers. Il l'accusa de mal entretenir les installations, de ne pas faire régner suffisamment de discipline, de mettre en danger la sécurité de ses hommes par incompétence, et de mauvaise gestion pour faire bonne mesure.

Le contremaître était un honnête homme, qui s'acquittait de sa tâche avec autant d'efficacité que d'humanité. Il avait eu le tort d'ignorer les ouvertures de Caleb qui lui avait proposé en termes à peine voilés de faire quelques petits profits personnels aux dépens de leur maître. Plus grave encore, le brave homme avait fait quelques allusions à des bruits désobligeants courant sur les activités passées de Finch dans le Derbyshire.

Caleb l'avait donc renvoyé la veille, et il entreprenait maintenant de le discréditer auprès de l'émissaire de lord Gordmor, sachant bien que ses paroles seraient rapportées à ce dernier.

Mais ruiner la réputation du contremaître n'était cependant pas la préoccupation principale de Finch.

— Je crains que Sa Seigneurie ne sous-estime les adversaires qui vont se dresser contre lui.

— Toutes les grandes familles nous soutiennent, répliqua Jackson. Et, avec une douzaine d'hommes, nous allons visiter tous les villages de Longledge Hill pour gagner leurs habitants à notre cause.

Tout le monde savait ce que cela signifiait. Les émissaires de lord Gordmor allaient répandre l'argent et l'alcool en même temps que la bonne parole, comme il était d'usage pendant les campagnes électorales.

— D'après ce que j'ai entendu dire, vous n'avez pas toutes les grandes familles, avança Caleb. Il paraît que Mlle Oldridge est prête à partir en guerre contre n'importe quel canal qui s'aviserait de passer près de chez elle.

— Ce n'est qu'une femme !

— C'est bien ce que je disais, vous ne savez pas à qui vous vous attaquez. À votre place… Enfin, peu importe. La politique, c'est votre partie. Moi, mon travail, c'est de m'occuper du domaine. Vous n'avez que faire de mes conseils, même si ma famille vit dans cette région depuis presque aussi longtemps que celle des Oldridge et que je connais bien la demoiselle.

Jackson commanda un autre pichet de bière.

— Écoutez, dit-il une fois la servante repartie, mon unique préoccupation, ce sont les intérêts de Sa Seigneurie. Si vous avez des informations utiles, ne faites pas de cérémonies. Nous devons travailler en bonne intelligence.

— Comme vous voudrez, répondit Caleb.

16

… attendu qu'une telle voie navigable favoriserait les échanges commerciaux et se révélerait extrêmement profitable pour tout le Derbyshire, une réunion aura lieu mercredi 11 mars 1818 à 10 heures à la salle des fêtes du Grand Hôtel des Bains de Matlock Bath afin de débattre des moyens les plus appropriés pour réaliser cette voie d'eau. Sont conviés à cette réunion la noblesse, la gentry et le clergé, ainsi que toute personne estimant avoir intérêt à ce projet ou estimant de son devoir d'éclairer de ses compétences une entreprise aussi importante.

Cette annonce n'apparut pas uniquement dans les journaux, mais aussi, à la grande contrariété de lord Gordmor, sur des affichettes placardées aux vitrines des boutiques, sur les murs des maisons, sur les montants des charrettes, aux portières des voitures, ainsi que sur des pancartes promenées tels des étendards de village en village, leurs porteurs les lisant à la criée pour être sûrs de ne pas passer inaperçus.

De cette façon, ceux qui ne lisaient pas les journaux comme les illettrés ne pouvaient ignorer la nouvelle.

Aussi, bien que loin d'être ravi, Douglas ne fut pas surpris de trouver la salle des fêtes pleine à craquer d'hommes de toutes conditions, dont les compagnes se pressaient aux balcons.

Au premier rang du premier balcon trônait Mlle Oldridge, aussi impassible qu'un sphinx. Tous les regards convergeaient vers elle sans qu'elle paraisse s'en soucier le moins du monde.

Même si sir Roger Tolbert ne lui avait pas indiqué qui elle était, le vicomte l'aurait deviné rien qu'aux regards enflammés que lui jetait toutes les trois minutes Alistair, et que l'ingrate ignorait superbement.

Si la jeune femme à l'horrible chapeau vert s'était visiblement donné beaucoup de mal pour rassembler les opposants, lord Gordmor n'était pas resté inactif non plus.

Ses hommes étaient éparpillés dans l'assemblée, avec mission de rallier les hésitants et d'acclamer les orateurs amis, tandis que ses émissaires avaient passé la semaine à écumer Longledge Hill pour collecter des informations et gagner des voix.

Jour après jour, Jackson avait rapporté des nouvelles alarmantes sur l'influence pernicieuse de Mirabel Oldridge dans toute la région, mais ils avaient appris le pire la veille au soir. M. Oldridge était si farouchement opposé au projet qu'il avait décidé d'abandonner ses chères études pour venir prendre la parole à la réunion.

Le fidèle secrétaire avait déjà pris les dispositions nécessaires, et il avait la situation bien en main, avait-il discrètement assuré à son maître.

Effectivement, avant d'ouvrir la réunion, sir Roger Tolbert parcourut la salle du regard et se pencha vers lord Gordmor.

— Il semblerait que Sylvestre Oldridge ait eu d'autres engagements. Cela ne me surprend pas. Il avait certainement l'intention de venir, mais comme tous ces philosophes, il a l'esprit bien trop occupé, expliqua-t-il en tapotant son crâne dégarni.

M. Oldridge ne se serait peut-être pas égaré en chemin si un agent de Jackson n'avait promis de l'y aider. Il lui suffirait, avait déclaré l'homme, d'appâter le vieux monsieur en lui racontant qu'une variété intéressante de mousse avait été trouvée à l'autre bout du pays pour qu'il oublie la réunion.

Quoi qu'il en soit, le plus gros propriétaire terrien et principal opposant au projet n'était pas là, et sa fille ne se risquerait pas à provoquer un scandale en prenant la parole en public. Si la gent féminine était reléguée au balcon, c'était pour une excellente raison. Seul le sexe fort était habilité à discuter d'un sujet d'une telle importance économique. Les dames étaient autorisées à observer et à retenir les bribes d'information que leurs petits cerveaux étaient capables d'assimiler.

Douglas Gordmor se détendit. Le reste de son équipe était à ses côtés sur l'estrade. Son ingénieur était arrivé une semaine plus tôt, et il avait passé ses journées enfermé avec Carsington. Ils avaient apporté un certain nombre de modifications au projet et les dévoileraient au cours de la réunion.

La séance débuta par des remerciements aux personnes présentes, et en particulier à deux obscurs parlementaires, dont l'un fit une allocution aussi longue qu'ampoulée pour expliquer tout l'intérêt du projet de lord Gordmor, qui contribuerait au développement de la région et servirait d'exemple au pays tout entier.

Cela fait, on entra dans le vif du sujet, et l'ingénieur présenta rapidement le projet. Après quoi, Carsington dévoila solennellement un chevalet supportant une grande carte où figuraient les modifications annoncées.

Du balcon où elle était assise, Mirabel Oldridge, comme tous les propriétaires assis aux premiers rangs, voyait sans peine le nouveau tracé, clairement délimité à l'encre noire.

Pour les autres, M. Carsington décrivit en détail les changements effectués afin de « satisfaire les demandes de certains ».

Le canal passait désormais beaucoup plus loin des habitations, des jardins et des parcs, et faisait en particulier un large détour aux abords de la propriété des Oldridge. Bien entendu, cela allongeait le tracé, qui à l'origine était parfaitement rectiligne, mais n'altérerait plus le paysage si cher à Mirabel.

Alistair et l'ingénieur avaient également apporté de substantielles modifications pour satisfaire les autres propriétaires, et aucun individu sensé n'aurait trouvé quoi que ce soit à redire. Personne ne le fit du reste. Lord Gordmor eut donc le plaisir de remarquer non seulement de nombreux hochements de tête satisfaits, mais encore des murmures d'approbation clairement audibles.

Levant les yeux vers le balcon, il constata que même Mlle Oldridge avait le sourire.

Jamais il ne l'aurait cru, mais ce diable d'Alistair avait réussi !

L'intéressé ne partageait pas l'optimisme de son ami.

Il avait appris à déchiffrer les sourires de Mirabel, et celui-ci ne lui disait rien qui vaille. Il n'y décelait aucun enthousiasme, aucune chaleur, et une sourde angoisse le saisit.

Il avait à présent du mal à se concentrer sur les différentes interventions qui se succédaient, sans répit à ce qu'il lui semblait. Sa jambe, qui ne supportait ni la tension nerveuse ni une immobilité prolongée, le faisait souffrir.

Le capitaine Hugues, resplendissant de tous les galons gagnés au service de Sa Gracieuse Majesté, se leva soudain pour demander à l'aimable assemblée de bien vouloir lui accorder quelques minutes d'attention.

— J'ai ici une lettre de mon voisin, M. Sylvestre Oldridge, de Oldridge Hall, à Longledge, qui s'est trouvé retenu par d'autres obligations et m'a demandé de le représenter.

Que lui avait donc dit Mirabel le jour de leur première rencontre ?

« J'envisage parfois de faire graver sur sa tombe l'épitaphe suivante : À mon père bien-aimé, Sylvestre Oldridge, retenu ailleurs. »

Alistair ne s'était donc pas trompé. L'heure de l'offensive avait enfin sonné.

De la même voix impérieuse qui avait, pendant près de deux décennies, lu une fois par mois à plusieurs centaines d'officiers et de marins blanchis sous le harnais les trente-six articles du code de la guerre, le capitaine délivra le message d'Oldridge.

Pour tous les auditeurs présents, il personnifiait sans aucun doute l'invincible marine britannique et la glorieuse nation qu'elle servait, et le silence se fit dès qu'il ouvrit la bouche.

Il suffisait de voir les visages attentifs pour comprendre que Mirabel n'aurait pu choisir meilleur porte-parole.

Lorsque le capitaine entreprit de comparer les avantages et les inconvénients présentés par le canal, se faisant ainsi l'écho des inquiétudes de commerçants respectables qui avaient déjà vaillamment enduré tant de sacrifices pour le salut de la patrie pendant les guerres contre la France, nombreux furent ceux qui hochèrent la tête d'un air pénétré.

L'eau constituait l'une des préoccupations majeures des habitants de la région. Il espérait sincèrement que les responsables du projet avaient pris en considération la sécheresse des sols calcaires du Derbyshire. Avaient-ils correctement estimé la taille des réservoirs nécessaires, et le coût faramineux de leur construction ? Avaient-ils calculé ceci, pensé à cela, et envisagé le reste ?

Cette partie de la lettre, qui éclairait d'une lumière crue les faiblesses et les approximations du dossier, avait beau être relativement courte, elle n'en jeta pas moins le trouble dans l'assemblée.

Hugues entreprit ensuite d'appeler nommément certains des personnes présentes pour leur poser des questions précises : « Jacob Ridler, ne crois-tu pas que... » ; « Hiram Ingsole, n'est-il pas vrai que... ? »

Ainsi interpellés, les intéressés commencèrent à faire état de leurs objections, timidement au début, puis avec de plus en plus d'assurance et de véhémence. Leurs camarades, ainsi que leurs épouses, sœurs, filles et mères agglutinées derrière les dames ou entassées au deuxième balcon, approuvaient et applaudissaient bruyamment.

Quand les commerçants et les fermiers eurent exposé leurs griefs, le vicaire s'aperçut que lui aussi avait quelques réserves, après tout. Quelques habitants des bourgs avoisinants firent de même et l'assistance, au début si accommodante et bon enfant, se fit houleuse et de plus en plus hostile.

Sir Roger avait beau frapper frénétiquement de son marteau pour réclamer le silence, chaque réponse de Douglas était accueillie par des huées, et l'ingénieur ne put terminer une seule phrase. Les deux parlementaires se découvrirent d'autres engagements et s'éclipsèrent. Quelques dames en firent autant.

Alistair leva les yeux vers Mirabel.

Elle affichait une expression innocente, comme si elle n'avait rien à voir avec ce tumulte, comme s'il ne lui importait en rien.

Cette indifférence de façade constituait un véritable défi, et, en bon Carsington, il ne pouvait que le relever.

Il avait accepté, bien qu'à contrecœur, de faire sa présentation et de s'en tenir là. « Tu es trop scrupuleux, et tu as le cœur trop tendre, lui avait expliqué Douglas. En politique, on n'arrive à rien sans argent ni relations. Comme nous n'avons pas beaucoup d'argent, il faut faire jouer nos relations et en nouer de nouvelles. »

En un mot, tout ce qu'on lui demandait, c'était d'être décoratif et de ne pas ouvrir la bouche, les négociations demeurant le domaine réservé du vicomte.

Et il serait resté à ronger son frein et à jouer les utilités si Mirabel Oldridge n'avait pas arboré ce sourire provocant, après tout le mal qu'il s'était donné pour la satisfaire.

Elle l'avait effectivement prévenu qu'elle utiliserait toutes les armes à sa disposition, et qu'elle ne s'embarrasserait pas de scrupules inutiles.

Sans doute pensait-elle qu'il était trop galant homme pour riposter. À moins qu'elle n'ait cru que son physique était sa seule arme. Peut-être s'imaginait-elle qu'utiliser son nom et sa renommée, et séduire la seule femme insensible à ses arguments, constituait sa seule stratégie.

Il l'ignorait, et peu importait. Ces airs faussement innocents le mettaient hors de lui. Il ne pouvait décemment plus se contenter d'observer en silence. Son honneur, sa fierté et l'intérêt de son ami voulaient qu'il rende coup pour coup, et c'était ce qu'il allait faire.

— Messieurs ! lança-t-il en se dressant comme un diable, ignorant les protestations de sa jambe.

Il n'avait pas besoin d'élever la voix, son timbre de basse portait jusqu'au fond du dernier balcon, et le silence se fit instantanément.

— Messieurs, répéta-t-il, et mesdames, ajouta-t-il avec un bref coup d'œil en direction de Mlle Oldridge. Ce sera pour moi un honneur d'apaiser vos inquiétudes. Commençons par la question, effectivement primordiale, de l'eau et des réservoirs.

À peu près au même moment, M. Oldridge cheminait dans la direction opposée à Matlock Bath, accompagné de son ancien intendant.

Ils s'étaient rencontrés par un hasard soigneusement préparé.

Caleb Finch se promenait dans les collines lorsqu'il avait croisé le chemin du vieux botaniste qui faisait allègrement route vers le Grand Hôtel des Bains, comme sa fille l'en avait si instamment prié.

Si le vieux monsieur fut surpris par cette rencontre, elle ne lui fut en rien désagréable puisque

Mirabel ne lui avait jamais rien dit des malversations du régisseur.

Il le salua donc avec son affabilité habituelle et lui demanda des nouvelles de sa santé, de sa famille et de son travail.

Finch resta très vague en ce qui concernait son travail, mais il se montra très précis, en revanche, à propos d'une récente découverte qu'il avait faite.

Ils en discutaient justement tandis qu'ils s'engageaient de conserve dans la direction opposée à la réunion.

— Comme des petits cigares ? Vous êtes sûr de la forme ? questionnait M. Oldridge.

— De tout petits cigares, pas plus grands qu'une fourmi. Bruns. Au début, j'ai cru que c'était de la poussière, mais quelque chose m'a attiré l'œil. J'étais sûr d'en avoir déjà vu. Et maintenant, je sais où. Dans le Yorkshire, quand j'y travaillais. Elles recouvraient tout un mur que j'ai dû faire gratter, car la dame de la maison ne les aimait pas. Ça m'a chagriné, vous savez. Elles avaient l'air tellement intéressant.

— Mais elles le sont ! s'enthousiasma M. Oldridge. Je n'ai jamais entendu parler de mousses de ce genre. Vous êtes sûr que ce sont les mêmes ?

— Certain. Elles se trouvent pas très loin, en haut de la colline. À moins de cinq lieues.

Pour le vieux monsieur, qui parcourait souvent ses trente lieues dans la journée, ce n'était qu'une petite promenade de rien du tout. Il serait rentré bien avant le dîner.

Il lui fallut un certain temps avant de se rappeler que le dîner ne constituait pas sa seule obligation de la journée.

Et à ce moment-là, il était trop tard.

La réunion se termina peu avant midi.

La victoire était complète. La majorité des participants ayant voté en faveur du canal, on procéda à l'élection d'un comité de patronage. Ses membres rédigèrent rapidement une requête auprès du Parlement, après quoi l'assemblée se dispersa.

Seuls lord Gordmor et son associé s'attardèrent. Le vicomte était encore trop secoué par le déroulement de la réunion pour afficher sa nonchalance habituelle.

— Il s'en est fallu d'un cheveu, ne cessait-il de répéter. J'avais l'impression de traverser une tempête sur une coquille de noix. J'ai tenu bon jusqu'au moment où le vicaire, cet homme si affable, qui nous a accueillis si chaleureusement, a changé de camp. Là, j'ai eu l'impression de passer par-dessus bord et de couler à pic. Bon sang, cet officier de marine chamarré m'a contaminé, je me mets à parler comme un vieux loup de mer !

Alistair ne fit aucun commentaire. Il paraissait trop occupé à rouler ses plans en un rouleau le plus mince possible.

— Mais qu'est-ce qui m'a pris de te demander de ne pas prendre la parole ? reprit Gordmor, mal à l'aise. Je connais pourtant ta pugnacité quand tu as décidé de te jeter dans une bataille. Pardonne-moi, mon vieux ! J'avais l'impression fausse que, depuis Waterloo, tu avais perdu toute ta combativité.

— Tu croyais que j'étais devenu un mollasson ? répliqua Alistair d'un ton coupant.

Ils venaient de remporter une victoire décisive, pourquoi prendre la mouche de cette façon ? Mon Dieu, il devait encore penser à cette peste mal fagotée !

— Ne commence pas à ruminer à propos de Mlle Oldridge. Pas aujourd'hui. Tu la feras revenir à de meilleurs sentiments, ne t'inquiète pas. En attendant, tu as remporté un triomphe. Tu nous as arrachés aux mâchoires de la défaite. Quand je pense à cette lettre ! C'était elle, du début à la fin.

— Elle nous avait prévenus.

— Ma sœur aussi. Elle m'avait dit que c'était une femme dangereuse. Et pour une fois, elle n'exagérait pas !

— Pour être franc, je n'en reviens toujours pas d'avoir gagné aussi facilement, avoua Alistair.

— Tu plaisantes ? Elle nous aurait battus à plate couture ! Sans ton intervention.

Douglas en tremblait encore. Ils avaient frôlé la débâcle. Tout ce temps tout cet argent, tous ces espoirs anéantis ! Ceux d'Alistair comme les siens. Son ami était allé jouer tout l'argent qui lui restait, et il avait investi l'ensemble de ses gains dans leur projet.

S'il n'avait pas fait montre de la même éloquence que son père, l'insupportable rouquine coiffée de cet immonde chapeau les aurait bel et bien ruinés.

Le terme « dangereuse » était un euphémisme. Cette femme était tout bonnement diabolique. Et puisque ce cher Alistair ne parvenait pas à en venir à bout, c'était à lui de s'en occuper.

Quand les deux amis quittèrent l'hôtel, l'assemblée s'était dispersée et l'avenue était déserte.

Ils empruntaient la promenade lorsqu'un homme sobrement vêtu, qu'Alistair savait être un agent du vicomte, vint à leur rencontre en toute hâte.

Lord Gordmor avait amené avec lui quelques-uns de ses hommes qui avaient distribué çà et là un peu d'argent pour s'attirer les faveurs des habitants. Cela faisait partie des mœurs, pour les élections en particulier, et Alistair était convaincu que les employés de Mirabel en avaient fait autant.

Gordmor avait également demandé à ses émissaires d'ouvrir les yeux et les oreilles, et ce garçon était venu informer son maître de ce qu'il avait appris.

Mlle Oldridge et Mme Entwhistle venaient de partir pour Londres.

— Déjà ? s'exclama Douglas.

— Leur voiture était prête, milord. Ces dames sont sorties les premières de la réunion et, d'après ce qu'on m'a dit, elles étaient en route une demi-heure plus tard.

Alistair était abasourdi.

Mirabel avait frôlé la victoire, elle avait failli les détruire, et pourtant…

— Elle le savait, murmura-t-il. Elle avait deviné que nous gagnerions. Sinon, elle n'aurait pas pris la peine de faire préparer leurs bagages et d'avoir un équipage prêt.

— On dirait que la belle ne veut pas nous laisser le temps de reprendre notre souffle, remarqua le vicomte.

— Elle a juré de ne nous laisser aucun répit.

— J'ai eu tort de la sous-estimer. Si j'avais su, j'aurais fait boucler mes bagages et atteler la voiture, moi aussi, regretta lord Gordmor. Il ne faut à aucun prix la laisser prendre de l'avance. Elle a des amis influents à Londres. N'oublie pas que la sœur de son père a épousé lord Sherfield, sur qui elle exerce une très forte influcnce.

— Pardon ? Tu veux dire que sa tante Clotilde, c'est *lady Sherfield* ?

La comtesse Sherfield était l'une des amies les plus intimes de lady Hargate.

— Tu ne savais pas qu'elles étaient parentes ? s'étonna Gordmor. Ta mère ne te l'a pas dit quand tu lui as expliqué où tu allais ?

— Non.

— C'est étrange.

— Pas vraiment. Quand je suis passé voir ma mère, avant mon départ, j'étais tellement enthousiasmé par ce projet de canal que je lui ai à peine laissé placer un mot.

— Que tu l'aies su avant importe peu, non ? Mlle Oldridge a des amis influents, mais nous aussi. Et puis, nous ne manquons pas d'arguments convaincants, comme ceux que tu as si brillamment exposés tout à l'heure.

Le canal serait assez court et traverserait une région pauvrement peuplée, sur des terrains relativement plats, ce qui ne nécessiterait pas d'aqueducs, de tunnels ou d'écluses. La loi sur l'emploi des déshérités de 1817 offrait la possibilité de prêts gouvernementaux pour les projets qui procuraient un emploi aux pauvres gens, ce qui réduisait d'autant les sommes demandées aux investisseurs.

Alistair savait que leur dossier était solide. Tous les hommes politiques qu'ils avaient consultés leur avaient assuré qu'un projet aussi simple et si peu coûteux pouvait être voté et soumis à la signature du régent en deux mois.

Si cela n'avait pas été le cas, Douglas et lui ne l'auraient pas entrepris. Ils n'avaient pas suffisamment d'argent pour monter seuls des entreprises pharaoniques et les conditions économiques difficiles après toutes ces années de guerre réduisaient les possibilités de lever des investissements.

Le canal était donc viable et son tracé raisonnable.

Alistair l'avait rallongé de cinq lieues pour satisfaire la dame de ses pensées, en vain.

— Pour le moment, c'est pour toi que je me fais du souci, avoua Douglas. Je ne veux pas médire de ta bien-aimée, mais je préfère te prévenir. Henriette m'a raconté qu'elle avait rompu avec son fiancé il y a quelques années, et qu'elle n'était plus très populaire quand elle a quitté Londres.

— Je suis au courant. J'en sais plus que lady Wallantree, je pense. Il s'agissait de circonstances particulièrement difficiles. Cela dit, Mlle Oldridge aurait pu rompre avec une douzaine de prétendants que je m'en moquerais. C'est du passé, et le mien n'est pas très reluisant.

Jamais on ne lui ferait croire que la femme qu'il aimait pouvait se montrer froide et cruelle. Si elle avait un défaut, c'était de se montrer trop confiante, trop charitable. Son attitude détachée était affectée ; c'était sa façon à elle de se protéger, et il le comprenait parfaitement.

Ce qu'il ne comprenait pas, en revanche, c'était ce qu'elle avait en tête.

— Pour l'heure, reprit Alistair, ce qui compte, c'est notre canal. Je voudrais bien savoir ce qui ne lui convient pas. J'étais pourtant certain d'avoir répondu à toutes ses objections. S'il y a d'autres difficultés, je préférerais les connaître avant les auditions devant la commission parlementaire.

— Tu as raison, acquiesça Douglas en baissant la voix comme ils arrivaient à l'auberge. Pars en avant et essaie de découvrir ce que médite la demoiselle. Je règle les derniers détails ici et je te rattrape dès que possible.

Atterré, Jackson contemplait la silhouette inerte étendue sur la mousse.

— Mais enfin, qu'est-ce que vous avez fait ? Je vous avais pourtant donné des consignes précises ! s'emporta-t-il.

— Il va bien, répondit Caleb Finch, impavide. Je lui ai simplement administré un médicament à ma façon.

— Quel genre de médicament ?

— Du cordial de Godfrey. Je lui ai dit que c'était une liqueur que fabriquait une de mes tantes.

Le cordial de Godfrey était une potion à base d'opium très en vogue depuis quelques années.

Jackson s'approcha du vieux monsieur, qui paraissait endormi. Il souriait, comme s'il faisait un rêve agréable. Le secrétaire n'aimait pas du tout voir ce paisible vieillard allongé à même le sol, et il n'appréciait pas la façon dont Finch interprétait les ordres qu'on lui donnait, et il le lui dit.

— Que vouliez-vous que je fasse ? rétorqua le régisseur. Il voulait à tout prix aller à cette réunion. J'ai eu beau lui répéter qu'il était près de midi, et qu'elle serait finie depuis longtemps quand il arriverait, il ne voulait rien entendre. Et puis, Sa Seigneurie voulait qu'il disparaisse quelques heures, non ? Eh bien, ça va nous faciliter les choses. Je n'ai plus qu'à le charger sur une charrette et à l'emmener.

— Nous n'avons pas de charrette, objecta Jackson.

— Mais si ! J'ai emprunté celle de la mine, avec un cheval pour la tirer. Je vous avais bien dit que Mlle Oldridge avait plus d'un tour dans son sac. Si vous la laissez atteindre Londres, futée comme elle est, et avec les relations qu'elle a, elle va vous réduire en chair à pâté. J'avais prévu le coup ! Enfin, je n'attends pas de remerciements. Je n'ai fait que mon devoir.

C'était aussi bien, car Jackson n'avait pas la moindre envie de lui en prodiguer. Un homme était censé obéir aux ordres, et non faire ce qui lui passait par la tête.

Mais maintenant que le mal était fait, il était trop tard pour revenir en arrière. Ils ne pouvaient pas libérer le vieux monsieur.

— C'est exactement ce que voulait Sa Seigneurie, insista Caleb. Dès que Mlle Oldridge saura que son père a disparu, elle rentrera au galop. Et pendant qu'elle le cherchera ici, le maître fera tranquillement voter son canal par le Parlement. Pendant ce temps-là, M. Oldridge sera bien au chaud dans le Northumberland. On le renverra tranquillement chez lui dès que lord Gordmor aura tous les papiers qu'il lui faut. Vous pensez s'ils seront heureux de le retrouver ! Comme s'il ressuscitait d'entre les morts.

— Vous avez intérêt à ce qu'il revienne en aussi bonne condition qu'à son départ, l'avertit Jackson. Lord Gordmor a bien insisté, il ne faut en aucun cas lui faire de mal. N'abusez pas de votre cordial, Finch. S'il lui arrive quoi que ce soit, je vous ferai pendre !

17

Malgré tous leurs bagages et la nombreuse escorte qu'imposaient les conventions à deux dames voyageant seules, Mlle Oldridge et Mme Entwhistle avaient couvert près de soixante lieues quand elles s'arrêtèrent pour la nuit.

Après un délicieux dîner, auquel la jeune fille avait à peine touché, elles s'étaient retirées dans un petit salon pour boire une tasse de thé avant d'aller se coucher lorsqu'un valet vint leur annoncer qu'un certain M. Carsington souhaitait les entretenir.

— Eh bien, il n'a pas perdu de temps, remarqua l'ancienne gouvernante tandis que sa compagne gardait un silence hostile. Faites-le entrer, intima-t-elle au domestique.

Alistair paraissait épuisé, mais sa mise était impeccable, comme d'habitude. Mirabel dut se retenir pour ne pas se jeter sur lui, froisser ses vêtements et déranger l'ordonnance parfaite de sa coiffure, mais de telles familiarités lui auraient été fatales. Si elle se laissait aller, elle succomberait à son charme et il serait capable de la faire passer par le chas d'une aiguille.

C'était son pire ennemi, elle ne devait pas l'oublier une seconde.

Elle le salua donc d'un signe de tête, et lui proposa froidement une tasse de thé.

— Je ne suis pas venu prendre le thé, grommela-t-il en jetant son chapeau sur une chaise. J'ai rallongé de cinq lieues le tracé de mon canal dans le seul but de vous plaire, alors même que cela ralentit les travaux et augmente considérablement les coûts. Je suis venu vous demander pourquoi vous vous montrez si peu raisonnable.

— Je pourrais vous poser la même question, rétorqua-t-elle. Je ne comprends pas pourquoi vous vous obstinez ainsi, lord Gordmor et vous, alors que je vous ai juré de faire tout ce qui serait en mon pouvoir pour vous empêcher de mener à bien votre projet.

— Si vous n'éprouvez aucune affection pour moi, vous feriez mieux de me le dire. En des circonstances ordinaires, jouer avec mes sentiments comme vous le faites serait déloyal, mais…

— Vous m'accusez de jouer avec vos sentiments ? coupa-t-elle. Vous, dont les liaisons sont connues de tous ! Voilà qui ne manque pas de sel !

— En l'occurrence, mes sentiments sont sans importance, reprit-il comme si elle n'avait pas ouvert la bouche. Vous pouvez me briser le cœur si cela vous chante, mais trouvez un autre moyen. Vous n'imaginez pas le mal que vous allez faire à d'autres.

— *Vous* briser le cœur ?

Elle se figea. Si William ne l'avait jamais accusée de faire la coquette et d'avoir joué avec ses sentiments, d'autres ne s'en étaient pas privés. Quand elle avait rompu leurs fiançailles, une bonne moitié de leurs amis lui avait tourné le dos, et les autres s'étaient obligeamment chargés de lui répéter ce que la première moitié disait à son sujet.

Elle n'était qu'une aguicheuse qui s'était servie honteusement de William…

Ce genre de racontars l'avaient suivie jusque dans le Derbyshire. Ceux qui avaient vu le jeune peintre à Venise le dépeignaient comme un homme désespéré, ayant perdu le goût de vivre, au bord du suicide. Il avait à peine la force de tenir ses pinceaux. Il allait s'effondrer dès qu'il aurait terminé sa fresque… Il avait juré de ne jamais revenir en Angleterre… Il voulait partir pour l'Égypte ou les Indes et ne survivrait jamais à un tel périple, car sa santé déclinait.

Tout cela par sa faute.

Les souvenirs des mois affreux qui avaient suivi sa rupture avec William revinrent en force, la plongeant dans le même désespoir.

Elle n'avait soudain plus qu'une envie : se coucher sur le sol et pleurer toutes les larmes de son corps.

Cette réaction la mit en colère – contre l'homme qui la rendait si faible, et contre elle-même qui le laissait la réduire à cet état.

Elle se leva, tremblante d'indignation.

— Vous croyez que j'ai joué avec vos sentiments, que je me suis moquée de vous, c'est cela ? Vous avez vraiment une excellente opinion de moi.

— Ce n'est pas ce que je voulais dire ! C'est ce que vous pensez de *moi*…

— J'aurais dû me douter que ma conduite effrontée me ferait baisser dans votre estime ! Mais jamais je n'aurais imaginé que vous me jetteriez mes erreurs à la figure de cette façon.

— Mon estime ? Mais jamais…

— Vous croyez que je m'oppose à votre projet de canal uniquement pour vous contrarier ? Vous me croyez à ce point mesquine, à ce point méprisable ?

— Bien sûr que non ! Pourquoi diable déformez-vous ainsi mes propos ?

— Est-ce que je délire ? questionna-t-elle en se tournant vers Mme Entwhistle. Comment auriez-vous interprété les paroles de M. Carsington ?

— Je n'en ai pas la moindre idée, rétorqua celle-ci en se resservant une autre tasse de thé. J'ai eu une longue journée, et je suis beaucoup trop fatiguée pour résoudre une question aussi difficile. Si vous avez l'intention de vous disputer, je vous serais reconnaissante d'aller le faire ailleurs et de me laisser finir mon thé en paix.

Alistair ne s'était même pas aperçu de la présence de Mme Entwhistle. Quand il était entré, il n'avait eu d'yeux que pour Mirabel. Il n'avait même pas attendu que le valet soit parti pour commencer sa tirade. Tous les hôtes de l'auberge auraient pu s'entasser sur le seuil pour les écouter qu'il ne l'aurait pas remarqué.

Il se reprochait maintenant sa légèreté. À vingt-neuf ans, il était grand temps d'apprendre la discrétion !

Furieux contre lui-même, il suivit Mirabel dans une petite salle à manger adjacente et referma soigneusement la porte derrière lui. Elle s'installa sur une banquette sous la fenêtre, le plus loin possible de lui.

Il comprenait sa colère. Il avait tenu des propos terriblement maladroits et offensants. Il n'avait éprouvé aucune difficulté à se montrer convaincant à la réunion du comité, alors pourquoi son cerveau rétrécissait-il dès qu'il se trouvait avec elle ?

— Je n'avais aucune intention de… commença-t-il.

Et voilà qu'il était de nouveau incapable d'aligner deux phrases cohérentes. Il n'avait aucune envie de parler, d'ailleurs. Tout ce qu'il voulait, c'était la prendre dans ses bras, implorer son pardon et retrouver sa confiance et la complicité chaleureuse qu'ils avaient partagées. Mais elle se montrait si froide.

Sans le vouloir, il l'avait profondément blessée.

— Pardonnez-moi, fit-il. Si j'ai travaillé à ce nouveau tracé, c'était uniquement pour vous satisfaire. Échouer d'une telle façon m'a mis hors de moi.

— Vous n'avez pas échoué, corrigea-t-elle d'un ton plein de défi. Vous avez remporté la première bataille. Nous verrons qui gagnera la guerre.

— Pourquoi ne pas me dire ce que j'ai fait de mal ? implora-t-il. J'espérais sincèrement tout arranger. J'ai peut-être été trop vite en besogne en m'imaginant que nous pourrions nous marier si je parvenais à résoudre la question du canal. J'ai pensé que vous aviez refusé ma demande pour cette raison. Est-ce que je me suis montré présomptueux ? Est-ce que vos sentiments…

Il s'interrompit, cherchant ses mots.

— J'ai mal agi en vous séduisant, reprit-il, mais cela m'était égal à ce moment-là. Si je n'ai gagné que votre corps, et pas votre cœur, je vous en prie, dites-le-moi, et je cesserai de vous importuner.

Il était bien décidé à tenir parole, même s'il devait en mourir.

La magnifique chevelure de Mirabel étincelait à la lueur des chandelles et lui remettait en mémoire les boucles indisciplinées répandues sur l'oreiller. Il le rappelait avec quelle avidité il y avait plongé les doigts après lui avoir arraché son affreux chapeau. Il se remémorait son rire cristallin quand elle lui avait fait tomber son chapeau d'une pichenette, et la tendresse de ses baisers.

Il se souvenait encore de ses paroles.

Tu me rends tellement heureuse. J'ai le cœur plus léger dès que tu es là…

Mais aujourd'hui, il l'avait rendue malheureuse, il le devinait, à son regard sombre, à ses mains crispées sur ses genoux, à la raideur de son maintien.

— C'est tout ce que j'ai à faire ? Vous dire que je n'éprouve aucun sentiment pour vous ? répondit-elle enfin. Cela paraît facile, mais c'est impossible. Je vous l'ai déjà dit à plusieurs reprises, mais ce n'étaient que des mensonges, et vous l'avez toujours su.

— Mon amour, souffla-t-il en s'avançant vers elle.

— Si vous ressentez une réelle affection pour moi, n'approchez pas ! s'écria-t-elle. Dès que vous me touchez, je ne sais plus ce que je fais. Ce serait vous donner un avantage injuste.

Il était prêt à prendre tous les avantages qu'il pourrait, injustes ou pas. Il obéit néanmoins.

— Et n'essayez pas non plus de m'embobiner avec de belles paroles. Vous êtes beaucoup trop persuasif. Ce matin, vous m'avez presque convaincue que la

Providence ne pouvait nous apporter de plus grande bénédiction que votre canal.

— Presque, répéta-t-il. C'est là que le bât blesse, et c'est la raison de ma venue. Enfin, c'est le prétexte que j'ai donné à Douglas pour partir en éclaireur. Je veux savoir où j'ai commis une erreur, ce qu'il aurait fallu faire pour vous satisfaire.

— Allez-vous-en, vous perdez votre temps. Pourquoi vous obstinez-vous ainsi, tous les deux ? Je connais les affaires et la politique, figurez-vous. Vous finirez peut-être par arriver à vos fins, mais cela vous coûtera très cher, plus peut-être que vous ne pouvez vous le permettre. Plus, en tout cas, que les mines de lord Gordmor ne le méritent.

— Même si ces mines ne valent pas grand-chose, c'est tout ce que nous avons.

Mirabel n'aurait pas eu l'air plus stupéfait si la foudre s'était abattue à ses pieds. Alistair se mordit les lèvres, faute de pouvoir se couper la langue.

— Je devrais tourner ma langue sept fois dans ma bouche avant de parler, remarqua-t-il enfin. Notre situation financière ne vous intéresse nullement.

— Vous croyez ? riposta-t-elle. Je comprends mieux l'obstination de votre ami ! Comment ai-je pu me montrer aussi stupide ? Quand j'ai écrit à tante Clotilde, j'aurais dû aussi lui demander des renseignements sur lui. L'état de ses finances aurait été bien moins distrayant que le catalogue de vos amours, mais il se serait révélé beaucoup plus utile.

— Comment cela, distrayant ?

— Vous devriez écrire vos Mémoires, suggéra-t-elle.

— Mes Mémoires ? répéta-t-il sans ciller.

— Cela vous rapporterait plus d'argent que ces maudites mines.

Alistair s'approcha de l'âtre et s'absorba dans la contemplation des flammes. Pouvait-il lui ouvrir son cœur ? Et jusqu'où pouvait-il aller ? Finalement, il pivota et déclara :

— Je n'ai plus le temps, Mirabel.

— Vous n'avez pas encore trente ans, remarqua-t-elle. Même si vous avez eu une vie passionnante, le récit n'en sera pas bien long. En travaillant assidûment, vous pourriez rédiger vos Mémoires en quelques mois. Vous savez tourner vos phrases.

— Je n'ai plus le temps, s'entêta-t-il. Il ne me reste plus que sept semaines.

En quelques mots, il lui raconta ce qui avait motivé sa venue. La colère de son père, la liste qu'il avait dressée de ses *Méfaits et frasques divers*, et le marché qu'il lui avait mis en main.

Elle l'écouta sans mot dire, la tête inclinée de côté, l'air perplexe.

— Je ne vois pas où est le problème, commenta-t-elle quand il eut terminé.

Alistair savait qu'il se troublait dès qu'elle apparaissait et qu'il perdait une partie de ses moyens en sa présence, mais cette fois-ci, il avait été on ne peut plus clair, et même un enfant de cinq ans aurait compris de quoi il retournait.

— Si Douglas et moi n'arrivons pas à monter ce projet de canal avant le 1er mai, il faudra que j'épouse une riche héritière.

— Et alors ? Vous avez dit je ne sais combien de fois que vous souhaitiez m'épouser.

— C'est mon désir le plus cher.

— Vous voyez !

— Je vois quoi ?

— Je suis une riche héritière !

Il y eut un court silence tendu.

— Non, lâcha Alistair.

Il se mit à arpenter la pièce tel un lion en cage, s'asseyant pour se relever la seconde d'après, tout en marmonnant.

Ce n'était pas du tout la réaction à laquelle elle s'était attendue. Jamais elle n'aurait osé rêver solution aussi simple, mais Alistair ne partageait visiblement pas son avis, et elle comprenait pourquoi.

William Poynton l'avait aimée, lui aussi, mais elle avait exigé de lui un trop grand sacrifice. Il ne voulait pas plus renoncer à ses rêves et à ses ambitions qu'elle n'était prête à abandonner sa maison et son original de père au premier aigrefin venu.

— Je ne vous demanderai pas de jouer les hobereaux de campagne et d'habiter toute l'année dans le Derbyshire, plaida-t-elle, le cœur battant. Je sais que vous voudrez passer la Saison à Londres, et je n'y vois aucun inconvénient.

— Si vous vous imaginez que je vous laisserai seule à Longledge au plus fort de la saison touristique, quand la région fourmille d'hommes désœuvrés, vous vous trompez lourdement, gronda-t-il.

— Mais je ne peux pas laisser le domaine au printemps et au début de l'été, quand il y a tant à faire, se désespéra-t-elle. Il vaut mieux que nous nous mettions d'accord dès maintenant. Il y a des choses qui ne sont pas négociables.

— Il n'y a rien à négocier, répliqua-t-il sèchement. Il n'est pas question de vous épouser tant que je n'ai pas le sou. J'ai vécu aux crochets de mon père des années, je ne vivrai pas aux crochets de ma femme !

— Vivre à mes crochets ? fit-elle en se levant, mortifiée. Je vois. Je me suis jetée à votre tête, mais vous n'avez toujours pas confiance en moi. Vous n'arrêtez pas de me demander de vous épouser, mais maintenant que cela résoudrait tous vos problèmes, cela n'est plus possible. C'est une question d'orgueil ? Vous vous imaginez peut-être que j'essaierai de vous réduire en esclavage, comme Judith Gilford ? Si c'est le cas, c'est que vous ne me connaissez pas. Votre soi-disant amour est de la même eau que toutes vos autres passions : intense, mais superficiel, et incapable de résister aux réalités de la vie ordinaire.

— Je vous remercie, mais je suis parfaitement capable d'affronter les vicissitudes de la vie, et je compte bien vous le prouver.

Quand il quitta la pièce, il boitait plus que de coutume. En dépit de sa colère et de son désespoir, Mirabel ne put s'empêcher de le plaindre pour cette souffrance qui le torturait sans cesse et qu'il dissimulait au prix de tant d'efforts.

Il lui avait volé son cœur, et voilà qu'il partait avec, comme s'il s'agissait d'un vulgaire mouchoir enfoui au fond de sa poche.

Eh bien, qu'il parte, avec son précieux orgueil et son maudit canal! S'il ne voulait pas de son argent, cela le regardait. Quant à elle, elle ferait exactement ce qu'elle avait prévu. La situation n'avait pas changé, ils étaient revenus au point de départ. Elle devait se préparer à souffrir. C'était le prix à payer pour les brefs instants de bonheur qu'ils avaient partagés, et elle s'y résignait.

Elle y était si bien résignée que lorsqu'elle l'entendit prendre courtoisement congé de Mme Entwhistle, elle attrapa le premier vase qui lui tomba sous la main et le fracassa contre le mur.

Peu après que son maître fut revenu de sa tumultueuse entrevue avec Mlle Oldridge, Crewe lui apporta un copieux plateau.

Alistair se força à manger un peu avant de se coucher. Il était beaucoup trop tôt pour dormir, mais il était épuisé et déprimé, et son corps avait besoin de repos après la chevauchée de l'après-midi. De toute façon, comment fermer l'œil après les révélations de Mirabel?

Une héritière? Pourquoi Douglas ne le lui avait-il pas dit?

Sans doute avait-il pensé que c'était de notoriété publique, et qu'il le savait. Certes, vu la taille et la prospérité de leur domaine, il était évident que les Oldridge étaient riches. Mais il avait aussi présumé qu'après le décès de M. Oldridge, les terres iraient au plus proche parent mâle, comme il était de règle dans l'aristocratie britannique.

Mirabel savait qu'il était habitué à un train de vie fastueux, et si elle lui avait présenté leur éventuel mariage comme la solution à tous ses ennuis, c'était que sa fortune personnelle devait être substantielle.

Contrairement à la plupart des femmes qu'il fréquentait, elle connaissait le prix des choses, elle était habituée à peser les avantages et les inconvénients de tel ou tel investissement, à évaluer s'il valait mieux réparer ou remplacer tel ou tel équipement. Elle devait instinctivement savoir, au shilling près, ce dont il avait besoin pour mener le genre de vie qui avait toujours été le sien.

Si elle pensait que leur mariage lui permettrait de satisfaire les exigences paternelles, c'était qu'elle avait les moyens de les faire vivre tous les deux. Quant à lui, il refusait absolument de se voir pris en charge par qui que ce soit, et par Mirabel moins que quiconque.

S'il ne pouvait résoudre ses problèmes par lui-même, il perdrait à tout jamais le peu de fierté qu'il lui restait. Il ne mériterait ni son amour, ni le respect de son père, ni l'amitié de Douglas.

Cela dit, il se sentait au-dessous de tout. En rejetant sa proposition de façon aussi abrupte, il avait dû la blesser. Une fois de plus. S'il avait un tant soit peu réfléchi, il lui aurait expliqué ses raisons, au lieu de se laisser aller à la colère et de se draper dans son orgueil masculin.

Ces tristes réflexions avaient achevé de l'épuiser et il finit par sombrer dans un demi-sommeil hanté par des visions de Waterloo. Toutes les nuits, il revivait la bataille, se remémorant des pans entiers que sa mémoire avait enfouis dans un recoin de son esprit. Chaque fois, il revoyait plus clairement les détails du carnage et retrouvait les sensations qui l'avaient alors habité. Toutes les nuits, il se réveillait en nage, quand ses gémissements n'alertaient pas le pauvre Crewe.

— Monsieur, monsieur, réveillez-vous ! Vous avez encore fait un cauchemar.

— Quelle heure est-il ?

— Près de minuit, monsieur.

— Lord Gordmor n'est pas arrivé ?

Non, Sa Seigneurie n'était pas arrivée, et il était peu probable qu'il les rejoigne cette nuit. Le temps s'était dégradé dans la soirée, et il aurait été dangereux de courir les routes. Le vicomte avait dû s'arrêter à la première auberge qu'il avait trouvée.

De toute façon, il n'y aurait pas eu de place ici pour ses gens et lui. Mlle Oldridge et sa suite occupaient presque tout le modeste établissement, et il ne restait que quelques chambres minuscules donnant sur une venelle obscure.

Malgré tout, quand il entendit frapper à la porte, Alistair pensa que son ami, bravant toute prudence, avait préféré les rejoindre au plus vite, et il ne se donna pas la peine de passer une robe de chambre tandis que Crewe allait ouvrir.

— Oui, il est réveillé, mais…

Le valet de chambre n'eut pas le temps de terminer sa phrase. Une main énergique l'écarta, et Mirabel fit son entrée dans un exquis tourbillon de mousseline et de… dentelle ?

— Oh, excusez-moi ! s'exclama-t-elle en s'immobilisant au milieu de la pièce. Je pensais que vous n'étiez pas encore couché.

Rougissant, elle détourna les yeux.

Comme toujours, le fidèle domestique se révéla l'homme de la situation. Il se rua vers une chaise, s'empara du peignoir de son maître et aida ce dernier à l'enfiler avant de s'éclipser en murmurant une vague excuse.

C'est seulement après son départ que Mirabel se risqua à regarder Alistair. Dans son ravissant déshabillé de mousseline incrusté de dentelle, elle ressemblait à une princesse de conte de fées. Carsington contempla d'un regard stupéfait cette vivante incarnation de l'élégance féminine.

La lueur des bougies accrochait des reflets de feu dans la somptueuse chevelure cuivrée et allumait des étoiles dans le regard bleu profond.

— Je renonce à mes objections et ne m'oppose plus à votre projet, annonça-t-elle, les mains sur les hanches.

La tempête faisait rage. La pluie martelait les vitres, le vent mugissait dans la cheminée, toute la vieille bâtisse en était ébranlée, pourtant, Mirabel se serait sentie plus en sécurité dehors que dans cette petite chambre.

Les cheveux dénoués, à peine vêtue, elle défiait Alistair du regard. Elle portait le déshabillé provocant que sa tante Clotilde lui avait envoyé avec sa dernière lettre. Ce n'était pas une tactique loyale, mais elle s'en moquait. Elle était décidée à employer les grands moyens pour convaincre Alistair. Elle l'aimait follement, éperdument, et jamais, pour rien au monde, elle ne renoncerait à lui.

— J'aurais dû vous retenir, tout à l'heure, reprit-elle. J'aurais dû essayer de vous comprendre, mais j'étais trop indignée et mortifiée pour réfléchir calmement.

Depuis, elle avait eu le temps de se calmer, d'y voir plus clair, et de répondre à la question : qu'est-ce qui compte le plus, une maison, des terres, ou l'amour d'une vie ?

Pourquoi la fixait-il ainsi, sans mot dire ? Lui avait-il définitivement fermé son cœur ? La prenait-il pour une petite péronnelle tyrannique, comme cette Judith Gilford, dont les caprices l'avaient découragé ?

— Je n'étais pas raisonnable, enchaîna-t-elle, le cœur battant. Le capitaine Hugues trouvait vos modifications tout à fait satisfaisantes. S'il a lu ma lettre, c'est uniquement parce qu'il s'y était engagé.

Elle savait que, même s'il était parfaitement sincère quand il le lui avait promis, son père ne viendrait pas à la réunion. Il avait tenu à se rendre à Matlock Bath à pied, comme il le faisait toujours, et s'était mis en route tôt le matin, seul. Comme elle ne pouvait l'obliger à venir avec elle en voiture, elle avait préparé cette lettre et l'avait remise la veille au capitaine, au cas très probable où son père ne se présenterait pas.

— J'aurais dû lui faire dire de ne pas la lire. Vos révisions étaient très astucieuses et parfaitement satisfaisantes, c'était ridicule de ne pas les accepter. Le monde change et il faut s'adapter. Je devrais vous être reconnaissante pour tout le mal que vous vous êtes donné pour moi, au lieu de continuer à vous causer des ennuis.

— Le nouveau tracé aurait effectivement dû satisfaire tout le monde.

— Mais il a satisfait tout le monde, puisque le vote vous a été favorable !

— Tout le monde sauf vous.

— Rien n'aurait pu me satisfaire. Ce que je voulais, c'était que lord Gordmor ferme ses mines et qu'il cesse de nous ennuyer avec ses difficultés de transport. Je ne voulais pas que le commerce prenne le pas sur l'agriculture à Longledge. Je ne voulais pas de changements ni d'innovations qui seraient venus troubler notre paisible petite vie campagnarde.

— Dans ce cas, je vais trouver un moyen de le préserver.

Elle contempla le beau visage viril, et la tendresse qu'elle y lut lui réchauffa le cœur.

— Vous n'allez pas perdre votre temps à satisfaire de pareilles sottises. Il n'est pas question de renoncer à tout ce qui vous a demandé tant de travail, c'est ce que je suis venue vous dire. Mon affection serait bien superficielle si je ne pouvais lui sacrifier un tout petit peu de confort !

— Il me semble qu'il s'agit de bien plus qu'un « tout petit peu de confort » à vos yeux, objecta-t-il.

Voir son parc éventré lui briserait effectivement le cœur, mais elle savait que personne ne pourrait vraiment le comprendre. Alistair, comme n'importe quelle personne raisonnable, pensait qu'on ne pouvait arrêter la marche du progrès et qu'il fallait s'y adapter.

Cela faisait plus de quinze ans que sa mère avait disparu, et recréer le monde dans lequel elle avait vécu ne la ramènerait pas à la vie. L'homme qui était devant elle était bien vivant, lui, et elle l'aimait comme elle n'avait jamais aimé.

Elle était prête à quelques sacrifices pour faire sa vie avec lui plutôt que de retourner à son existence solitaire dans son petit paradis.

— J'ai déjà aimé, comme vous le savez, et j'ai renoncé à celui que j'aimais parce que je ne voulais pas abandonner ma maison et mes terres pour aller courir le monde comme il le souhaitait. J'ai rompu mes fiançailles, je suis rentrée chez moi et je me suis résignée à rester vieille fille. Je ne devais pas être si résignée que cela puisque, aujourd'hui, je refuse de faire fi de mes sentiments à votre égard.

— Votre fiancé était un imbécile, déclara Alistair d'une voix sourde. S'il vous avait vraiment aimée, il serait resté auprès de vous et se serait battu pour vous garder. Mais comme je suis un égoïste, je bénis sa stupidité. Je veux être celui qui se battra pour vous.

Le cœur de Mirabel se mit à cogner follement dans sa poitrine.

— Vous n'avez pas besoin de vous battre, dit-elle doucement, puisque je suis à vous.

Tu l'es vraiment, mon amour ? sourit-il en lui ouvrant les bras.

Elle courut s'y jeter et, dès qu'ils se refermèrent sur elle, elle sut qu'elle avait pris la bonne décision.

— Il faut que tu retournes dans ta chambre, murmura-t-il sans conviction, le visage enfoui dans la chevelure soyeuse.

Il couvrit de baisers le front, le nez et les yeux de Mirabel, qui lui offrit ses lèvres.

— Ce n'est pas prudent, chuchota-t-il.

— Tu as raison.

Quelle menteuse ! Elle se moquait comme d'une guigne de savoir ce qui était prudent ou pas. Il était tard, ils étaient seuls et la tempête semblait les isoler du monde.

Il s'écarta un peu pour plonger son regard dans les yeux d'outre-mer. Elle lui avait ouvert son cœur, elle s'était offerte à lui totalement et venait de lui sacrifier ce qu'elle avait de plus cher.

— Je veux me conduire en gentleman, déclara-t-il solennellement. J'ai déjà suffisamment abusé de ton inexpérience.

— C'était effectivement très mal. Et c'était encore plus mal de ma part de ne pas te décourager. C'était très mal de venir te rejoindre dans ce déshabillé suggestif. Je ne porte rien en dessous, tu sais. J'ignore ce qui a pris à tante Clotilde d'offrir un vêtement pareil à une vieille fille convenable, susurra-t-elle en dénouant le ruban à l'encolure de son déshabillé.

— Mirabel, je t'en prie ! Je ne suis pas de marbre.

— Je sais, sourit-elle. Tu es un homme de chair et de sang. Et fort musclé. Tandis que moi…

— Mirabel, fit-il d'une voix rauque, je sais que ton corps est la perfection même, mais je ne veux pas le regarder pour le moment. Ne touche pas à ces rubans ! C'est une véritable torture. Nous allons nous marier, et je ne veux pas anticiper…

— C'est déjà fait, il me semble, coupa-t-elle en dénouant le second ruban. Deux fois.

— Je me suis montré irresponsable, et égoïste. Dieu merci, nous n'avons pas commis l'irréparable ! À présent, il faut que tu retournes dans ta chambre, décréta-t-il en clopinant vers la porte. Bonne nuit, ajouta-t-il en ouvrant le battant en grand.

Mirabel ne bougea pas d'un pouce, mais défit calmement le dernier ruban avant de se débarrasser de son déshabillé.

— Arrête ! supplia-t-il en refermant précipitamment la porte.

— Ne t'inquiète pas, je préfère que ce soit toi qui me l'enlèves. Tu as tellement de talent pour habiller et déshabiller les femmes…

Il fonça sur elle, ses yeux mordorés jetant des éclairs, et elle se demanda s'il allait la jeter dehors manu militari.

— Toi, gronda-t-il en la saisissant aux épaules.

— Oui, c'est bien moi, sourit-elle. Mais je ne savais pas qu'une dévergondée sommeillait en moi. Maintenant que tu l'as réveillée, tu dois en subir les conséquences.

Elle glissa la main sur sa nuque, l'attira à elle. Leurs bouches se joignirent, et il l'entraîna dans le royaume enchanté où elle retrouva sa jeunesse et sa joie de vivre.

Comme elle se hissait sur la pointe des pieds, Alistair approfondit son baiser. Elle se sentit sombrer dans un abîme vertigineux. Ses lèvres étaient la plus puissante des drogues, et elle se rappela comment sa langue, qui explorait si habilement sa bouche, avait titillé peu de temps auparavant des endroits beaucoup plus intimes de son anatomie.

Une onde brûlante fusa dans ses veines, et la dévergondée prit le pas sur la jeune fille raisonnable.

Elle caressa les épaules puissantes, les bras athlétiques, et s'abandonna à ces mains magiques qui ramenaient son corps à la vie.

Doucement, il fit glisser les bretelles de la chemise de nuit, repoussa la mousseline diaphane. Elle retint son souffle lorsque sa main se referma sur son sein.

— Parfaite, chuchota-t-il. Tu es parfaite.

Elle se cambra à sa rencontre savourant ses caresses, en réclamant davantage encore. En un tournemain, elle se retrouva nue jusqu'à la taille, les grandes mains chaudes pétrissant ses seins dont les pointes se dressaient presque douloureusement.

Comme dans un rêve, elle vit sa chemise de nuit tomber à ses pieds, sentit contre son dos le montant du lit. Elle s'y appuya, prise de vertige. La voix d'Alistair lui parvint, de très loin :

— Que tu es belle…

Sa main descendit doucement de ses seins jusqu'au jardin secret dont il lui avait révélé l'existence.

Lui aussi était beau, bien plus qu'elle. Fébrilement, elle dénoua sa robe de chambre et l'envoya rejoindre sa chemise de nuit sur le sol.

À la lueur des flammes qui rougeoyaient dans l'âtre, ses traits apparaissaient plus virils que jamais, et ses yeux aux pupilles dilatées par le désir semblaient deux puits sans fond.

L'imitant, elle promena la main de son torse à son ventre d'acier, mais il s'écarta avant qu'elle ait pu se montrer plus hardie.

S'inclinant sur elle, il posa délicatement la bouche au creux de son cou, descendit plus bas, laissant une trace de feu sur sa chair déjà enfiévrée. Du bout de la langue, il agaça l'extrémité de ses seins qui durcirent instantanément, les embrassa, les suça. Avec un gémissement, elle enfouit les doigts dans l'épaisse chevelure, lui maintint la tête de crainte qu'il ne cesse sa caresse si délicieuse qu'elle en était presque insupportable.

Le souffle court, elle le sentit reprendre sa lente descente ponctuée de baisers brûlants, puis sa bouche plongea de nouveau entre ses cuisses, et Mirabel perdit pied. Sa chair palpitait de désir, elle voulait… elle voulait…

— Je veux être à toi, murmura-t-elle en l'obligeant à se relever. Fais-moi tienne !

Sans se faire prier, il la souleva dans ses bras, l'emporta vers le lit et s'agenouilla à ses pieds. Ses mains remontèrent le long de ses jambes, qu'elle écarta spontanément. Elle aurait voulu l'attirer sur elle, mais il était hors de portée, alors elle se laissa aller contre les oreillers et s'abandonna sans vergogne à ses caresses. Il se pencha, promena les lèvres sur ses jambes, et elle retint un cri.

Comme ses mains atteignaient ses cuisses, elle sentit soudain son pouce à l'orée de l'endroit où il l'avait si délicieusement torturée. Jamais elle n'avait connu pareil délice. Elle n'était plus qu'un corps frémissant d'un désir brûlant que lui seul pouvait satisfaire.

Puis, soudain, une joie insurmontable la balaya. Alistair étouffa son cri d'un baiser tandis qu'une vague de plaisir intense prenait naissance au cœur même de son être, une explosion de sensations qui se répandirent à travers tout son corps.

Au milieu de ce tourbillon, elle le sentit s'insinuer en elle. Elle se figea.

— Désolé, souffla-t-il. Je veux dire…

— Oh ! C'est *toi* ? haleta-t-elle en se tortillant dans l'espoir d'alléger la pression entre ses cuisses.

— Mirabel… Mon amour.

Il glissa la main entre eux, là où leurs corps s'unissaient, et titilla délicatement le bouton si sensible niché au creux de sa féminité. Peu à peu, la douleur s'apaisa, laissant place à…

— Oh, c'est bon… soupira-t-elle.

— Oui, c'est bon, acquiesça-t-il d'une voix étranglée.

— Est-ce qu'on peut recommencer ?

— Nous venons à peine de commencer.

Doucement, il se mit à aller et venir en elle. Comme elle ne protestait pas, il augmenta le rythme. D'instinct, elle ondula sous lui, sirène voluptueuse se laissant emmener là où il le souhaitait. L'univers bascula, la houle prit des proportions affolantes. Tout son corps se cambrait, se tendait comme un arc pour tenter d'apaiser ce besoin de lui qui devenait plus impérieux à chaque seconde, telle une déferlante montant des profondeurs.

— Je t'aime, lui souffla-t-il à l'oreille. Je t'aime.

Elle voulut lui répondre, ses lèvres s'entrouvrirent, mais elle ne put articuler un mot. Un courant d'une puissance inouïe l'emporta, et elle sombra tout entière dans un gouffre sans fond. Un battement de cœur plus tard, une flèche de feu les traversa, et le monde vola en éclats.

18

Alistair roula sur le flanc, étourdi. Puis il attira Mirabel à lui, son dos plaqué contre son torse, ses jolies fesses rondes nichées contre son bas-ventre.

En cet instant, son bonheur était total.

La main de la jeune femme se posa sur le réseau de cicatrices qui couraient sur sa cuisse et le caressa doucement. Même lorsque sa jambe ne le faisait pas particulièrement souffrir, il ressentait une gêne diffuse qui lui interdisait d'oublier sa blessure. Mais là, sous les doigts légers, elle s'évanouit.

— Tu la détestes ? demanda-t-elle d'une voix enrouée.

— Quoi ?

— Ta blessure.

Il aurait voulu adopter une attitude dégagée, répondre qu'il n'y songeait jamais, mais c'eût été un pur mensonge.

— C'est un vrai fléau. Elle ne me laisse jamais de véritable répit. Et puis, la cicatrice est tellement laide, et je n'arrive pas... Tu veux que je te dise tout ? murmura-t-il après une hésitation en enfouissant le visage dans le cou de Mirabel.

Elle se tourna entre ses bras pour lui faire face et lui caressa la joue. Il déposa un baiser au creux de sa paume. Il adorait ses mains... Il adorait son toucher si léger... Et elle, elle avait l'air d'aimer les caresses qu'il lui prodiguait et la façon dont il lui avait fait l'amour.

Tout allait donc pour le mieux dans le meilleur des mondes possibles, et il ne désirait rien de plus, à part un mariage rapide.

— Tu n'arrives pas à quoi ?

— À m'y habituer. Cela me donne une démarche si gauche. Je ne m'habitue pas à boiter, souffla-t-il.

Il n'avait jamais osé l'avouer à qui que ce soit. C'était tellement puéril. Il aurait dû s'estimer heureux d'être en vie, et voilà qu'il se plaignait d'une malheureuse boiterie !

— À part toi, personne n'y attache d'importance, assura-t-elle. Tu ne me croiras peut-être pas, tu vas dire que l'amour m'aveugle, mais tu n'imagines pas l'effet que me fait ta démarche ! Ce léger déhanchement éveille en moi des sentiments inconvenants. Au début, je ne savais pas ce que c'était, sinon que je trouvais cela à la fois agréable et troublant.

— Des sentiments inconvenants ? répéta-t-il. Tu veux dire que cela t'excite ?

Elle acquiesça d'un sourire.

— Tu te moques de moi !

— Jamais je ne me moquerais de toi sur un tel sujet, le rassura-t-elle. Ce n'est pas un aveu facile à faire, mais, après tout, j'ai dépassé le stade de la honte.

Elle trouvait son infirmité érotique...

Jamais il n'aurait imaginé une chose pareille ! Mais jamais non plus il n'aurait imaginé rencontrer quelqu'un comme Mirabel. Et il commençait tout juste à la découvrir.

— Même si je suis au-delà de la honte, soupira-t-elle, il faut tout de même sauvegarder les apparences. J'aurais dû droguer tout le monde dans cette auberge avant de monter te retrouver ! Maintenant, il faut que je retourne dans ma chambre. Enfin, j'ai prévu une excuse si je rencontre quelqu'un.

— Laquelle ? demanda-t-il, histoire de la retenir encore un peu.

— J'ai fait un cauchemar, et quand je me suis réveillée, je ne savais plus où j'étais. Je me croyais à la maison, et j'ai erré dans les couloirs, complètement désorientée. Il m'a fallu un long moment pour retrouver mes esprits et le chemin de ma chambre, conclut-elle en plantant un baiser sur sa bouche.

Elle avait des lèvres si douces, si fraîches ! Le bout de ses seins effleura le torse d'Alistair, et son parfum enivrant lui monta à la tête.

Il dut faire un effort surhumain pour résister à la tentation.

— Je te laisse partir et raconter tous les mensonges que tu voudras, dit-il en s'arrachant courageusement à ses bras, mais à une condition. Que tu n'oublies pas que nous allons nous marier, et le plus rapidement possible.

— Canal ou pas ?

— Je trouverai une solution. Et ne recommence pas à me seriner « Et si tu n'en trouves pas ? » ou « Il n'y en a aucune », parce qu'il y en a une et que je la trouverai, déclara-t-il en boitillant jusqu'à la table de toilette.

Il remplit la cuvette d'eau et la lui apporta, ainsi qu'un linge. Elle fit une toilette rapide – beaucoup trop rapide à son goût. Après quoi, il ramassa la chemise de nuit et le déshabillé arachnéens, et laissa son regard s'attarder une dernière fois sur son corps délicieux avant de l'aider à les enfiler.

— Ta tante t'envoie souvent des vêtements aussi suggestifs ? voulut-il savoir.

— Non, jamais, assura-t-elle en s'empourprant.

— C'est bien ce que je pensais, sinon tu ne t'habillerais pas comme tu le fais. Qu'est-ce qui lui a pris ?

— Je me le demande, répondit-elle. Il faut que je m'en aille.

— Mirabel.

— Je lui poserai la question une fois à Londres. En tout cas, je suis heureuse que tu approuves son choix, ajouta-t-elle précipitamment. Elle voudra certainement m'emmener courir les magasins, et j'ai horreur de cela ! Cela prend un temps fou, et j'ai toujours tellement à faire. Encore que, cette fois, j'aie tout le temps nécessaire pour constituer mon trousseau.

— Non, non, non, fit-il.

Elle lui adressa un regard surpris.

— Tu courras les magasins pour constituer ton trousseau, acquiesça-t-il, mais plus tard, avec moi !

— Tu n'aimes pas mes goûts ?

— À l'exception de ce que tu portes ce soir, tu n'as jamais fait preuve d'aucun goût, je suis au regret de te le dire. Mais là n'est pas la question, pour le moment du moins. Tu ne dois pas renoncer à ton action contre le canal.

— Laissez-moi vous dire, cher monsieur Carsington…

— Cesse ce petit jeu ! Plus de monsieur. Pour toi, je suis Alistair.

— Alistair…

Comme son prénom sonnait différemment lorsqu'elle le murmurait ainsi, dans la nuit, songea-t-elle. Lui, de son côté, se sentait un tout autre homme quand c'était elle qui le prononçait.

— … souviens-toi que mon action n'avait qu'un seul but : faire définitivement échouer ton projet de canal, ce qui, tu me l'as expliqué, ruinerait ton meilleur ami et tes deux frères cadets. Je ne veux pas être responsable d'un tel désastre, surtout pour un petit ruban d'eau d'une vingtaine de lieues à peine.

— Il existe une meilleure solution, j'en suis convaincu. L'idée est là, en gestation dans un coin de ma tête. Elle ne demande qu'à germer, mais je ne la trouverai jamais si tu n'arrêtes pas de me défier et de me contredire.

Il la prit par les épaules et la regarda au fond des yeux.

— Toute ma vie, tout a toujours été beaucoup trop facile pour moi. Je savais qu'il y aurait toujours quelqu'un pour résoudre mes problèmes. Je ne risquais jamais rien, et je n'avais jamais à m'en remettre à mon intelligence ou à ma ténacité. Jusqu'à maintenant. Jusqu'à ce que je te rencontre. Avec toi, rien ne va de soi, rien n'est facile. Tu m'as obligé à tout réexaminer, à réfléchir, à travailler, à faire des efforts. Jamais je ne me suis trouvé dans une situation aussi compliquée, et cela constitue une chance pour moi, je le sais. Tu comprends, mon agaçante petite peste ? J'ai besoin que tu me crées d'autres difficultés !

Elle le considéra un instant d'un air perplexe, puis :

— Oh !... Oh, oui, je comprends ! fit-elle avec un grand sourire. Je suis tellement soulagée.

Elle lui plaqua un baiser sur la bouche avant de quitter la pièce dans un tourbillon de mousseline et de dentelle.

Mirabel rejoignit sa chambre sans encombre et se glissa en hâte entre les draps, quand bien même elle savait qu'elle ne pourrait fermer l'œil.

Une animation confuse la tira du sommeil où elle avait fini par sombrer. On s'agitait dans le couloir ; elle percevait vaguement des pas pressés, des voix étouffées. Un coup d'œil rapide à la fenêtre lui apprit que l'aube pointait à peine.

On frappa à la porte de communication entre sa chambre et celle de Mme Entwhistle, et cette dernière fit son entrée dans un froissement de dentelle. Stupéfaite, Mirabel découvrit que son ancienne gouvernante portait un déshabillé encore plus osé que le sien.

— Mon enfant, je suis désolée de faire irruption chez vous de cette façon, mais Jock vient d'arriver avec des nouvelles inquiétantes.

Son père ! Il ne pouvait s'agir que de son père !

Mirabel bondit hors du lit, passa en hâte une robe de chambre et descendit précipitamment dans le hall, où l'attendait le messager d'Oldridge Hall, trempé jusqu'aux os.

Pour qu'on lui envoie un jeune valet au milieu de la nuit, alors que la tempête faisait rage, il fallait une véritable catastrophe.

Il s'excusa de la déranger à cette heure indue, mais M. Benton lui avait dit qu'il n'y avait pas une minute à perdre.

— Le maître n'est pas rentré pour dîner, mademoiselle !

Il se lança dans des explications, mais elles n'étaient pas nécessaires.

Moins d'une heure plus tard, Mirabel était en route pour Oldridge Hall, avec Mme Entwhistle et toute son escorte.

L'agitation dans la cour, les hennissements des chevaux et le bruit des voitures qui s'ébranlaient réveillèrent brièvement Alistair. Constatant que le jour n'était pas encore levé, il se rendormit du sommeil du juste. Depuis son arrivée dans le Derbyshire, jamais il n'avait passé une aussi bonne nuit.

Il rêvait qu'il était dans l'un de ces nouveaux convois mécaniques tirés par cette fameuse locomotive à vapeur inventée par le maintenant célèbre M. Trevithick.

Il faisait et refaisait sans cesse le circuit installé à Euston à la vitesse diabolique de douze lieues à l'heure. Debout sur le quai, Douglas lui adressait des signes frénétiques en lui criant de descendre – c'était dangereux, la machine risquait d'exploser. Alistair s'en moquait. Il était jeune, l'avenir lui appartenait, et il riait aux éclats.

C'était avant Waterloo…

Un violent cahot secoua le wagon, la locomotive crissa, la voix de Douglas devint inaudible…

— Monsieur, il est presque 9 heures.

Alistair ouvrit les yeux. Il faisait à peine moins sombre que tout à l'heure, lorsqu'il s'était réveillé. Crewe le secouait, l'air préoccupé.

— Neuf heures ? Mais pourquoi fait-il si sombre ? marmonna-t-il en s'asseyant dans son lit.

La tempête était passée, mais le temps restait couvert, et le ciel était à la pluie, lui expliqua son valet. Il se souvint également que les meilleures chambres avaient été prises par Mirabel et ses gens, ne leur laissant que des pièces étroites où la lumière pénétrait avec parcimonie.

Il espéra que cet isolement s'était révélé utile, et que la jeune femme avait pu regagner ses appartements sans être vue. Si jamais quelqu'un avait remarqué le séjour prolongé qu'elle avait fait chez lui…

Discrètement, il commença à tâtonner dans le lit, à la recherche d'épingles à cheveux égarées, puis il se rappela son arrivée, sa splendide chevelure flottant sur ses épaules. À part ses pantoufles de soie, elle ne portait qu'une chemise de nuit suggestive et un déshabillé vaporeux, et n'avait rien pu laisser derrière elle susceptible d'alimenter la curiosité des servantes.

Il écarquilla soudain les yeux. Il l'avait déflorée ! Les draps !

Il souleva le drap et jeta un rapide coup d'œil. Rien. Pas une tache !

— Je vous demande pardon, monsieur, l'interrompit Crewe avant qu'il ait eu le temps de réfléchir à ce mystère. J'ai dormi plus longtemps qu'à l'accoutumée, sinon je vous aurais réveillé.

— Vous avez monté la garde jusqu'au petit matin, j'en suis sûr.

— Vous ne souhaitiez pas que la visite d'une certaine dame parvienne aux oreilles de personnes mal intentionnées, je le savais, expliqua avec tact le fidèle domestique. Je suis heureux de vous assurer qu'elle a regagné sa chambre sans attirer l'attention. Tout le personnel de l'auberge était occupé en bas pour accueillir les voyageurs égarés dans la tempête. Ils avaient bien trop à faire pour espionner les autres clients.

— Rappelez-moi de vous proposer à la béatification dès que l'occasion s'en présentera, Crewe ! Et de doubler vos gages dès que ma situation me le permettra.

— J'aimerais pouvoir le mériter, monsieur, mais je suis au regret de vous apprendre que je me suis endormi à mon poste et que j'ai donc manqué à mes devoirs.

— J'en doute, rétorqua son maître, qui connaissait les exigences exorbitantes de son domestique envers lui-même.

— Cela fait plusieurs heures que Mlle Oldridge et ses gens ont quitté l'auberge. Pour Oldridge Hall.

Alistair, qui s'était levé et se dirigeait vers sa table de toilette, se figea.

— Elle est rentrée chez elle ?

Il n'y comprenait plus rien. Elle avait pourtant accepté d'aller jusqu'à Londres pour poursuivre son action contre le canal !

— Son père a disparu, monsieur.

Ce maudit Jackson ne s'en irait donc jamais ? se demanda Caleb Finch.

D'après ce qu'il était convenu, il était censé s'assurer que ce dernier avait la situation bien en main et suffisamment d'argent pour se rendre dans le Northumberland avant d'aller retrouver lord Gordmor à Londres.

Mais il avait finalement décidé de jouer les bonnes d'enfants et de les accompagner, tout ça parce que le vieux gâteux avait avalé quelques gouttes du cordial de Godfrey. Quand la tempête s'était levée, dans la nuit de mercredi, c'était lui qui les avait obligés à faire halte dans la masure du contremaître de la mine, déserte depuis le renvoi de son occupant.

Et Caleb avait beau lui répéter que le cordial était parfaitement inoffensif, que le docteur en faisait avaler par litres à ses patients, Jackson ne voulait rien entendre et faisait autant d'histoires que s'il s'agissait de son propre père.

Finch n'aurait surtout pas voulu d'un père comme M. Oldridge. Le vieux déménageait complètement, et il ennuyait tout le monde. S'il était aussi gentil qu'on le disait, pourquoi n'avait-il jamais remis à sa place sa peste de fille ? Pourquoi la laissait-il fourrer son nez partout ? Pourquoi n'était-il pas intervenu en faveur de son régisseur, alors qu'il était à son service depuis toutes ces années ?

Mais non, il avait laissé l'infernale rouquine le renvoyer comme un malpropre, sans même une lettre de recommandation. À cause d'elle, tout le monde lui avait tourné le dos. Personne ne lui adressait plus la parole, et il n'avait trouvé aucun engagement, lui qui était né et avait toujours vécu à Longledge Hill, comme ses parents et ses grands-parents avant lui. C'était comme si elle l'avait cloué au pilori !

Mais elle n'avait pas osé l'attaquer en justice. Elle savait qu'elle n'avait pas l'ombre d'une preuve contre lui. Si elle l'avait persécuté de cette façon, c'était la faute de ce pauvre fou qui la laissait faire ce qui lui chantait.

Plus Caleb Finch ruminait ces pensées, moins il avait envie de faire tout le chemin jusque dans le Northumberland avec ce vieux croûton, et encore moins de le dorloter comme un prince du sang.

Si Jackson était parti, comme prévu, il aurait fait avaler au vieux gâteux le reste du cordial et l'aurait jeté au fond de la première mine venue. La colline était truffée de galeries et de puits abandonnés, et les accidents n'étaient pas rares.

Tout le monde aurait pensé que M. Oldridge avait fait une chute, ce qui de toute façon lui arriverait certainement un jour, avec sa manie de courir la montagne par tous les temps. Personne ne se serait posé de questions quand on aurait retrouvé son corps, à supposer qu'on l'ait jamais retrouvé.

Mais Jackson leur collait aux basques, et voilà qu'ils se retrouvaient coincés dans ce trou à rats enfumé, et que le vieux occupait l'unique lit, avait droit à une nourriture raffinée, et même à du vin, tandis que lui se serrait la ceinture !

Le jeudi matin, les effets du cordial commencèrent à s'estomper, et le vieux monsieur tenta de leur fausser compagnie. Ils furent donc obligés de lui administrer à intervalles réguliers un peu du laudanum que Caleb avait toujours sur lui, en cas d'accident, prétendait-il.

Malheureusement, Jackson tint absolument à s'en occuper lui-même, et se montra particulièrement avare avec la potion. Il mesurait le breuvage au compte-gouttes, veillant à ne donner au vieux botaniste que ce qu'il fallait pour le maintenir dans une heureuse hébétude.

Mais plus la matinée avançait, plus la patience de Caleb s'épuisait.

— Si nous ne partons pas maintenant, nous n'arriverons jamais dans le Northumberland, maugréa-t-il.

— Je vais voir s'il y a moyen de louer une voiture, déclara Jackson. Je serai de retour dès que possible.

Il partit donc avec le seul cheval qu'ils avaient et, au grand dam de Caleb, le flacon de laudanum.

Alistair n'arriva à Oldridge Hall qu'en fin d'après-midi. Il trouva une maison pratiquement déserte, tous les domestiques ou presque étant partis à la recherche de M. Oldridge.

Trois groupes s'étaient lancés sur la piste de ce dernier. Le premier, conduit par sir Roger Tolbert, explorait les environs de Matlock Bath. Le deuxième, sous la direction du capitaine Hugues, passait au peigne fin tout le sud-est de Longledge Hill tandis que Mirabel et ses domestiques fouillaient le vaste domaine.

Mme Entwhistle coordonnait les recherches depuis la maison, recevant les messages et faisant circuler les informations entre les différents groupes. Quand on introduisit le jeune homme dans la bibliothèque où elle avait établi son quartier général, l'ancienne gouvernante ne perdit pas de temps en mondanités et lui apprit les dernières nouvelles en quelques phrases concises.

M. Oldridge était toujours exact pour le dîner, lui rappela-t-elle. Il acceptait rarement les invitations à l'extérieur, et prévenait toujours son cuisinier. Quand il ne l'avait pas vu rentrer mercredi soir, Benton avait aussitôt craint un malheur.

Les pérégrinations de M. Oldridge l'entraînaient souvent fort loin, mais jamais au point de ne pas pouvoir rentrer à temps pour manger. Les intempéries ne lui faisaient certes pas peur, mais la tempête ne s'était levée que tard dans la soirée, bien après l'heure du dîner.

Il avait eu un accident, c'était la seule explication possible, et le majordome avait décidé de faire prévenir Mirabel sur-le-champ. Si son maître revenait entre-temps, il aurait toujours la possibilité d'envoyer un autre messager pour intercepter sa jeune maîtresse.

Malheureusement, le vieux botaniste n'était pas revenu, et il n'avait dîné nulle part à Longledge.

— Tout ce que nous espérerons, c'est qu'il ne s'agit pas d'un accident trop grave, conclut Mme Entwhistle.

Alistair se remémora sa chute dans le Briar Brook. Il s'en était tiré avec une entorse et un léger traumatisme, mais il aurait pu se rompre le cou.

— M. Oldridge a passé la plus grande partie de sa vie à arpenter les environs, fit-il remarquer. Il connaît chaque recoin du plus petit vallon et il est plus agile que beaucoup de jeunes gens, je pense. Il ne peut s'agir que d'un accident sans gravité et, avec tant de gens partis à sa recherche, je suis certain que nous allons le retrouver avant la fin du jour. Dites-moi en quoi je peux me rendre utile, je vous prie.

— Le mieux serait que vous rejoigniez Mirabel. Elle sait ce qu'elle a à faire, mais un peu de soutien moral ne serait pas inutile. C'est dans vos cordes, n'est-ce pas ? ajouta l'ancienne gouvernante avec un regard perçant.

Quoique déconcertant, ce regard – qui avait dû terroriser des générations d'enfants – n'était rien comparé à celui de la grand-mère paternelle d'Alistair. Il répondit donc sans s'émouvoir :

— Absolument, madame. Un soutien moral, et tout ce dont elle peut avoir besoin.

Il retrouva sa bien-aimée une heure plus tard, devant le panorama qu'elle lui avait fait admirer au cours de leur première promenade, et où son point de vue sur la région avait commencé à changer. Cette fois-ci, elle ne montait pas son impétueuse jument, mais une monture beaucoup plus paisible. Elle était seule, et la nuit allait bientôt tomber.

Il arrivait à temps.

— Tu dois m'en vouloir, devina-t-elle.

Elle lisait décidément en lui comme dans un livre ouvert.

— Bien sûr que je t'en veux ! Tu es seule, le sol est encore glissant des pluies de la nuit dernière et tu n'as pas beaucoup dormi. Cela fait une combinaison dangereuse.

— Tu viens veiller sur moi ?

— Je suis ton fiancé, pas ta nounou, rétorqua-t-il. Je suis venu t'aider à retrouver ton père. Tu aurais dû me laisser un mot avant de partir. Mais j'imagine que tu étais trop bouleversée pour y penser. Viens, tu ne peux pas rester toute la journée à contempler la lande et à te rendre malade d'angoisse. Nous allons le retrouver.

— Je ne voulais pas te réveiller si tôt, expliqua-t-elle. Tu as tellement besoin de sommeil. Et puis, j'espérais que c'était une erreur, que papa avait accepté un dîner chez des amis et qu'il avait oublié de prévenir. Pendant tout le trajet du retour, j'ai attendu qu'un domestique nous intercepte pour nous dire qu'il avait soupé chez les Dunnets ou les Robson, et qu'il était resté passer la nuit chez eux à cause de la tempête.

Je me répétais que j'allais faire demi-tour et gagner Londres, où je mènerais la vie dure à ce fringant M. Carsington. Enfin, Alistair, se reprit-elle. Apparemment, il va me falloir un peu de temps pour apprendre à te provoquer en t'appelant par ton prénom.

— Provoque-moi en m'appelant comme tu voudras, mais viens, je t'en prie ! Cet endroit est fort romantique, mais pas particulièrement propice à l'optimisme.

Mirabel tourna bride et le suivit sur le sentier.

— Il ne peut pas être en grand danger, il connaît trop bien la région, reprit Alistair. Cesse de te ronger les sangs.

— Oui, il est sans doute en sécurité quelque part, acquiesça-t-elle. Peut-être dans l'un de ces hameaux qu'il aime à visiter. Il est probablement bien au chaud dans une taverne ou chez quelqu'un, à rendre fou son entourage en discourant du camphre de Sumatra ou des palmiers dattiers d'Égypte.

M. Oldridge n'était absolument pas en sécurité, même s'il rendait effectivement fou son auditoire.

Le soleil se couchait, les effets du laudanum s'estompaient, et le vieux gâteux assommait Caleb avec des histoires de pavots et de daturas.

Il avait commencé par quelques phrases en grec, auxquelles Finch n'avait pas compris un traître mot, ce qui était bien normal puisque c'était un langage de païens fait pour adorer de faux dieux.

— Dans certaines régions du Proche-Orient, c'est la langue de l'Église chrétienne, comme le latin en Europe, lui expliqua son intarissable prisonnier.

— Le latin, c'est la langue des papistes, trancha l'ancien régisseur. Ils ne valent pas mieux que les païens.

— Dans *L'Odyssée*, reprit M. Oldridge, Homère raconte qu'au cours d'un banquet, Hélène verse du népenthès dans le vin des guerriers qui se lamentent sur leurs amis morts devant Troie. Le népenthès procure un oubli temporaire. Un répit. C'était tout ce que je voulais dire, ajouta-t-il comme pour lui-même. Je pensais qu'il dormirait mieux, le pauvre garçon. Virgile aussi mentionne l'opium, comme Pline l'Ancien, du reste.

— Si j'avais le cordial de Godfrey et le flacon de laudanum, que Jackson a emporté, tu verrais comment je te ferais oublier tes peines, gronda Caleb entre ses dents.

Il marcha jusqu'à la porte qu'il ouvrit. Le soir tombait, constata-t-il. Dès qu'il ferait nuit, il emmènerait le vieux. Un bon coup sur la tête, un puits de mine bien profond, et c'en serait fini du latin, du grec, des pavots et des daturas.

Et ce serait bien fait pour la rouquine, qui ne serait pas au bout de ses ennuis. D'ici peu, le canal de lord Gordmor viendrait éventrer jusqu'à son précieux parc, et il ne lui resterait plus que ses yeux pour pleurer en regardant passer les péniches, songea-t-il en contemplant le ciel qui s'obscurcissait.

Alistair, lui aussi, observait le ciel tandis que Mirabel réfléchissait.

Ses domestiques attendaient ses instructions à une distance respectueuse. Quand elle leur avait donné l'ordre de la rejoindre ici au coucher du soleil, elle était convaincue qu'ils auraient retrouvé son père depuis longtemps. À présent ils n'avaient d'autre choix que d'interrompre les recherches pour la nuit et de rentrer à la maison.

Tout le monde était fatigué et mourait de faim. Les hommes pourraient se restaurer et se reposer, et elle essaierait d'en faire autant.

— Le vent a balayé les nuages, et la lune va se lever dans un peu plus de deux heures, remarqua Alistair. Elle n'est pas tout à fait pleine, mais elle nous éclairera suffisamment. Je suggère de manger un peu et de nous reposer – une sieste d'une heure peut faire des miracles. J'ai demandé à Mme Entwhistle de nous faire préparer des provisions, et elles ne devraient pas tarder à arriver. Ceux qui préféreront rentrer chez eux auront au moins le ventre plein.

— Tu veux continuer les recherches toute la nuit ?

— Pourquoi pas, dès lors que nous y voyons clair ?

Elle se souvint alors que lord Gordmor avait cherché Alistair toute la nuit au milieu du carnage. Si le vicomte s'était arrêté pour attendre l'aube, son bien-aimé ne serait pas à ses côtés pour l'encourager.

Il semblait si sûr de lui qu'elle sentit son inquiétude refluer.

Il rejoignit les hommes qui attendaient à quelques pas de là et leur donna ses instructions. Ils allaient se diviser en deux groupes. L'un resterait sur place, l'autre irait se coucher et viendrait prendre la relève au lever du soleil pour permettre à ceux qui avaient continué les recherches toute la nuit de rentrer se reposer.

À peine avait-il terminé ses explications que les provisions arrivèrent. Il rejoignit Mirabel tandis que les hommes, affamés, ne faisaient qu'une bouchée de la collation, avant de se diviser comme il le leur avait ordonné.

— Tout se passe si calmement et si naturellement, remarqua-t-elle. Ils suivent tes instructions à la lettre. Comme à l'armée.

— Tu sais bien que je possède un charme irrésistible.

— Je crois plutôt que tu es un meneur d'hommes-né.

— Certes, admit-il en lui tendant un sandwich. Il suffit de voir avec quelle facilité je t'ai entraînée hors du droit chemin.

— Je te demande pardon, mais c'est moi qui t'y ai entraîné. C'est moi qui ai fait le premier pas, ne l'oublie pas.

— Oh, mais j'avais tout prévu ! Cela faisait partie de mon plan machiavélique.

— Je te croirais presque, avoua-t-elle. Quel organisateur tu fais ! Il ne m'était pas venu à l'idée de vérifier si c'était une nuit avec ou sans lune, et je n'ai pas pensé à faire préparer des provisions, ni à nous répartir en deux groupes.

— J'ai eu tout le temps de réfléchir pendant le voyage, expliqua-t-il. Je n'avais personne pour me harceler de questions. Je n'avais pas à ménager des susceptibilités aussi chatouilleuses que celles de sir Roger et du capitaine Hugues, ces hommes habitués à tout régenter, ni à me demander quel secteur ils préféreraient prendre en charge. Et surtout, même si j'aime beaucoup M. Oldridge, ce n'est pas mon père, et il m'est plus facile de garder la tête froide. Cesse donc de te faire des reproches et finis ton sandwich.

Mirabel obtempéra, même si elle n'avait pas beaucoup d'appétit, avant de s'allonger sur la couverture qu'il avait étendue sur la mousse. Elle ne dormit pas, mais elle l'écouta discuter avec les hommes qui allaient et venaient, le son de sa voix si calme suffisant à la réconforter.

Elle dut pourtant finir par s'endormir, car lorsqu'elle ouvrit les yeux, la lune brillait et, penché sur elle, Alistair l'appelait doucement, le visage grave.

— Qu'y a-t-il ? s'alarma-t-elle en se redressant. Il est arrivé quelque chose ?

— Je ne saurais trop dire. Que sais-tu d'un certain Caleb Finch ?

19

Caleb Finch s'était toujours considéré comme un homme pacifique, qui n'avait jamais levé la main sur qui que ce soit. Il avait de tout temps préféré utiliser la ruse ou le chantage pour parvenir à ses fins.

Mais en cet instant, il éprouvait un besoin pressant d'écraser le crâne de son ancien maître contre un rocher.

Depuis plus d'une heure, le vieux n'arrêtait pas de jaspiner sur un arbre qui poussait en Chine ou en Afrique, ou dans il ne savait lequel de ces pays de sauvages, et il ne paraissait pas disposé à s'arrêter.

Et Caleb ne pouvait rien y faire, car cet empêcheur de tourner en rond de Jackson était de retour. Il était revenu un peu avant la nuit.

— Comme l'a déclaré Kœmpfer, *Sed hœc arbor ex Daphnea sanguine non est*, poursuivait M. Oldridge. Il ne fait absolument pas partie de la famille des lauracées, mais de celle des dryobalanops, comme l'a si bien démontré Gœrtner. Colebrook l'a nommé *Dryobalanops camphora* plutôt que *Dryobalanops aromatica*, qui aurait eu ma préférence. Enfin, ce n'est pas un véritable botaniste, et la description qu'il en a faite n'est pas complètement satisfaisante à mon sens.

— J'ai écouté ces idioties toute la journée, et j'ai bien cru que j'allais devenir chèvre. J'en ai par-dessus la tête ! Donne-lui un peu de médicament ou il va nous rendre aussi fous que lui.

Jackson versa quelques gouttes de laudanum dans un verre de vin et le tendit au vieil homme.

— Buvez donc. Nous avons un long voyage devant nous, et cela vous fera du bien.

— Je vous remercie. Nous allons bientôt dîner, j'espère ?

— Oui, monsieur. J'ai fait préparer une collation qui nous attendra dans la voiture.

— Une collation, marmonna Finch en levant les yeux au ciel. Et pourquoi pas des couverts en vermeil ?

M. Oldridge leva son verre, murmura quelques paroles inintelligibles à propos des vieux amis et des jeunes gendres, et avala le breuvage jusqu'à la dernière goutte.

Jackson se tourna vers Caleb.

— Cesse d'afficher cette expression de martyr, intima-t-il à voix basse. Tu nous as causé suffisamment d'ennuis comme ça en n'en faisant qu'à ta tête au lieu d'attendre les ordres. Je t'avais bien dit que tu étais allé trop vite. Ils se sont déjà lancés à sa recherche, figure-toi !

— Je croyais que la péronnelle était partie pour Londres tout de suite après la réunion. Ils n'ont pas pu la prévenir si vite. Surtout que, là-bas, personne n'ose éternuer sans sa permission.

La poste mettait presque une journée entière pour gagner Londres, en poussant les chevaux, en les changeant rapidement aux relais, et en laissant à peine au postillon le temps de se restaurer. Une voiture avec des dames et des tonnes de bagages, suivie d'une armée de domestiques, mettrait bien deux ou trois jours. Le temps que les domestiques s'inquiètent et décident de la conduite à tenir, le fléau en jupons serait déjà en ville.

Caleb avait tout calculé, on pouvait lui faire confiance.

— Il paraît que M. Oldridge a une horloge dans le ventre. Quand il ne l'a pas vu arriver à l'heure du dîner, le majordome s'est inquiété et a fait prévenir la demoiselle.

Le messager avait rattrapé sa maîtresse à l'auberge où elle s'était arrêtée pour la nuit, expliqua Jackson, et entre-temps, toute la population des environs avait commencé les recherches.

— Grâce à toi, la moitié du Derbyshire est à présent à nos trousses. Il faut nous mettre en route tout de suite et voyager dans cette fichue montagne en pleine nuit, en espérant qu'ils seront trop prudents pour nous imiter. Et si nous finissons en miettes au fond d'un ravin, ce sera ta faute.

Caleb afficha une mine contrite, mais il n'en pensait pas moins.

Les pentes escarpées de Longledge Hill ne lui faisaient pas peur, pas même cette partie, qui était la plus sauvage. Il était né et avait grandi ici, et ces à-pics et ces combes abruptes ne l'effrayaient ni de jour ni de nuit, quels que soient le temps ou la saison. Il y aurait certainement un accident, mais ce n'était pas lui qui finirait en miettes au fond d'un ravin.

Tout en cheminant vers les mines de lord Gordmor, Mirabel raconta à Alistair ce qui s'était passé avec Caleb Finch.

Leur destination était le résultat d'une hypothèse, qui elle-même s'appuyait sur des rumeurs, une denrée qu'on trouvait en abondance dans la région. Une des femmes qui avaient apporté les provisions avait aperçu sur la route de Matlock Bath un grand escogriffe qui ressemblait à l'ancien régisseur. C'était le mercredi matin, jour de la disparition de M. Oldridge.

Elle n'était pas la seule. D'autres l'avaient vu un dimanche à l'église de Ledgemore, et on rapportait sa présence à la taverne de Stoney Middleton une dizaine de jours plus tôt.

Et comme Alistair était le partenaire du vicomte, on lui avait également raconté que le contremaître de la mine avait été renvoyé du jour au lendemain parce que l'intendant de Sa Seigneurie l'avait pris en grippe. Le contremaître envisageait de porter l'affaire devant les tribunaux, les mineurs se plaignaient amèrement et toute la semaine, leur mécontentement s'était répandu de taverne en relais de poste, jusqu'à atteindre ces jours-ci l'autre extrémité de Longledge Hill.

Alistair, qui avait trouvé les mines parfaitement en ordre lors de sa visite une quinzaine de jours plus tôt, commençait à avoir sa petite idée. Il n'en souffla mot à ses interlocuteurs, bien entendu, mais promit d'examiner cette histoire de plus près.

C'était de cela qu'il parlait avec les hommes de leur groupe tandis que Mirabel se reposait.

Il savait à présent que Caleb Finch et le régisseur de lord Gordmor n'étaient qu'une seule et même personne – une personne qui devait entretenir une rancune tenace à l'encontre de la famille Oldridge depuis plus de dix ans.

Le sentier était bien trop étroit et accidenté pour qu'une voiture puisse l'emprunter, et Oldridge devrait voyager dans une vulgaire charrette de mineur jusqu'à la route où les attendrait une voiture. Pendant que Jackson étalait des couvertures pour ménager l'auguste postérieur du vieil homme, Caleb s'empressa de verser une dose respectable de laudanum dans la bouteille de vin.

— Buvez donc, monsieur, proposa-t-il d'un ton mielleux, le voyage vous paraîtra moins long.

— Je ne sais plus combien de dîners j'ai manqués… J'espère que mon cuisinier ne va pas se vexer et donner sa démission. Les artistes sont tellement susceptibles ! Peut-être serait-il possible de lui envoyer un mot pour l'avertir que je suis retenu ailleurs ?

— Mais certainement, monsieur, c'est une excellente idée. Un rendez-vous d'affaires, en quelque sorte ? Vous êtes retenu par une affaire impromptue dans le Nord.

— Je ne m'occupe pas beaucoup de mes affaires, remarqua tristement le vieil homme. Je suis beaucoup trop négligent... Le grand docteur Johnson souffrait de mélancolie, vous savez. C'est une affection étrange. Vous ne trouvez pas curieux de se documenter sur ce mal pour aider un jeune homme, et de découvrir qu'il vous affecte aussi ?

— C'est très curieux, en effet, acquiesça Caleb, qui ne voyait pas de quoi il parlait. Resservez-vous donc, car vous ne pourrez plus manger ni boire avant que nous ayons rejoint la voiture, et le trajet ne s'annonce pas facile.

Il était plus de minuit lorsque Mirabel et Alistair parvinrent à la mine. Ils avaient suivi un sentier muletier et se trouvaient maintenant loin devant les autres, qui continuaient de passer au peigne fin chaque buisson, chaque amas de rochers, chaque caverne, chaque crevasse.

Les alentours étaient déserts puisqu'il n'y avait plus de contremaître. « Plus de témoin », pensa Mirabel. Finch était libre d'agir à sa guise.

— Je voudrais commencer par la chaumière, lança Alistair. Tout à l'heure, il m'a semblé voir de la fumée sortir de la cheminée.

La maisonnette paraissait vide. Ils mirent pied à terre, et le jeune homme poussa prudemment la porte qui s'ouvrit sans difficulté.

La maison se composait d'une seule pièce sommairement meublée d'une table grossière, d'un lit dépourvu de matelas et de quelques ustensiles de cuisine sur une étagère. L'endroit sentait encore la fumée, ce qui signifiait que ses occupants n'étaient pas partis depuis longtemps.

Une bouteille de vin vide était restée sur la table.

— Tu vois quelque chose qui pourrait indiquer que ton père s'est trouvé là ?

Mirabel inspecta soigneusement la pièce, cherchant un objet familier, un indice quelconque. Si son père n'était pas passé par ici, ses ravisseurs l'avaient peut-être jeté au fond d'une mine. Il devait avoir faim, soif, froid, et il était peut-être blessé ou malade. Combien de temps un homme de plus soixante ans, qui avait toujours mené une vie confortable, pouvait-il survivre dans de telles conditions ?

À supposer qu'il soit encore en vie, bien entendu.

Elle aurait dû porter plainte contre Caleb quand elle en avait eu la possibilité au lieu de se laisser aller à ses grandes idées romantiques de noblesse.

Elle s'efforça de ne pas ressasser le passé ; cela ne servait à rien. Ce qui importait, c'était de retrouver son père.

— Pas d'idées morbides, s'il te plaît, ordonna Alistair, qui avait dû lire ses pensées sur son visage. Tu m'as décrit ton ancien intendant comme un gredin avide d'argent. Que gagnerait-il à faire du mal à ton père ?

— Il se vengerait de moi.

— La vengeance ne remplit pas les poches. Je suis certain que son mobile, c'est l'argent, plaida Alistair en soulevant la bouteille vide pour la porter à ses narines. Il boit du bon vin, dis-moi ! Celui de Douglas, probablement.

Un objet brillant coincé dans une rainure de la table retint son attention comme il reposait la bouteille. Il sortit son canif et réussit à l'extraire. Il s'agissait d'un cure-dent en or.

— C'est à ton père, tu crois ? s'enquit-il en tendant la petite pique à Mirabel.

— C'est possible. Je ne vois pas Caleb Finch se servant d'un cure-dent, surtout en or. Le contremaître encore moins.

— Regarde, quelque chose est gravé là, remarqua le jeune homme en se penchant sur la table. N… T… Un H, peut-être ?

— Ou un N, suggéra-t-elle en se penchant à son tour.

— N, T, H ou N, puis un M, un L et une lettre arrondie, un O ou un D…

— C'est peut-être un code.

— Pourquoi laisseraient-ils un message codé ? objecta Alistair. Si c'est ton père qui a écrit cela…

Il s'interrompit, l'air songeur.

— Que voulait-il dire ?

— Northumberland, lâcha-t-il. Souviens-toi, Finch est le régisseur de Douglas, et le berceau de la famille Gordmor est dans le Northumberland. La maison est fermée depuis des années, et il n'y a que quelques domestiques pour l'entretenir. Douglas n'y va jamais. Trop déprimant, selon lui.

Elle comprenait aisément lord Gordmor. Caleb Finch était pire qu'Attila, il avait dû faire couper tous les arbres et vendre tout ce qui pouvait l'être. Si on l'avait laissé faire, l'endroit devait être plus désolé que le désert de Gobi.

— Nous allons faire fouiller les mines, mais je pense que toi et moi devrions continuer vers le nord, trancha Alistair. C'est ton père qui a laissé ce message, j'en suis sûr. Il a été gravé récemment.

— C'est peut-être un leurre.

— Tu crois Finch intelligent à ce point ?

— Je n'en sais rien, avoua Mirabel après réflexion. Je ne l'ai pas revu depuis que je l'ai renvoyé. J'étais très jeune à l'époque, et j'avais d'autres préoccupations. Il est peut-être intelligent. Cela dit, comment se fait-il qu'il n'ait pas pu tromper une jeune fille de vingt ans qui était surtout concentrée sur la perte du grand amour de sa vie ?

— Si tu croyais que Poynton était le grand amour de ta vie, alors n'importe quel idiot pouvait te berner sans peine, commenta Alistair.

— Merci de me le rappeler, sourit-elle. Tu as raison, je dois surestimer l'intelligence de Finch.

Caleb se considérant pour sa part comme un homme intelligent et rusé, il détestait reconnaître ses erreurs. Mais là, il n'avait pas le choix : il devait admettre qu'il avait mal évalué les effets d'une large dose de laudanum.

Au lieu de sombrer dans l'inconscience, ou de rendre l'âme, ce satané vieillard s'était mis à vomir.

Et cet abruti de Jackson, avec ses principes à la noix, avait décidé de s'arrêter.

— Tu ne vois pas que les cahots le rendent malade ?

Les hommes de la bonne société avaient l'estomac délicat, avait-il expliqué à Caleb, et M. Oldridge n'avait probablement pas digéré la nourriture rustique qu'on lui avait servie.

Ils avaient donc perdu plus d'une heure à attendre que le vieil homme n'ait plus rien à vomir, après quoi ils s'étaient traînés tandis que Jackson, qui marchait à côté de la charrette, promettait au prisonnier une bonne tasse de thé dès qu'ils arriveraient à Ledgemore, où les attendait la voiture.

Un escargot les aurait dépassés sans s'essouffler.

Ils cheminèrent ainsi des heures dans les sous-bois. Le vent s'était de nouveau levé, la pluie menaçait, et l'humeur de Caleb était tout aussi orageuse. Le vieux, quant à lui, s'était endormi comme un bébé, recroquevillé dans la charrette, Jackson veillant sur lui aussi attentivement qu'une lionne sur son petit.

Mais même la plus attentive des nourrices doit parfois satisfaire aux besoins de la nature. À peine l'homme de confiance de lord Gordmor s'était-il écarté pour s'isoler que M. Oldridge sautait à bas de la charrette avec l'agilité d'un adolescent et s'enfonçait en courant dans les bois.

La surprise fut complète. Tandis que Jackson se reboutonnait en hâte, Caleb s'élança en avant. Malheureusement pour lui, il se prit le pied dans une racine et s'affala sur le sol. Il n'eut que le temps de tourner la tête pour voir sa proie disparaître derrière un amas de rochers.

Il se releva prestement pour se lancer à sa poursuite pendant que cet imbécile de Jackson poussait des cris d'orfraie. On devait l'entendre jusqu'au fond de la vallée, et même si les gens dormaient profondément, les chiens veillaient. Ils n'allaient pas tarder à aboyer furieusement et à ameuter tout le monde. De toute façon, s'il avait eu deux sous de bon sens, il aurait économisé son souffle pour courir après le fugitif.

Il fallut à Finch un bon moment pour rattraper le vieux botaniste. Il avait les poumons en feu, mais quinze ans de moins que le fuyard, qui avait dû ralentir l'allure et commençait à tituber. Au prix d'un ultime effort, il allongea ses foulées, sautant pardessus rocs et branchages, puis il bondit et plaqua à terre M. Oldridge. L'immobilisant, il sortit son poignard et l'appliqua sur sa gorge.

— Ta nourrice n'est pas là, haleta-t-il. C'est le moment idéal pour un accident.

Relevant le vieil homme, il le tira à sa suite pour chercher l'endroit propice. Un éboulis de rochers au bord d'une pente escarpée lui parut le lieu idéal.

S'il ne s'était pas arrêté pour observer le ciel qui se couvrait de nouveau, Alistair n'aurait peut-être pas entendu les cris. Les arbres résonnaient d'un tintamarre de pépiements et de croassements. Les oiseaux s'insurgeaient à leur manière contre les intrus qui avaient troublé leur repos.

Sans les imprécations de Jackson, il aurait mis tout ce tumulte sur le compte d'un chat errant et ne se serait pas inquiété.

Il obliqua dans la direction d'où venaient les cris, même si aucun sentier n'était visible. Jusqu'ici, ils avaient suivi un ancien chemin muletier sur lequel ils avaient remarqué des traces de pas et de roues de charrette toutes fraîches.

Il avait beau scruter le sol, il ne distinguait pas le moindre chemin, mais le malaise qui l'habitait depuis des heures fit place à une anxiété grandissante. Il éperonna son cheval pour hâter l'allure.

Cependant, quand ils atteignirent l'orée du bois, le calme était revenu.

Ils s'arrêtèrent et tendirent l'oreille. Seul leur parvint le sifflement du vent dans les branches.

Et soudain, un cri terrifiant brisa le silence. Le hurlement d'un homme, bref, déchirant, et tout près d'eux.

Ils mirent pied à terre et se ruèrent dans la direction d'où provenait le cri.

L'avertissement arrêta la course d'Alistair.

— Attention ! Faites attention ! lança la voix altérée de M. Oldridge.

— Papa !

Mirabel se serait précipitée au secours de son père si Alistair ne l'avait retenue.

— La voix vient d'en bas ! Attends-moi ici, je vais voir.

Il s'avança avec précaution, s'efforçant de distinguer le sol devant lui. La lune avait disparu derrière d'épais nuages, tandis qu'une fine bruine commençait à tomber.

— Par ici ! appela M. Oldridge. Faites attention, c'est un puits à ciel ouvert.

Alistair se laissa tomber à quatre pattes et s'avança en direction de la voix. Il s'arrêta en apercevant une masse aux contours indécis, à peine plus sombre que le sol. La fosse. Il s'approcha le plus près possible du bord, se pencha. Il faisait noir comme dans un four, et il ne vit absolument rien.

— Monsieur Oldridge ? cria-t-il. Tout va bien ?

— Oui, oui, ne vous inquiétez pas.

— Je vais chercher une corde et nous allons vous sortir de là.

— J'ai peur que ce ne soit un peu plus compliqué que cela.

— Papa, tu es blessé ? s'écria Mirabel qui avait rejoint Alistair. Tu as quelque chose de cassé ?

— Je ne crois pas, mais c'est difficile d'en être sûr. Caleb Finch est tombé sur moi. Il est… mort.

Alistair dut combattre une violente nausée. Tout lui revint en force. La boue. Le corps froid et raide qui l'empêchait de se relever. La puanteur. Il chassa ces souvenirs.

— Dans ce cas, c'est moi qui vais descendre, décréta-t-il.

— Alistair !

Dans la pénombre, il ne pouvait déchiffrer l'expression de Mirabel, mais son angoisse était perceptible dans sa voix.

— S'il arrive quoi que ce soit et que vous restez tous deux prisonniers, je ne pourrai pas vous remonter, reprit-elle doucement.

— Il faut que je descende, c'est le seul moyen. Il n'arrivera rien, ne t'inquiète pas, la rassura-t-il. Monsieur Oldridge, avez-vous d'autres indications à me donner ? ajouta-t-il. Je n'y vois pratiquement rien.

— J'avais repéré le trou et j'ai reculé, mais Finch m'a rattrapé. Quand j'ai essayé de le prévenir, il a cru que c'était un piège et n'a pas voulu me croire. Je pense qu'il s'agit d'un ancien puits d'aération de la mine. Toute la montagne en est truffée. Celui-ci s'est en partie effondré sous le poids des ans et des intempéries, nous devons nous trouver sur un amas de débris et d'éboulis qui bloquent partiellement la fosse.

— Vous n'êtes pas au fond ?

— Certainement pas ! Nous ne sommes pas loin de l'ouverture.

Il ne savait pas à quelle distance du fond ils étaient, expliqua-t-il. Il n'avait qu'une vague idée de l'endroit où il se trouvait sur la colline, mais estimait qu'une bonne cinquantaine de mètres le séparait du fond.

— Ce ne serait pas sage d'essayer de l'atteindre pour sortir par la mine, conclut-il.

— En effet, approuva Alistair. Vous risqueriez de vous rompre les os, et je ne vois pas comment vous pourriez trouver votre chemin, à supposer que le tunnel ne soit pas obturé par des débris ou inondé. Et s'il s'effondrait, vous seriez enterré vivant.

— Je crois que le mieux à faire serait d'aller chercher de l'aide, suggéra M. Oldridge. L'attente ne me fait pas peur.

Mais en cas de pluie violente, les parois du puits pouvaient céder, écraser le vieil homme ou le précipiter au fond.

Il fallait le sortir de là sans attendre, décida Alistair.

— Il nous faut une bonne longueur de corde, expliqua-t-il à Mirabel.

Le jeune homme attacha la corde à l'arbre le plus solide qu'il trouva et lança l'autre extrémité dans la fosse.

La pluie tombait toujours.

Il entreprit de descendre lentement, les doigts serrés autour du chanvre glissant. S'il lâchait prise, il tomberait sur la pile de débris, qui ne résisterait sans doute pas au choc, et il irait s'écraser au fond, entraînant avec lui M. Oldridge et le cadavre de Caleb Finch.

Des fragments de roche et de terre tombaient sur lui à chaque mouvement, et les gouttes de pluie les transformaient en coulées de boue qui dégoulinaient sur son visage. Au fur et à mesure qu'il descendait, il reconnaissait l'odeur familière qui n'avait cessé de le hanter depuis près de trois ans. Une odeur de sang et d'excréments. Une odeur de mort violente…

De toutes ses forces, il lutta contre la nausée qui montait en lui. S'il y cédait ou s'il s'abandonnait à la panique, la femme qu'il aimait perdrait en même temps son père et son fiancé. À l'heure qu'il était, elle portait peut-être déjà son enfant…

Cette pensée lui permit de se reprendre et lui donna le courage de continuer jusqu'à atteindre l'amas instable où les deux hommes étaient tombés. Il entendait la respiration du vieux botaniste et, une fois ses yeux accoutumés à l'obscurité, il distingua sa silhouette.

— Vous pouvez attraper ma main ? demanda-t-il en se penchant vers lui.

Il perçut un raclement étouffé, puis le bruit d'une pluie de terre et de gravats s'abattant sur le sol plus bas. Très loin.

— Il faut d'abord que je m'extraie de sous le corps de Finch, expliqua Oldridge.

— Laissez-moi voir si je peux vous aider.

Centimètre par centimètre, Alistair continua de descendre jusqu'à ce qu'il sente sous ses doigts un membre inerte.

— Je l'ai. De quel côté faut-il le bouger ?

— Sur ma gauche.

— Allons-y ensemble, alors. Quand je dirai « trois », mais tout doucement. Un, deux, trois !

Il tira tandis qu'Oldridge poussait. Ils parvinrent à déplacer le corps. Un gros bloc de terre séchée s'effondra.

— Nous ferions mieux de nous hâter, remarqua Alistair. Attrapez ma main.

Le vieil homme s'y agrippa.

— Pouvez-vous grimper sur mes épaules ? reprit-il comme il sentait le sol se dérober sous ses pieds. *Tout de suite*.

Pour n'importe quel homme, même jeune, c'était une tâche pratiquement impossible. Les parois du puits étaient instables, et le sol menaçait de s'effondrer à tout moment. Oldridge était loin d'être jeune, et il venait de faire une chute de plusieurs mètres. Mais des dizaines d'années passées à arpenter en tous sens les collines et les vallées de la région en empruntant des sentiers escarpés et glissants lui avaient permis de conserver toute sa force et sa souplesse. Quoique ses mouvements fussent à l'évidence plus raides que d'habitude, il parvint à se hisser sur les épaules de son compagnon.

— Pouvez-vous atteindre le bord ? s'enquit Alistair en se redressant prudemment.

— Oui.

Tout en haut, on apercevait une tache plus claire. Le jeune homme vit la tête de M. Oldridge se profiler à quelques centimètres de l'ouverture, puis il aperçut le visage de Mirabel. Allongée à plat ventre, elle tendit la main à son père.

Avec son aide, il parvint à se hisser sur la terre ferme.

Alistair se retourna prudemment pour s'occuper du cadavre, mais à peine s'était-il penché que le sol amolli par la boue se déroba sous ses pieds. Accroché à la corde, il se plaqua contre la paroi et écouta, le cœur battant, les cailloux et les morceaux de terre dégringoler dans l'obscurité.

— Alistair ! appela Mirabel. Remonte, je t'en prie !

— Je ne peux pas le laisser ici.

Il fit une nouvelle tentative, mais le sol s'effondra davantage, et le corps glissa hors de sa portée.

La pluie tombait à verse, à présent, et des cailloux et des coulées de boue s'écoulaient de façon continue dans le puits.

La corde était mouillée, Alistair avait les mains engourdies par le froid, et le sol s'effritait sous ses pieds. S'il essayait de grimper à la corde, il risquait de lâcher prise. S'il tentait de s'aider en escaladant la paroi, celle-ci s'écroulerait sur lui.

Il leva les yeux vers le visage aimé dont il discernait à peine les contours. Mais il n'avait pas besoin de le voir avec netteté, il était gravé dans son cœur.

— Je t'aime, lança-t-il.

Mirabel comprit immédiatement ce qui se passait et la raison de cette déclaration à brûle-pourpoint.

La fosse était en train de s'écrouler, et il allait être enterré vivant.

Elle perçut vaguement derrière elle une voix inconnue qui s'adressait à son père. Elle ne distinguait pas les propos échangés et s'en moquait. Toutes ses pensées, toutes ses forces et, toute son énergie étaient tournées vers l'homme qu'elle aimait, l'homme prisonnier du puits. Il fallait qu'elle vole à sa rescousse, qu'elle trouve un moyen de l'aider.

Elle ne voulait, ne *pouvait* pas le perdre.

— Tout va bien, ma chérie, lui cria M. Oldridge. Nous avons passé la corde dans les étriers. Tu vas aider M. Carsington à sortir de là pendant que je guide le cheval.

— La corde est trempée et glissante, expliqua Alistair. Je ne peux pas me hisser à la force des bras, et si j'essaie de m'aider avec les pieds, la paroi risque de s'effondrer.

— N'essayez surtout pas, monsieur, intima la voix inconnue, tandis que son propriétaire s'allongeait aux côtés de Mirabel. Laissez-nous nous charger de vous remonter.

Ils lâchèrent davantage de corde, puis l'homme demanda à Alistair de l'enrouler autour de sa taille et de ses poignets.

Mirabel était incapable d'articuler un mot, elle pouvait à peine respirer. Malade d'angoisse, incapable de penser clairement, elle obéissait mécaniquement aux ordres qu'on lui donnait.

Cela leur prit du temps. Par deux fois, Alistair glissa et ils frôlèrent la catastrophe. Au bout d'une éternité, son buste émergea enfin à la surface, et elle put étreindre ses mains glacées.

Ils le hissèrent à l'extérieur sans trop de peine. Il était trempé, couvert de boue, sa jambe le faisait certainement beaucoup souffrir, mais il était vivant, et entier, et Mirabel s'autorisa enfin à respirer librement.

Au moment précis où elle l'enlaçait, elle sentit le sol se dérober sous ses pieds. Alistair n'eut que le temps de la tirer en arrière, tandis que les parois du puits s'écroulaient.

Sans un mot, ils regardèrent la terre engloutir le corps de Caleb Finch.

Ils contemplèrent un long moment la légère dépression dans le sol, avant de se détourner.

Brisant le silence, le nouveau venu déclara à l'adresse d'Alistair :

— Je suis vraiment désolé, monsieur.

— Jackson ? Il me semblait bien avoir reconnu votre voix. Que diable faites-vous ici ?

— Je suis vraiment désolé, monsieur, répéta le secrétaire de lord Gordmor. Tout est ma faute – tout –, mais jamais je n'aurais imaginé que cette histoire tournerait ainsi, je vous le jure.

20

Alistair n'avait pas l'intention de rester à Oldridge Hall. Les aveux de Jackson étaient loin de l'avoir satisfait, et il voulait y réfléchir tranquillement. Si ses soupçons se vérifiaient, il ne pouvait sans manquer à l'honneur accepter l'hospitalité du vieux botaniste et, de toute façon, s'il voulait avoir les idées claires, mieux valait qu'il s'éloigne de Mirabel.

Mais comme sa fille, Sylvestre Oldridge se révéla très obstiné.

Le jeune homme avait essayé d'écourter les remerciements de ce dernier avant de décliner poliment son invitation, expliquant qu'il allait se rendre à Bramblehurst et demander l'hospitalité au capitaine Hugues.

— Non, non, ce n'est pas pratique, insista M. Oldridge. Je ne peux pas vous poursuivre dans tout le voisinage. Puisque vous êtes ici, restez donc, c'est beaucoup plus simple ! Je suis sûr que Benton a déjà fait préparer des bains chauds. Vous allez prendre votre bain et dormir jusqu'à l'heure du dîner. Entre-temps, nous enverrons chercher votre valet, et si nous ne le trouvons pas, vous descendrez en robe de chambre sans en faire toute une histoire. Vous mettre à table sans cravate une fois dans votre vie ne vous tuera pas. Je vous verrai donc au souper, nous avons à parler.

Pendant toute cette tirade, Mirabel avait contemplé son père sans chercher à dissimuler sa stupéfaction, et celui-ci ne manqua pas de le remarquer.

— Caleb Finch avait un poignard à la main quand nous sommes tombés, et il aurait parfaitement pu me le planter dans le corps, volontairement ou non. Entre ce moment et votre arrivée, j'ai eu beaucoup de temps pour réfléchir. Tu es ce que j'ai de plus précieux, ma fille. Rien ni personne ne m'est plus cher au monde, et je regrette profondément de m'être comporté en étranger vis-à-vis de toi. Je suis désolé qu'il ait fallu tous ces bouleversements pour m'en apercevoir.

Et sans leur laisser le temps de placer un mot, il mit pied à terre et rentra chez lui.

Crewe était là pour réveiller Alistair à l'heure dite. Pendant que celui-ci s'habillait, il en profita pour l'informer de ce qui s'était passé pendant qu'il dormait.

M. Oldridge avait refusé de porter plainte contre Jackson et l'avait autorisé à regagner Londres sans attendre.

Où il irait faire son rapport à Gordmor, évidemment.

À ce traître de Gordmor !

— Une idée de Jackson, vraiment ? grommela-t-il. Comme si Jackson aurait pris la responsabilité de s'attaquer à un aristocrate sans l'autorisation de son maître. « Je règle les derniers détails ici et je te rattrape dès que possible », m'a-t-il dit. Je devine quel genre d'instructions il donnait derrière mon dos !

— Monsieur ?

— Il faut régler ça sans attendre. Nous partirons pour Londres demain à la première heure. Faites le nécessaire, je vous prie.

— Bien, monsieur.

La toilette se poursuivit en silence, interrompue au bout d'un moment par une petite toux discrète.

— Qu'y a-t-il ? soupira Alistair.

— Je voulais simplement vous faire remarquer que vous avez dormi sans faire le moindre cauchemar, monsieur, observa prudemment Crewe en lui tendant une cravate.

— Je n'ai pas eu de cauchemar, mais j'ai rêvé du chemin de fer d'Euston.

Il se souvenait très clairement de ce rêve, de la locomotive qui tournait de plus en plus vite et de son ami, affolé, qui lui hurlait de descendre.

En réalité, Alistair avait essayé la machine quelques années plus tôt et tout s'était bien passé. Il avait du reste beaucoup apprécié l'expérience. Malheureusement, quelques mois plus tard, la locomotive avait déraillé. Trevithick n'avait pas suffisamment d'argent pour la faire réparer, et tout était resté en l'état.

Cela dit, d'autres n'avaient-ils pas utilisé le même procédé pour transporter le charbon au pays de Galles ? s'interrogea-t-il soudain.

La grande innovation, c'étaient les rails. Les locomotives n'étaient pas beaucoup plus rapides que les chevaux de trait, sauf en terrain plat, mais les chevaux ne pouvaient pas cheminer sans fin, tandis que les machines roulaient aussi longtemps qu'on les alimentait.

On pouvait charger aussi lourdement un wagon qu'une péniche, et les rails rendaient n'importe quel terrain aussi facilement praticable qu'une voie d'eau.

Et on pouvait en poser à peu près partout. Pas besoin d'aqueducs ou d'écluses pour franchir les dénivellations, ni de grands réservoirs.

L'esprit tout occupé par ces considérations techniques, Alistair noua sa cravate à la diable, sans prêter la moindre attention à la mine stupéfaite de son valet de chambre tandis qu'il lui passait son gilet et sa redingote.

— Il faut faire les bagages, Crewe, intima-t-il.

Sans même jeter un regard au miroir, il sortit d'un pas pressé.

M. Oldridge fit preuve du même entrain et de la même lucidité pendant tout le dîner. Il leur raconta par le menu son enlèvement, qu'il qualifia de mésaventure, et fut ravi d'apprendre comment Alistair avait déchiffré le message qu'il avait hâtivement gravé sur la table.

Après le dîner, quand ils se retirèrent au salon, la conversation prit un tour plus solennel. Dès qu'on eut apporté les digestifs et que les valets se furent éclipsés, il se tourna vers son invité.

— N'en veuillez pas trop à votre ami, je vous en prie. Il ne savait plus à quel saint se vouer, et la lettre de Mirabel lui expliquant que vous aviez l'esprit dérangé n'avait certainement pas contribué à lui éclaircir les idées.

Le jeune homme était beaucoup trop perplexe pour trouver une réponse, et lorsque sa fille voulut intervenir, M. Oldridge la fit taire d'un geste.

— Un instant, s'il te plaît. J'ai signé ces lettres à lord Gordmor et à lord Hargate parce que je me faisais beaucoup de souci pour M. Carsington, comme le capitaine Hugues, d'ailleurs. Il était venu me voir ce jour-là pour connaître mes théories sur le mal dont souffrait notre hôte.

— Mais il n'y a aucun mystère là-dedans, protesta l'intéressé. Je souffre d'insomnies, tout simplement.

— Il rêvait de Waterloo, papa, expliqua Mirabel. Il se trouve que M. Carsington souffrait d'amnésie, et les cauchemars ont commencé lorsque la mémoire lui est revenue.

— Un bon capitaine préfère un équipage heureux, rétorqua son père. Les hommes sont plus soudés, ils travaillent et se battent mieux. Un bon capitaine est donc toujours particulièrement attentif à l'état d'esprit qui règne sur son navire, au moral de la troupe dans son ensemble et à celui de chaque marin individuellement.

Les jeunes gens échangèrent un regard de totale incompréhension. L'épisode de lucidité de M. Oldridge semblait apparemment avoir été de courte durée.

— Ils vivent dans un espace tellement confiné, vous comprenez. Ils sont entassés, complètement isolés du monde extérieur, poursuivit le vieil homme comme si de rien n'était. Si le comportement de l'un des officiers, par exemple, change subitement, il sera difficile au capitaine de ne pas le remarquer. S'il est abattu, s'il se replie sur lui-même, s'il prend soudain des initiatives inconsidérées dans la bataille, cela risque de mettre en danger la bonne marche du navire et la sécurité de tous. Je pensais que Lionel Hugues avait certainement plus d'expérience dans ce domaine qu'un simple médecin de campagne comme Woodfrey, et qu'il serait plus apte à comprendre ce genre de troubles. Mais je ne suis pas parvenu à me faire entendre de lui.

S'il est abattu. S'il se replie sur lui-même.

Troublé, Alistair posa son verre de cognac, se leva et s'approcha de la fenêtre pour contempler le paysage comme il l'avait fait lors de sa première visite. Ce jour-là, il n'avait pas trouvé grand intérêt à la vue. Mirabel accaparait son attention, et elle lui avait semblé le seul élément de gaieté au milieu d'un paysage désolé.

Dieu que son état d'esprit avait changé depuis ! Le parc et les collines qui s'étendaient au-delà lui semblaient à l'image de la femme qu'il aimait : vivants, changeants, riches de possibilités, accueillants.

Il les avait adoptés…

Comme il se retournait, il découvrit deux paires d'yeux rivées sur lui.

— J'ai toujours considéré les dandys comme des créatures frivoles, superficielles, et assez peu intelligentes, reprit M. Oldridge. Lorsque ma fille vous a décrit comme un spécimen typique de cette espèce, j'ai été profondément perplexe. Mon instinct de botaniste me soufflait que ce n'était qu'une protection, une armure en quelque sorte. Un peu comme les épines du cactus.

Une armure… Qu'avait-il donc de si précieux à protéger ? s'interrogea Alistair. Qu'avait-il à cacher ? Ses doutes, peut-être. La crainte que la bataille l'ait véritablement laissé mentalement diminué. Et ce vague sentiment de honte dont il ne pouvait se défaire, alors même qu'il avait perdu tout souvenir des combats.

Il savait maintenant que le carnage l'avait traumatisé et profondément écœuré. Chaque fois qu'il était tombé, une part de lui-même exigeait de rester auprès de ces hommes, jeunes pour la plupart, presque des enfants pour certains, qui mouraient souvent dans d'atroces souffrances, et de pleurer sur leur sort à tous, inconnus ou amis. Et chaque fois, il s'était relevé et avait repris le combat, dans un état second, comme absent à lui-même. C'était un réflexe de défense, car s'il avait eu toute sa conscience, il se serait abandonné au chagrin et au désespoir, et se serait fait tuer.

M. Oldridge le tira de ses pensées.

— Si je comprends si bien vos difficultés, c'est peut-être parce que j'ai éprouvé les mêmes. Je suis moi aussi resté indifférent au monde extérieur après la mort de ma femme, et ce n'était pas volontaire. C'est un état qui m'a peu à peu pénétré, qui s'est installé, comme une maladie, et qui est devenu un trait de caractère. Je me suis donc demandé si le traumatisme de la bataille de Waterloo n'avait pas eu sur vous un effet comparable. Moi, j'ai cherché refuge dans la botanique et vous… dans la science complexe du vêtement.

— Grand Dieu ! s'écria soudain Mirabel en se levant pour rejoindre son bien-aimé. J'étais trop préoccupée pour le remarquer tout à l'heure, mais à présent… Les mots me manquent. C'est stupéfiant ! Votre… cravate !

Alistair baissa les yeux. Sa cravate était nouée n'importe comment. Comment Crewe avait-il pu le laisser descendre dans cet état ?

— Si votre théorie est exacte, il semblerait que je sois sur le chemin de la convalescence, fit-il remarquer à son hôte, qui l'observait en souriant.

— Vous m'en voyez grandement soulagé, répondit ce dernier en se levant. Eh bien, puisque vous semblez présenter toutes les garanties d'un esprit sain, je vous attends dans la bibliothèque pour un entretien en privé. Je crois que vous avez quelque chose à me dire à propos de ma fille.

Londres

Après avoir reçu une lettre d'Oldridge Hall dans la nuit du samedi et avoir eu droit, peu après, à un rapport circonstancié de Jackson, lord Gordmor n'ignorait plus rien des événements de ces deux derniers jours.

Il envoya son secrétaire évaluer les dégâts causés par Finch dans ses propriétés du Northumberland, à charge pour lui d'y remédier pour le mieux, puis il attendit stoïquement le scandale qui n'allait pas manquer de le frapper.

Il attendit longtemps.

Le message d'Alistair n'arriva que dix jours plus tard. Il s'agissait d'un billet laconique dans lequel son ami lui demandait de fixer un jour et un lieu de rendez-vous.

Lady Wallantree se trouvait justement en visite chez son frère et, comme à son habitude, n'eut aucun scrupule à lui arracher le mot des mains.

— Il te provoque en duel ? s'écria-t-elle. Il a perdu l'esprit ! Tu ne peux pas te battre contre lui, Douglas ! Il a toujours été meilleur tireur que toi. Il était meilleur bretteur également, et je ne suis pas certaine que sa jambe blessée suffise à te donner l'avantage à l'épée ou au sabre.

— Depuis quand es-tu devenue experte en matière de duel, Henriette ? rétorqua Gordmor. Mais pourquoi est-ce que je pose une telle question ? Mes relations avec Carsington ne te regardent en rien. Tu ne cesses de prophétiser le pire. À côté de toi, Cassandre n'était qu'une gaie luronne !

— La malédiction de Cassandre, c'était que personne ne voulait la croire, et c'est aussi la mienne ! Tu refuses de regarder la vérité en face, et tu préfères te moquer de moi.

— Tu déformes toujours la vérité, et cela fait trop longtemps que je laisse tes délires m'empoisonner la vie. Tu as réussi à me faire douter d'Alistair, et je regretterai toute ma vie de t'avoir écoutée. Enfin, si tu as raison cette fois-ci, je n'aurai pas longtemps à le regretter.

Lady Wallantree jugea préférable de s'évanouir.

Son frère la confia aux bons soins de ses domestiques, se fit apporter son chapeau et sa canne, et partit à la recherche de l'homme qui avait été son meilleur ami pendant plus de vingt ans.

Au même moment, Alistair arpentait le luxueux salon de la couturière la plus en vue de Londres.

Il ferma les yeux et poussa un soupir de profond découragement lorsque sa fiancée émergea enfin du salon d'essayage.

— Du mauve, gémit-il en levant les yeux au ciel. Vous avez vraiment un don unique, Mirabel. Il y a ici des douzaines de robes à faire pâlir d'envie la Parisienne la plus coquette et vous, vous trouvez le moyen de choisir la seule couleur qui vous fasse un teint de cendres !

— Alistair ! le tança sa mère.

Assise aux côtés de son amie lady Sherfield, une jolie femme qui ressemblait beaucoup à sa nièce, lady Hargate feuilletait des revues de mode.

Dieu qu'il regrettait la surveillance débonnaire de Mme Entwhistle. Les deux femmes ne les quittaient pas d'une semelle. Depuis leur arrivée à Londres, il n'avait pas eu une minute en tête à tête avec Mirabel.

— Si tu t'ennuies, fais-nous la grâce d'aller récriminer ailleurs, le pria sa mère. Sinon Mlle Oldridge risque d'y réfléchir à deux fois avant d'épouser un tel butor.

— Je ne pourrai jamais plus porter de mauve ? s'enquit Mirabel.

— Non, trancha son fiancé. Vous devez porter des couleurs chaudes. Le mauve est une couleur froide, terne, qui ne vous convient pas du tout. En outre, c'est une couleur de demi-deuil, alors que vous êtes censée nager dans le bonheur.

— Mais j'aime les teintes pastel, s'entêta-t-elle. C'est tellement apaisant.

— Laissez-moi le soin de vous apaiser, répliqua-t-il. Tout ce que vous devez demander à vos vêtements, c'est qu'ils vous aillent bien.

— Vous n'êtes pas d'une compagnie particulièrement apaisante, ce matin, remarqua-t-elle.

Leurs chaperons étant absorbés dans la contemplation de gravures de mode, il les désigna du menton et fit mine de s'arracher les cheveux.

— Courir les boutiques est profondément ennuyeux, admit-elle, mais c'est vous qui avez insisté pour que je remplace toute ma garde-robe.

— Et c'est aussi toi qui as tenu à nous accompagner, observa lady Hargate sans lever les yeux.

— Je n'ai jamais exigé qu'on fasse tout en une seule fois, protesta Alistair. J'avais espéré montrer Londres à ma fiancée. Je comptais l'emmener faire au moins une promenade au parc. Si nous ne nous montrons pas, les gens vont finir par se demander ce que nous avons à cacher.

Cette remarque tira instantanément les deux dames de leurs gravures.

— Ils se demanderont aussi pourquoi nous avons besoin d'être en permanence accompagnés, poursuivit-il. Nous sommes officiellement fiancés, après tout. L'annonce est parue dans tous les journaux, et nous allons nous marier dans deux jours. Nous pouvons quand même nous montrer en public sans chaperon. Vous n'êtes pas de mon avis, Mirabel ?

— Si, tout à fait, acquiesça-t-elle. Et je suis convaincue que personne n'y trouvera rien à redire. Mais laissez-moi d'abord enlever cette robe qui vous déplaît tant. J'en ai pour une minute.

Il leur fallut beaucoup plus d'une minute pour savourer enfin un peu de liberté.

Ils durent d'abord ramener leurs chaperons chez elles, puis Mirabel fut obligée de se changer pendant que son fiancé allait emprunter le phaéton de son frère Rupert. Il était donc déjà près de 16 heures quand ils arrivèrent à Hyde Park. Dans un peu moins d'une heure, les allées seraient envahies par une multitude de promeneurs. Non seulement ils n'auraient plus aucune espèce d'intimité, mais ils seraient interrompus toutes les trente secondes par des importuns qui viendraient satisfaire leur curiosité sous prétexte de les féliciter et de présenter leurs hommages à la future épouse.

Beaucoup, parmi la gent masculine, seraient malades de jalousie, Alistair n'en doutait pas un seul instant. L'ensemble vert mousse que portait sa fiancée lui allait à la perfection, et il était du dernier chic. Il avait été confectionné en urgence dès leur arrivée et, même si les séances d'essayage ennuyaient Mirabel à mourir, elle était ravie. Elle avait même laissé à sa femme de chambre tout son temps pour la coiffer.

— Tu es à couper le souffle, murmura-t-il dès qu'ils furent dans le parc.

— L'amour rend aveugle, c'est bien connu, sourit-elle. Mais peu importe. C'est un tel soulagement de te laisser choisir ma garde-robe. Je suis rarement indécise, sauf sur ce chapitre. Il faut dire aussi que, pendant toutes ces années, j'avais tout intérêt à me cantonner à des tenues simples. J'avais si souvent à rencontrer des hommes pour les discussions d'affaires, et ils sont si facilement distraits ! Quoi qu'il en soit, j'avoue que ce n'est pas désagréable de porter de nouveau des jolies choses.

Jusqu'ici, elle n'avait pas refusé un nouveau vêtement. Si on lui présentait trois robes, elle prenait les trois, et il en était de même avec les chaussures et les chapeaux. Pour ce qui était des dessous, Alistair avait été soigneusement tenu à l'écart, mais il avait été agréablement impressionné par les piles de cartons qu'avait rapportés Mirabel.

— Je suis heureux que cela te plaise, avoua-t-il. Jamais je n'aurais imaginé que tu serais aussi dépensière que moi. Mais je suis en train de m'amender, et si je cesse mes extravagances, nous n'aurons pas de mal à vivre de nos revenus.

Inclinant la tête, elle étudia son profil.

— Qu'ai-je dit de si incongru ? s'enquit-il.

— Tu n'as pas lu notre contrat de mariage avant de le signer ? hasarda-t-elle.

— Bien sûr que si.

Ils avaient obtenu une dérogation qui les dispensait de la publication des bans et leur permettait de se marier sans attendre. De son côté, lord Hargate n'avait pas ménagé sa peine pour faire établir et signer le contrat de mariage dans les meilleurs délais.

— Je ne te garantis pas que j'ai tout compris. D'abord, l'écriture des clercs de notaire est illisible. Ensuite, les termes juridiques sont incompréhensibles. Je me souviens de chiffres avec un nombre impressionnant de zéros, et d'une erreur de calcul. Je l'ai indiquée à mon père, qui a ri de bon cœur. Je n'ai donc pas insisté et j'ai signé là où on me le demandait.

— Ma dot se monte à deux cent mille livres, expliqua Mirabel. À quoi il faut ajouter…

— Excuse-moi, mais je crois que j'ai mal entendu. J'ai compris *deux cent mille livres*.

— C'est ce que j'ai dit.

Voyant son expression, elle reprit, inquiète :

— Tu ne te sens pas bien ?

Comme elle lui caressait la joue, Alistair arrêta l'attelage et déposa un baiser au creux de sa paume… gantée. Comme c'était un peu frustrant, il pressa les lèvres sur le petit espace de chair entre le gant et la manche.

— Ce n'est rien, murmura-t-il. Une faiblesse momentanée. Deux cent mille. Je comprends pourquoi mon père a éclaté de rire.

— Tu n'étais pas au courant ?

Alistair avait entendu dire que la fille du duc de Sutherland, l'une des plus grosses fortunes d'Angleterre, avait apporté vingt mille livres de dot dans sa corbeille de mariage, et cela lui avait paru une somme suffisante pour vivre sur un grand pied.

— J'ai cru à une erreur de copiste, et j'ai pensé qu'il s'agissait de vingt mille livres. Parler d'argent est vulgaire, je n'ai donc pas approfondi la question.

— Ma mère était fille unique, et elle a hérité de toute la fortune de son père, qui était banquier, expliqua Mirabel. Les revenus personnels de papa ne sont pas négligeables non plus.

— Je vois…

Alistair regardait d'un air absent les rares cavaliers qui passaient. Bientôt, toute la bonne société se presserait dans les allées pour faire étalage de ses chevaux de prix, de ses luxueux équipages, de ses toilettes à la dernière mode, et surtout pour glaner les derniers potins.

— Tu es contrarié ?

— Je comprends pourquoi mon père semblait si heureux de nos fiançailles. Quand j'ai signé le contrat, il m'a même tapoté l'épaule. Je ne l'avais jamais vu aussi expansif !

— Tu coûtes cher, c'est toi-même qui le dis. Il craignait que tu ne sois au-dessus des moyens de ta fiancée.

— Je ne coûte pas cher à ce point ! Il n'y a que le prince régent qui ait besoin de tant d'argent pour ses frais de toilette. Et vu sa silhouette, il a besoin de bien plus de tissu que moi.

— Je me souviens de t'avoir entendu dire que tu ne voulais pas vivre aux crochets de ta femme. J'espère que tu ne vas pas te ronger les sangs et te rendre malheureux parce que j'ai de l'argent. Qu'un cadet épouse une héritière n'a rien d'extraordinaire.

Alistair considéra celle qui serait bientôt son épouse. Chevelure de feu, regard d'azur, voix veloutée. Tout cela, il l'avait remarqué au premier coup d'œil. Petit à petit, il avait découvert son énergie indomptable, la vivacité de son intelligence, sa largeur d'esprit et sa bonté. Et par la suite, quand il l'avait tenue dans ses bras, il avait constaté avec quelle générosité et quelle confiance elle pouvait se donner.

— J'ai dit quelque chose de drôle ? s'enquit-elle devant son sourire.

— Je t'imaginais nue, chuchota-t-il.

— Mille pardons de cette interruption, lança une voix familière. Je sais que cela ne se fait pas, mais la résistance nerveuse d'un être humain a des limites.

Mirabel sursauta, tandis qu'Alistair se figeait.

— Gordmor, dit-il froidement.

— Mademoiselle, salua le vicomte, rouge comme une cerise, en soulevant son chapeau.

La jeune fille lui rendit poliment son salut.

— Je vous prie de pardonner cette intrusion.

L'atmosphère, déjà tendue, était devenue franchement orageuse. Mirabel regarda autour d'elle. Le parc était pratiquement désert. Quelques secondes plus tôt, elle s'était réjouie de se retrouver enfin seule avec Alistair, mais à présent, elle regrettait cet isolement.

Il n'y avait personne en vue pour empêcher ou interrompre la confrontation qui menaçait.

— Ton impudence dépasse les bornes, gronda Alistair. Même si tu as perdu toute espèce de pudeur, tu pourrais au moins témoigner un minimum d'égards à Mlle Oldridge et lui épargner le désagrément de ta présence !

— Je sais quel tort je lui ai fait, et c'est justement pour cette raison que je suis ici. J'aurais pu me faire sauter la cervelle ou me trancher la gorge, mais je n'ai jamais aimé la grandiloquence. Et puis, je doutais d'y parvenir avec l'élégance requise...

— Te faire sauter la cervelle ? coupa Alistair. Qu'est-ce que tu racontes ?

— Je ne sais trop, avoua Gordmor. Quoi qu'il en soit, je ne supporte pas l'idée de faire intervenir des tiers. Si nous devons nous battre, je préférerais que cela se passe sans…

— Vous battre ? intervint Mirabel. Ne me dis pas que tu l'as provoqué en duel, ajouta-t-elle à l'adresse d'Alistair.

— Certainement pas ! Il tire comme une pantoufle et serait capable de tuer un passant innocent.

— Comme une pantoufle ? répéta Douglas. Je suis un excellent…

— Et il est encore pire à l'épée !

— Tu crois cela parce que je t'ai laissé me battre de temps en temps par pure bonté d'âme, rétorqua Gordmor.

— Parce que je suis infirme, tu veux dire ? siffla Alistair.

— Tu étais infirme bien avant que les Français t'égratignent à Waterloo. J'ai passé la plus grande partie de ma vie à veiller sur toi.

— Tu m'as appelé au secours dès notre premier jour de classe, répliqua Alistair.

— Je ne compte plus le nombre de fois où j'ai tiré cet abruti de situations inextricables où il était allé se fourrer, expliqua Douglas en se tournant vers Mirabel. Cette petite blonde à Eton, comment s'appelait-elle ? La fille du portier…

— Clara, souffla la jeune fille, qui se souvenait parfaitement de la lettre de sa tante.

— Clara, c'est ça ! Il était parfaitement droit, déclara-t-il en désignant solennellement son nez. Jusqu'à ce qu'un des soupirants de Clara vienne me le casser. Ensuite, il y a eu Verena.

— Je ne t'ai jamais demandé d'aide à propos de Verena ! s'insurgea Alistair.

— Je t'avais mis en garde. Combien de fois ne t'ai-je prévenu ? Il n'a jamais eu le moindre grain de bon sens dès qu'il s'agit des femmes. Il est incapable de voir ce qui est évident pour tout le monde à moins d'être aveugle, sourd et muet.

— Je te rappelle que tu t'adresses à ma fiancée !

— Je ne faisais bien entendu pas allusion à Mlle Oldridge. Tu me mets dans un tel état que je ne sais plus où j'en suis ! Je suis venu, si je me souviens bien, pour vous présenter mes excuses.

— Eh bien dépêche-toi, intima son ami.

— Mademoiselle, je me suis conduit comme le dernier des imbéciles, et je le regrette profondément. J'ai commis tellement d'erreurs de jugement qu'il faudrait la semaine entière pour les énumérer. Je ne me pardonnerai jamais d'avoir mis en danger la vie de votre père, même si ce n'était pas dans mes intentions, je vous l'assure. Au départ, je voulais simplement l'empêcher d'assister à la réunion pour l'élection du comité de patronage du canal. Je comptais vous présenter, avant qu'Alistair m'embrouille les idées, mes excuses les plus plates et les plus sincères. J'étais même prêt à admettre que ma récente sottise dépasse toutes les siennes réunies.

— J'accepte vos excuses.

Lord Gordmor se tourna vers Alistair.

— Si Mlle Oldridge se satisfait de tes excuses, je suppose que je dois m'en contenter aussi, concéda ce dernier avec froideur. J'imagine que je dois également t'inviter à notre mariage.

— Ce serait faire preuve de magnanimité.

— Je ne suis pas magnanime à ce point, maugréa Alistair. L'ennui, si je ne t'invite pas, c'est qu'il ne me restera plus qu'à prendre l'un de mes frères comme témoin. Et tu es tout de même un peu moins ennuyeux que les aînés et un peu plus civilisé que les plus jeunes.

Le lendemain matin, lord Gordmor se préparait à sortir lorsque Alistair fit son entrée dans ses appartements privés, comme au meilleur temps de leur amitié. Sa Seigneurie, qui était très occupée à nouer sa cravate, ne détacha pas les yeux du miroir.

— J'essaie de lancer une nouvelle mode, expliqua-t-il. Comme ça, je ne m'arracherai plus les cheveux en essayant de suivre celles qui ont déjà été inventées. Mais je ne sais pas si je vais réussir à me concentrer suffisamment. Qu'est-ce qui t'a tiré du lit à une heure aussi matinale ? Il n'est pas encore midi !

— Je suis venu te parler d'un chemin de fer.

— Un chemin de fer ? répéta Douglas en abandonnant sa cravate.

Alistair lui expliqua l'idée qu'il avait exposée à M. Oldridge quand il lui avait demandé la main de Mirabel. Le vieux botaniste avait approuvé à la fois le mariage et la voie ferrée.

Au lieu de creuser un canal, il suffisait de construire un chemin de fer des mines jusqu'aux manufactures du Nord. Ils n'auraient pas besoin de chercher des terrains plats, les locomotives à vapeur pouvant tirer les wagons en haut des pentes les plus escarpées. Ils n'auraient pas non plus besoin d'écluses ou d'aqueducs. Tout ce qu'il leur fallait, c'était de l'eau pour faire marcher les machines à vapeur. Cela coûterait moins cher et prendrait moins de temps que de construire un canal, et ils n'auraient plus de raisons de traverser les terres des Oldridge et de leurs voisins.

— Une voie ferrée ! s'enthousiasma Douglas quand Alistair eut terminé. Mais pourquoi n'y avons-nous pas pensé plus tôt ?

— Parce que Finch, ton estimable régisseur, t'avait suggéré un canal, et que nous sommes restés sur cette idée. Et parce que je ne m'étais pas suffisamment creusé la tête.

— Mlle Oldridge t'a donné son accord, j'imagine ? questionna prudemment Gordmor.

— Je ne lui en ai pas encore parlé. Je veux lui faire la surprise. Un cadeau de mariage, en quelque sorte. Et puis, je préférais attendre d'être certain que tu approuvais le projet.

— Mais bien sûr que je l'approuve ! Je lui suis tellement reconnaissant de ne pas me tenir rigueur de ma conduite. Alistair, il faut que je te demande pardon.

— Tu l'as déjà fait hier.

— Non, j'ai imploré celui de ta fiancée, mais tout le mal est venu de ce que je ne t'ai pas fait confiance. Ma sœur n'arrêtait pas de me seriner à quel point tu avais changé depuis Waterloo, et elle a fini par me convaincre à demi que tu n'avais plus toute ta tête. Elle parlait de mélancolie maligne, et je ne savais vraiment pas quoi lui répondre. Tu avais perdu toute ton énergie, plus rien ne t'intéressait, même pas les femmes, alors qu'elles se jetaient toutes à ton cou.

— Elle n'avait peut-être pas complètement tort, admit Alistair. Je souffrais effectivement d'une sorte de mélancolie, même si je n'ai jamais entendu parler de « mélancolie maligne », et cela a effectivement commencé après Waterloo. On m'a dit que cela arrivait parfois chez les anciens soldats et les anciens marins. Certains ne s'en remettent jamais. Mon cas ne devait pas être si tragique.

— Le fait est que, ce matin, j'ai l'impression d'avoir retrouvé le vieil Alistair d'antan et non l'étranger blasé qui est rentré du Continent.

— Je ne comprends pas comment j'en suis arrivé là. Ni pourquoi.

— Les heures passées dans cette infirmerie de campagne auraient suffi à rendre fou n'importe qui, murmura Douglas.

— J'étais terrifié, se souvint Alistair.

C'était la première fois qu'il l'admettait devant un tiers. Il ne l'avait pas encore dit à Mirabel, mais il comptait bien le faire.

— Tu cachais bien ton jeu, avoua Douglas. Je ne m'en serais jamais douté. J'étais du reste trop terrifié moi-même pour me poser des questions. Je savais que je ne devais pas t'abandonner, et je serais resté à tes côtés jusqu'au bout, mais je t'aurais fait honte. J'avais envie de vomir et je crois que je me serais évanoui. Tu vas me traiter d'égoïste, mais tu ne peux pas savoir à quel point j'ai été soulagé quand tu as refusé l'amputation.

— Tu avais la nausée ? Vraiment ?

— C'était bien pire que tout ce qu'on avait vu sur le champ de bataille ! Là, au moins, on est emporté dans le tourbillon des combats. À l'infirmerie, je n'avais qu'une idée : fuir cet enfer.

— Tu te souviens de la scie dégoulinante de sang ?

— Et le chirurgien, couvert de sang et de Dieu sait quoi d'autre ? Et l'odeur !

— Si j'avais pu, je serais parti en courant et en criant comme une gamine, lâcha Alistair.

— Et je t'aurais suivi en criant plus fort encore, renchérit Gordmor. Et comme je n'ai pas ta belle voix de basse, c'est moi qui serais passé pour une gamine !

Ils éclatèrent de rire, et Alistair cessa de se demander pourquoi Douglas était son meilleur ami depuis leur plus tendre enfance.

21

Le jour du mariage s'annonçait radieux, et le fiancé, fin prêt bien avant l'heure prévue, faisait les cent pas dans sa chambre de Hargate House.

Crewe avait eu un pressentiment.

— Pourquoi justement aujourd'hui ? lança Alistair. Pourquoi pas le jour où mon beau-père a disparu ?

— Je suis désolé, monsieur. Cela n'a sans doute aucune signification. Il doit certainement s'agir d'une sorte de nervosité prénuptiale.

— Crewe, ce n'est pas vous qui allez vous marier, que je sache. C'est moi !

— Certes, monsieur, mais toute notre existence va s'en trouver bouleversée. Nous allons cesser notre vie de célibataires. Je me fais beaucoup de souci à propos de votre linge, voyez-vous. M. Oldridge et vous n'avez pas du tout les mêmes idées sur la façon de l'amidonner. Il préfère son linge un peu moins empesé que vous. Et la blanchisseuse en chef d'Oldridge Hall est un véritable dragon.

Alistair s'immobilisa.

— Ne me dites pas que la blanchisseuse d' Oldridge Hall vous fait peur !

Crewe émit une petite toux gênée, mais qui pouvait néanmoins passer pour un acquiescement.

— Nous ne passerons pas tout notre temps dans le Derbyshire, le rassura son maître. Nous allons emménager dans une maison de ville à nous dès que nous en aurons trouvé une. J'ai déjà plusieurs pistes fort intéressantes. Je vous laisserai le soin d'engager la blanchisseuse de votre choix et de lui donner toutes les instructions que vous jugerez bon en ce qui concerne la quantité d'amidon nécessaire. Je suis certain que ma femme n'y verra aucun inconvénient. Évidemment, dans le Derbyshire, il nous faudra peut-être mettre un peu d'eau dans notre vin et nous montrer un peu moins… raides sur ce chapitre.

— Vous en êtes certain, monsieur ? Cela nous demandera… un effort d'adaptation.

— Je me suis laissé dire que la vie conjugale demandait de nombreux efforts d'adaptation, Crewe. Et Mlle Oldridge aura également fort à faire de son côté pour s'habituer à vivre avec un mari. Depuis plus de dix ans, elle a l'habitude de tout régler à sa guise sans consulter personne. Désormais, elle devra compter avec l'avis d'un père et d'un époux.

Le père avait, du reste, dû commencer à donner discrètement son avis depuis quelque temps déjà. Alistair soupçonnait qu'une correspondance secrète avait été échangée entre Oldridge Hall et Hargate House avant son arrivée dans le Derbyshire. L'accueil du vieux botaniste l'avait toujours étonné, et quant à lord Hargate, il n'avait pas paru le moins du monde surpris quand il lui avait annoncé son mariage. Il avait affiché un petit air… satisfait, surtout lors de la signature du contrat.

Alistair épousait une héritière, comme il le lui avait conseillé quelques mois plus tôt.

— Mais comment auraient-ils pu conspirer de la sorte ? s'interrogea-t-il à voix haute. Mirabel ouvrait tout le courrier de son père. Qu'elle n'ait pas vu ma lettre était un pur hasard.

De nouveau, Crewe toussota.

— Oui ?

— Si je puis me permettre, monsieur, certaines missives arrivent directement entre les mains de M. Oldridge. Il suffit de les inclure dans un autre courrier, adressé celui-ci au jardinier en chef. Lady Sherfield utilise parfois cette méthode, m'a-t-on raconté.

Lady Sherfield, la meilleure amie de sa mère.

Alistair avait laissé sa lettre au secrétaire de son père pour qu'il la fasse poster avec les autres. Peut-être lord ou lady Hargate l'avaient-ils incluse dans une autre adressée au jardinier ?

Cela expliquerait comment elle avait pu arriver entre les mains de M. Oldridge sans que sa fille en ait connaissance.

Mais pourquoi le vieux botaniste, qui était farouchement opposé au projet de canal, lui avait-il adressé une réponse aussi encourageante ?

— Ils avaient tout comploté, murmura Alistair.

— Je vous demande pardon, monsieur ?

— Ils m'ont attiré dans un piège. Tous les deux. Mon père a tout de suite vu une possibilité de mariage, et il en a profité. C'était absolument machiavélique. Et très prévenant de sa part. Sans lui, je n'aurais sans doute jamais rencontré ma femme !

On frappa discrètement à la porte.

Crewe alla ouvrir et revint avec une enveloppe aux armes de lord Sherfield.

Le cœur battant, Alistair la décacheta.

Après l'avoir lue rapidement il se rua hors de la pièce.

La cérémonie devait avoir lieu à 11 heures à l'église jouxtant Hargate House.

Il était 10 h 15 et, une demi-heure plus tôt, à Sherfield House, la fiancée avait renvoyé sa femme de chambre et s'était enfermée dans sa chambre en déclarant qu'il fallait repousser le mariage.

— J'ai essayé de lui parler, expliqua M. Oldridge. Et ma sœur lui a assuré à travers le battant qu'il s'agissait d'une crise d'anxiété parfaitement normale. Mais ni Clotilde, ni moi, ni même Mme Entwhistle n'avons pu obtenir la moindre explication. Lord Sherfield a peur qu'elle ne soit souffrante et propose d'enfoncer la porte. Je vous avoue que je suis inquiet, moi aussi, même si Mirabel n'a jamais été malade. Mais elle ne s'est jamais montrée aussi peu raisonnable non plus.

— Elle est en proie à une certaine appréhension, déclara Alistair. Ce qui est tout à fait légitime en pareilles circonstances.

Il se remémora ce qu'il avait expliqué à Crewe un peu plus tôt. La vie de sa fiancée allait changer radicalement, et elle avait besoin d'un peu de temps pour se faire à cette idée. Il n'aurait jamais dû précipiter leur mariage, mais il craignait qu'elle ne soit enceinte. Et, surtout, il piaffait d'impatience et avait hâte de se débarrasser de ces maudits chaperons.

Quel égoïste il faisait !

Il aurait dû la rassurer la veille, au lieu d'aller se rassurer lui-même auprès de Douglas.

Toutes ces considérations se bousculaient dans son esprit tandis que M. Oldridge le conduisait à l'étage. Sur le palier, ils trouvèrent lord Sherfield qui faisait les cent pas, tandis que sa femme discutait à voix basse avec Mme Entwhistle.

— Je ne comprends pas, lui avoua lady Sherfield. Elle paraissait tellement heureuse quand je suis montée tout à l'heure. Et elle n'est pas sujette aux sautes d'humeur.

— Je crois qu'elle s'est retirée dans son cabinet de toilette, intervint Mme Entwhistle. Vous allez devoir crier si vous voulez qu'elle vous entende.

— Il n'est pas question que je crie après ma fiancée le jour de mon mariage, déclara Alistair.

Il réfléchit. Et une idée lui vint.

La porte du cabinet de toilette étouffait les voix, mais elle n'étouffait pas les pensées.

Mirabel était assise sur un tabouret, dans le coin le plus sombre de la pièce, loin de la fenêtre. Elle se conduisait de façon puérile, elle le savait parfaitement, mais c'était plus fort qu'elle. Et cela ne servirait à rien de leur expliquer pourquoi. Ils ne comprendraient pas. Ils la traiteraient de sotte, lui diraient qu'elle souffrait d'une anxiété bien compréhensible, que cela arrivait à tout le monde. Ils l'assureraient gentiment que tout allait bien se passer et lui rappelleraient qu'elle risquait de mettre les deux familles dans l'embarras, sans parler d'humilier son fiancé.

Elle ferma les yeux. Elle ne pouvait lui faire un pareil affront. Elle devait absolument prendre sur elle.

Elle se leva, mais le courage lui manqua, et elle se laissa retomber sur son siège, la tête entre les mains.

Une série de bruits secs, comme une pluie de cailloux contre les vitres, la tira de son désespoir.

Le cœur battant, elle s'approcha de la fenêtre. Il faisait beau, aucun nuage ne venait obscurcir le ciel d'azur. Deux heures plus tôt, elle s'en était réjouie, comme tout son entourage.

Elle regarda en bas, cilla, et se dépêcha d'ouvrir.

Juché sur le premier barreau d'une échelle, Alistair leva les yeux vers elle.

— Que fais-tu là ? s'étonna-t-elle.

Il lui sourit, posa un doigt sur ses lèvres et entreprit de grimper prestement jusqu'à elle.

— Je suis venu à ton secours. Je vais t'emmener sur mon destrier blanc, au bout du monde si tu veux. En fait, tu devras te contenter de deux chevaux gris. J'ai encore été obligé d'emprunter le phaéton de Rupert, c'est moins romantique mais plus confortable, expliqua-t-il en enjambant l'appui de la fenêtre. Tu n'as plus envie de m'épouser, et je ne peux t'en blâmer. J'ai fait preuve d'une arrogance insupportable. J'ai décidé que tu devais m'épouser, mais je n'ai pas fait ma demande en bonne et due forme.

— Là n'est pas la question, rétorqua-t-elle en reculant.

— Je ne suis pas le héros que tu imagines, déclara-t-il. J'aurais dû te dire pourquoi j'ai refusé l'amputation. La vérité, c'est que le chirurgien m'a fait bien plus peur que l'ennemi.

— Mais tu avais raison. Tu n'aurais pas survécu. Tout cela n'a d'ailleurs aucune importance. Je te l'ai déjà dit, là n'est pas la question.

— Et je ne t'ai pas raconté le pire, poursuivit-il. J'étais absolument mort de peur quand je suis descendu dans ce puits pour aller chercher ton père.

— Mais tu y es quand même allé, c'est cela le véritable courage. Et puis, c'était une terreur parfaitement rationnelle. Moi aussi, je n'avais jamais eu aussi peur de ma vie. Là n'est pas la question !

— Je t'ai caché certaines choses, continua-t-il en rajustant sa cravate devant le miroir. Nous avons comploté derrière ton dos, ton père et moi. J'ai un nouveau plan. Au lieu de creuser un canal, nous allons construire un chemin de fer, Douglas et moi. Ton père trouve l'idée excellente, et ce vieux Gordmor est enthousiaste. J'aurais dû t'en parler avant tout le monde, mais je voulais t'en faire la surprise. Mon cadeau de mariage, en quelque sorte. J'imaginais que tu te pâmerais d'admiration devant ma brillante intelligence.

Un chemin de fer…

Elle avait tourné et retourné le problème en tous sens pendant des jours et des jours, mais jamais elle n'avait remis en question le principe du canal.

— C'est une idée brillante, en effet, et je me pâmerais si je savais comment faire. J'ai peut-être su, autrefois, mais j'ai oublié. Tu m'as toujours dit que tu trouverais une solution, et tu as tenu parole. C'est une merveilleuse surprise, et le plus beau des cadeaux de mariage. Mais ce n'est certainement pas la question.

Il s'approcha d'elle, la prit doucement par les épaules et l'enveloppa de ce regard tendre auquel elle ne pouvait résister.

— Je me moque de ne pas être le premier, murmura-t-il. Je te mentirais si je te disais que je n'ai jamais eu un petit pincement de jalousie. Je sais que c'est ridicule, je n'ai pas exactement vécu comme un moine, après tout. Mais j'ai un tempérament possessif, et je n'ai aucune envie de te partager avec qui que ce soit, même si cela a eu lieu dans un passé lointain et que nous ne nous connaissions pas à l'époque. Cela blesse mon orgueil, mais cela ne change rien à mes sentiments.

Elle fronça les sourcils, déconcertée.

— Mais de quoi parles-tu ? Le premier à quoi ? Le premier avec qui je romps ? Mais je ne veux pas rompre avec toi ! Enfin…

— Je sais que je ne suis pas ton premier amant, et cela m'est égal. C'est de l'histoire ancienne, et tu n'étais pas obligée de me le dire. Cela n'a pas plus d'importance que mes fredaines passées. Ce n'est pas parce qu'on accorde généralement aux hommes plus de liberté dans ce domaine que c'est juste.

— Mais qui a bien pu te raconter une chose pareille ? lâcha-t-elle, effarée.

— Personne. Je m'en suis aperçu tout seul. Quand nous avons fait l'amour, à l'auberge. Les draps… Ils n'étaient pas tachés.

En dépit de sa détresse, Mirabel ne put retenir un sourire.

— J'ai trente et un ans, mon amour. Il ne t'est pas venu à l'idée que mon hymen avait pu disparaître de lui-même, se dessécher, en quelque sorte, de désespoir, probablement ?

— Bien sûr que non ! Pour moi, tu es une jeune fille.

Il la lâcha, s'écarta d'un pas.

— Mon ange, je ne comprends pas du tout ce qui te tourmente, mais rien ne t'oblige à me le dire. Tout ce qui compte à mes yeux, c'est que quelque chose te tracasse, et que tu veux repousser notre mariage. Pour rien au monde je ne voudrais te forcer…

— Je ne peux pas ! s'écria-t-elle. Mais enfin, regarde-moi !

— Tu es merveilleuse, assura-t-il. Tout simplement ravissante.

C'était vrai. Sa robe de mousseline ornée de dentelle lui allait à la perfection. Elle rappelait à Alistair la chemise de nuit si suggestive qu'elle portait cette fameuse nuit, à l'auberge.

— Je ne parle pas de ma robe ! Regarde mes cheveux ! Je ne peux pas croire que tu n'aies rien remarqué.

— Tes cheveux ? Tu veux repousser la cérémonie parce que ta coiffure ne te plaît pas ?

— Tu ne vois donc pas ? C'est la femme de chambre de tante Clotilde qui m'a coiffée. C'est beaucoup trop haut sur le front ! Et elle m'a fait ces bouclettes ridicules qui pendent sur les oreilles. Cela a pris des heures, elle a mis une centaine d'épingles, et nous n'avons plus le temps de tout défaire et de tout recommencer. Je sais que tu ne pourras jamais te concentrer sur la cérémonie parce que tu ne verras que cela, que tu souffriras le martyre et que tu auras honte de moi !

Il y eut un bref silence, puis :

— C'est la dernière mode, fit remarquer Alistair. Et même si c'était la mode du siècle dernier, cela ne me ferait ni chaud ni froid. La seule souffrance que j'aurai à endurer, ce sera l'attente de notre nuit de noces. Cela fait tellement longtemps que je ne t'ai pas tenue dans mes bras.

— C'est vrai, avoua-t-elle. Moi aussi, j'en ai assez. Une petite promenade au parc en voiture découverte, avec la moitié de la ville pour nous regarder et l'autre pour venir nous raconter des insanités, c'est un peu maigre pour mon goût.

Elle s'approcha de lui et lui offrit ses lèvres.

— Nous avons droit à un baiser, je pense.

— Cela nous aidera à affronter l'épreuve qui s'annonce, approuva-t-il.

Dès que les lèvres de son bien-aimé frôlèrent les siennes, le monde se remit à tourner à l'endroit. Elle noua les bras autour de son cou tandis qu'il l'enlaçait. Elle adorait les mains d'Alistair, son parfum viril, la délicate pression de sa bouche sur la sienne. Dans un frisson, elle se pressa contre lui. Il resserra son étreinte.

Elle avait eu si peur. Elle s'était sentie si seule. Mais c'était terminé. Il était là, rassurant, solide, l'homme de sa vie…

— J'en ai tellement rêvé, soupira-t-elle tandis que les grandes mains chaudes lui caressaient le dos. Tes mains sur mon corps, tes merveilleuses mains…

— Moi aussi, j'ai rêvé de te toucher, chuchota-t-il en lui mordillant le cou. Mais nous ne pouvons pas continuer.

— Non, tu as raison.

Il couvrit de baisers la chair si tendre de sa gorge, jusqu'au décolleté, écarta la dentelle pour laisser ses lèvres s'égarer de l'épaule à la naissance des seins, lui arrachant un gémissement.

Se plaquant contre lui, elle glissa les mains sous son habit pour lui caresser les reins.

Il se raidit et murmura quelques paroles indistinctes, le visage enfoui dans son cou. En dépit des multiples épaisseurs de tissu qui les séparaient, elle sentit son sexe dressé contre son ventre.

Elle se rappela combien il était dur et chaud lorsqu'il était entré en elle, et tout son corps s'embrasa à ce souvenir.

— Ne m'oblige pas à arrêter, implora-t-elle en pressant la main sur sa virilité. Je te veux en moi. Tout de suite !

L'audace de Mirabel lui coupa le souffle et eut raison de ses bonnes résolutions. Il leva la tête et contempla son beau visage empourpré de désir. Son parfum était si enivrant, il n'arrivait plus à penser correctement.

Dans un éclair de lucidité, il se souvint que leurs proches se pressaient sur le palier, que des invités et le pasteur seraient bientôt à l'église.

Il fit un pas en arrière, essaya de reprendre son souffle et ses esprits.

Elle avança d'autant, les yeux brillants, les lèvres gonflées. Lentement, sans le quitter des yeux, elle laissa ses mains glisser sur ses hanches, puis commença à relever ses jupes, centimètre par centimètre.

Le regard avide d'Alistair remonta des fines chevilles gainées de soie jusqu'aux jarretières de dentelle, juste au-dessus du genou.

Il préféra fermer les yeux.

La cérémonie… Les premiers invités devaient déjà être arrivés.

Il recula encore, heurta quelque chose et se cogna contre le mur. Sa jambe céda sous lui, et il s'étala de tout son long.

Sans lui laisser le temps de se relever, Mirabel marcha sur lui, les jupes retroussées, les yeux fixés sur le renflement éloquent de son pantalon, un sourire coquin aux lèvres.

Elle s'immobilisa pour enlever sa culotte à volants, la lâcha aux pieds d'Alistair, dont le sexe au garde-à-vous attendait avec impatience la suite des événements.

Un instant, elle se tint au-dessus de lui, puis se baissa lentement, jusqu'à s'agenouiller. Il tendit les mains vers ses cuisses nues, remonta jusqu'au ventre délicat, juste au-dessus de la toison bouclée.

Avec une légère plainte, elle s'avança à la rencontre de sa main. Le corps en feu et l'esprit en déroute, il glissa le pouce là où elle l'y invitait. Elle était si proche, si tendre, totalement offerte, suppliante…

Il la sentit trembler au-dessus de lui.

Elle écarta sa main, se souleva légèrement et libéra son sexe. Après quoi, l'empoignant hardiment, elle le frotta lentement contre le sien en laissant échapper un soupir de pure volupté.

Lorsqu'elle se pencha, il la saisit par la nuque, pour l'attirer jusqu'à sa bouche avide.

— Je te laisse faire, souffla-t-il.

— Oui…

Quand elle l'enfourcha, il perdit conscience et s'abandonna totalement au feu qui le dévorait. Elle se souleva en cadence, lentement d'abord, puis plus rapidement, se jetant avec frénésie dans le tourbillon où il ne demandait qu'à la suivre.

Elle se cabra soudain, laissa échapper un cri étouffé, et ils sombrèrent ensemble dans le gouffre sans fond de la jouissance, le corps secoué de spasmes.

— Je t'aime, haleta-t-elle tandis que leurs bouches se joignaient de nouveau.

— Moi aussi, je t'aime, ma merveilleuse petite dévergondée !

Dans l'église qui jouxtait Hargate House, le capitaine Hugues, assis au premier rang, sortit sa montre de son gousset et fronça les sourcils.

Mme Entwhistle lui donna une petite tape sur le poignet.

— Nous ne sommes ni à l'armée ni dans la marine, lui rappela-t-elle à voix basse. Nous ne marchons pas au son du clairon ou de la cloche de bord : six coups pour ceci, trois pour cela, et en avant !

— Que voulez-vous, je m'imaginais naïvement que même un couple de civils était capable d'arriver à l'heure à son mariage, riposta-t-il en rangeant sa montre.

Lui, en tout cas, serait ponctuel au sien, pour peu qu'il parvienne à persuader la dame assise à ses côtés de l'accompagner jusqu'à l'autel. Au rythme où il allait, il lui faudrait encore quelques années, calcula-t-il. Il espérait juste qu'il lui resterait encore des cheveux et des dents.

— Ils ont quelques minutes de retard, ce n'est pas la fin du monde, tout de même, rétorqua-t-elle. Il y avait une petite difficulté, mais M. Carsington a promis de l'aplanir et nous a demandé de partir en avant.

Les murmures s'apaisèrent et le pasteur poussa un discret soupir de soulagement lorsque le marié, accompagné de son témoin, remonta la nef pour prendre place au pied de l'autel. Les premières mesures de l'orgue retentirent et les portes s'ouvrirent toutes grandes sur la mariée, radieuse au bras de son père.

Elle était toute rose de contentement, nota le capitaine, et sa coiffure…

Il reporta son attention sur le marié, ce célèbre dandy qu'aucun être vivant n'avait jamais vu autrement que tiré à quatre épingles, et dont les nœuds de cravate, plus élaborés que le plus compliqué des nœuds de marine, faisaient autorité dans la capitale et au-delà.

Cet homme, qui avait décliné l'invitation d'Oldridge à rester dormir et était parti en pleine nuit sous une tempête de grêle parce qu'il n'avait pas de tenue de rechange, lui parut étonnamment ébouriffé.

Quant à son nœud de cravate, le plus novice des moussaillons aurait fait mieux avec n'importe quel bout de ficelle, et d'une seule main en plus !

Un sourire flotta sur les lèvres du capitaine. Il ignorait quelle difficulté avait soudain surgi, mais il avait sa petite idée sur la façon dont le fiancé l'avait aplanie.

— Qu'est-ce qui vous fait donc ricaner ? chuchota Mme Entwhistle.

— Je ne ricane pas, souffla-t-il en réponse. Je souris innocemment devant une telle félicité.

— Vous ricanez, s'entêta-t-elle. J'en devine la raison, et je reconnais bien là votre mauvais esprit.

— Vous étiez la gouvernante de Mirabel, observa-t-il. Je me demande ce que vous lui avez enseigné…

— Lionel, vous êtes incorrigible ! protesta-t-elle, les joues empourprées.

Lionel !

Il n'aurait peut-être pas si longtemps à attendre, après tout.

Lord Hargate avait été informé des états d'âme de la mariée bien avant le fiancé, mais s'il avait éprouvé quelque inquiétude, il n'en avait rien laissé paraître. Il avait salué les premiers invités avec son affabilité coutumière, avait personnellement veillé à ce que chacun soit installé selon l'étiquette, avant d'aller lui-même prendre place aux côtés de la comtesse qui affichait un sourire imperturbable elle aussi.

Et il avait stoïquement compté les secondes, comme si de rien n'était, alors que son instinct paternel lui soufflait de voler au secours de son fils.

Il fut donc grandement soulagé en constatant que son rejeton avait jugulé la crise sans l'aide de personne, et ne s'interrogea pas sur les moyens employés.

Après tout, lord Hargate était un politicien dans l'âme.

Il ne respira pourtant librement qu'une fois la cérémonie terminée.

Il échangea à ce moment-là un sourire de connivence avec M. Oldridge avant de se tourner vers sa femme.

— Eh bien, Louisa, qu'en dis-tu ?

— Bien joué, Ned, murmura-t-elle. Très bien joué.

Oui, songea-t-il, il s'était bien débrouillé. Son troisième fils était marié.

Il ne lui en restait plus que deux à caser.

Postface

Le 2 mai 1825 fut accordé le consentement royal à « la construction d'une voie ferrée reliant le canal de Cromford, à partir de Cromford ou de ses environs, dans le comté de Derby, jusqu'au canal de la Peak Forest, à Whaley ou dans ses environs, dans le comté de Chester ».

Parmi les cent seize actionnaires de la Compagnie du chemin de fer de Cromford se trouvait la vicomtesse douairière d'Anson.

Le train, qui fut mis en service en 1830, empruntait des ouvrages d'art considérés à l'époque comme particulièrement audacieux.

Joseph Priestley, auteur du célèbre ouvrage *Histoire des voies d'eau, des voies navigables et des voies ferrées de Grande-Bretagne*, publié en 1831, le qualifie de « projet grandiose représentant un accomplissement majeur dans l'histoire des travaux publics ».

8922

Composition
CHESTEROC LTD

Achevé d'imprimer en Italie
par GRAFICA VENETA
le 5 février 2014

Dépôt légal : février 2014
EAN 9782290086346
L21EPSN001142N001
1er dépôt légal dans la collection : mars 2009

ÉDITIONS J'AI LU
87, quai Panhard-et-Levassor, 75013 Paris

Diffusion France et étranger : Flammarion